가문의 저주에서 행복으로

당신과 자녀와 가정의 행복을 위해서 저주를 끊자

가문의 저주에서 행복으로

초판 1쇄 인쇄 2023년 1월 17일
초판 1쇄 발행 2023년 1월 19일

저 자 남순백
발행인 박지연
발행처 도서출판 도화
등 록 2013년 11월 19일 제2013-000124호
주 소 서울시 송파구 중대로34길 9-3
전 화 02) 3012-1030
팩 스 02) 3012-1031
전자우편 dohwa1030@daum.net
인 쇄 유진보라

ISBN 979-11-92828-07-7 *03810
정가 15,000원

도화道化, fool는
고정적인 질서에 대한 익살맞은 비판자,
고정화된 사고의 틀을 해체한다는 뜻입니다.

가문의 저주에서 행복으로
당신과 자녀와 가정의 행복을 위해서 저주를 끊자

복지공무원의 간절한 외침

남순백 장편소설

도화

우리는 분명 눈에 보이는 세상에 살고 있지만 실제는 눈에 보이지 않는 세계의 영향을 더 많이 받고 있다. 운명이나 복운, 종교, 영혼, 양심, 저주……, 이런 것들은 분명히 눈에 보이지는 않지만 우리의 생활전반을 이끌며 지배하고 있다.

조물주는 이 세상을 창조할 때에 식물과 동물은 선하게 만들고 인간과 함께 악한 마귀(사탄)를 만들었기에 사람은 선과 악을 함께 갖추었으며, 우리를 불행하게 만드는 저주는 바로 악의 세력, 사탄과 마귀(귀신)의 작용이다.

그 중에서도 내가 직접 경험한 나의 큰집과 결혼까지 생각한 여자 친구의 가문과 또 나의 경우를 통해 뼈저리게 경험한 가문의 저주는 노력한 만큼 행복해야 할 보통사람들의 생활을 너무나 어렵고 비참하게 만들고, 심하게 어지럽히며 결국 난장판으로 만들고 말았다.

굳이 저 멀리 다른 나라의 그 유명한 합스부르크 왕조의 몰락이나 암살이 잦은 케네디 가계家系 또는 요절한 배우 이소룡 가문의 저주를 들지 않더라도, 우리의 가까운 주변에도 흥하는 가문을 만드는 축복과 아울러 망하는 집구석이 되게 하는 가문의 저주가 너무나 흔하고 비일비재하여 나에게 이른 그 실체를 알고 나면 깜짝 놀라서 기절초풍을 하지 않을 수 없다.

하지만 상습적인 음주와 술주정, 게임과 도박의 지나친 탐닉, 마약중독, 지독한 가난, 잦은 이혼, 여러 가지 중독, 간음과 음란한 행위, 습관적 거짓말, 배신과 배반, 정도를 넘는 가증한 범죄, 대를 잇는 고질병, 암, 자살과 잦은 자살의 시도, 잦은 폭력행위, 불면증, 지나친 이기심과 탐욕……, 등 보통사람들보다 조금 더 유별난 사람들이 당하는 매우 특별한 일상생활의 범주라고 생각했던 이런 것들이 실제로 그 정체를 알고 보니 수많은 다양한 형태로 가계를 통해 계속 이어지며 존재하는 가문의 저주였던 것이다.

이러한 가문의 저주도 그 중 비교적 약하고 경미한 것은 남다른 선행과 베풂과 봉사와 성실한 오랜 노력으로 인해 풀리는 경우도 더러 있지만, 대부분은 가문의 저주라는 그 실체를 모른 체 부모로부터 타고난 자신의 운명으로 여기며 그냥 그대로 죽을 고생을 참아가며 지극히 불행하게 살아가는 경우가 대부분이다.

하지만 생각보다 쉽게 가문의 저주 실체를 똑바로 알고 바르게 느껴서 좀 더 일찍, 좀 더 쉽게 대처하여 저주를 훌훌 풀어버리고 더욱 행복하게 사는 방법도 분명 존재하고 있는 것이다.

이 글에서는 그러한 우리의 행복한 생활을 방해하는, 자신이 직접 당하고 있는 가문의 저주 실체를 작가가 실제로 자신은 물론 주변 가까이에서 직접 경험하여 제시하는 다양한 사례를 통해 확실하게 알고, 나아가 자신의 생활 절제와 저주를 끊는 방법을 실천하여,

아직까지 잘 모르고 있었던 부모님에 이어 내가 겪은 저주로 인해 온 가족이 당하고 있는 심한 어려움과 모진 고통을 해결함은 물론 자칫 사랑하는 자녀와 손자 손녀들에게까지 미칠 가문의 저주에 의한 질긴 사슬과 올무를 끊어버리고, 점점 발전하는 풍요와 문명의 이기利器로 살기가 빠르게 더욱 좋아지고 있는 이 좋은 세상에 자신과 가족과 이웃이 다함께 진정으로 행복한 생활을 영위케 하고자 하는데 그 목적이 있다.

가문의 저주로 인해 지금 겪고 있는 불행은 단지 인생의 낭비일 뿐이다.

차 례

글머리에

가문의 저주에서 행복으로

상습적인 음주와 술주정, 게임과 도박의 탐닉, 마약중독,
지독한 가난, 잦은 이혼, 각종 중독, 음란과 간음, 일찍 죽음,
습관적 거짓말, 배신, 증오, 불면증, 가증한 범죄,
암과 당뇨병 등 고질병, 자살, 잦은 폭력행위,
지나친 이기심과 탐욕, 불임, 정신질환,
심한 두려움……

술 취한 젊음

아들의 자살 시도

아들은 5살 때부터 전자오락에 오로지 탐닉했다. 탐닉은 보통 수준을 넘는 심취와 몰입이며 중독적인 증세였다. 나는 언제나 아침 일찍 일어나 오락실에서 정신없이 게임에 빠져있는 아이를 찾아내어 어르고 나무라며 겨우 달래서 밥을 먹이고 유치원에 보내야 했다. 아들은 오락게임 외에는 아무런 관심도 없었고 오락만이 그의 유일한 일이고 즐거움이었다.

당시 맞벌이를 하던 우리 부부는 직장을 마치고 돌아오면 여지없이 오락실에 들어박혀 있는 아들을 찾아서 집으로 돌아오곤 했는데, 이건 단 하루도 빠짐없이 그리고 끊임없이 중요한 매일의 일과처럼 이어졌다.

일 년쯤 지나 전문가와 상담을 했는데, 아들에게 오락기를 사주고 집에서 실컷 하도록 하면 며칠만 지나면 곧 싫증을 내고 진절머리를 내어 그만 둘 것이라고 했다. 그의 조언대로 TV에 연결하여 사용하는 오락기를 사주었다.

그런데 이건 웬걸?

아들은 평소보다 더 아침 일찍 일어나 오락게임을 시작하는데 얼마나 열심히, 마치 미친 듯이 오직 거기에만 몰입을 하는지 억지로 불러서 호되게 꾸짖어서 밥을 먹여야 했고, 그것 외에 다른 것에는 전혀 관심도 없고 눈을 돌리지도 않았다. 집으로 친구들이 찾아와도 단 한 번도 오락기를 친구에게 넘겨주지 않고 밤이 늦도록 오락에 몰입했다. 겨우 대여섯 살짜리 어린아이의 무서운 집착이요 유별난 탐닉이었다.

이런 집착은 자라면서 내내 습관처럼 이어졌다. 마치 오락을 위해 태어났고 그래서 그 사명을 다하려고 무진장 애쓰는 아이 같았다. 초등학교를 마치고 중학교에 가서도 하루에 두세 시간은 예사로 오락실에서 보냈고, 일요일이면 함께 나들이를 가려던 가족들의 눈을 피해 일찌감치 일어나 식구들이 찾지 못하도록 집에서 멀리 떨어진 오락실로 가서 온종일 게임을 즐겼다.

더욱이 바쁜 고등학교 시절에도 학교 공부를 마치면 평균 두 시간 이상은 빠짐없이 우리들 몰래 게임을 하는 것 같았다. 그런 결과로 교양서적을 읽거나 다른 취미생활은 아예 관심도 없었고 게임에 빠져 그럴 여유와 시간도 없었다.

그러나 아들은 요행하게도 서울대학에 합격하여 우리 가족들의 걱정을 덮고 즐겁게 만들었다. 합격 소식은 바람처럼 빨리 퍼져나가 많은 사람들의 축하 전화가 이어졌고 우리는 그들을 초청하여 잔치를 여덟 번이나 열었다. 우리 부부는 서둘러 학교 옆에 작은 방을 얻어주고 자취를 하도록 하였다.

아들은 활 쏘는 이의 화살 통에 든 여러 개의 화살과 같이 든든한 존재라더니 초등학교 교사인 아내와 공무원인 나는 좋은 대학에 다니는 아들로 인하여 보는 사람마다 축하와 감탄의 인사를 들으며 날마다 즐거운 나날을 보내고 있었다.

고등학교에 다니던 딸과 함께 온 식구는 곧 여름방학이 되면 집으로 돌아올 크게 변화된 대학생 아들을 기대하며 행복의 단비에 촉촉이 젖어있었다. 덕분에 술을 좋아하던 나는 술독에 빠진 듯 날마다 밤늦게까지 술을 마셔댔지만 이전과 달리 아내도 기분이 좋아서 잔소리를 줄이고 묵인하였다.

그러기를 5개월쯤,

잔뜩 술에 취해 막 단잠이 든 새벽녘에 거실의 전화가 요란하게 울어댔다.

"정빈이 집이죠? 정빈이가 자살을……"

"뭐라고? 그게 무슨 말이야? 자살이라니? 자살은 아무나 하나……"

"많은 수면제를 한꺼번에 먹고 지금 병원으로 실려 갔어요. 급해요. 목숨이 위독해요……"

나는 어젯밤 늦도록 마신 술이 단번에 확 말짱하게 깼으나 아들의 친구라는 그와의 대화는 잘 이어지지 않았다. 상상도 하지 못했던 자랑스러운 아들의 자살이라는 말이 너무나 생뚱맞고 생소하여 귀에 잘 들어오지 않았고, 두 사람 모두 집에 불이라도 난 듯 대화를 너무나 급하게 서두르고 있었다.

우리 부부가 역에서 서성이다 새벽 첫 열차를 타고 아들집에 도착하였을 때, 그토록 보고 싶고 사랑하던 아들 정빈이는 막 퇴원하여 돌아와 벽에 반쯤 기대 누운 채 하염없이 무언가를 비 맞은 중처럼 중얼거리고 있었다. 눈에는 헛것이 보이고 귀에는 이상한 소리가 들리는 듯 눈동자는 썩은 동태 눈깔처럼 허옇게 풀려 전혀 초점이 없었고, 가까이 오가는 사람에게도 아무런 관심이 없었다. 오랜만에 만난 부모에게도 역시 마찬가지였다. 다만 아무런 의미도 없이 중얼대는 입에서는 세 살배기 아이처럼 침이 질질 흘러내렸다. 전화로 급한 소식을 전해주던 친구는 학교에 갔는지 보이지 않았고, 병원에 함께 다녀왔던 집주인이 이건 퍽 다행이라는 듯 나와 아내를 번갈아 쳐다보며 말했다.

"정말 큰일 날 뻔했어요. 하지만 요즘은 수면제로는 자살을 할 수 없다고 하더군요. 죽으려고 수면제를 다량으로 복용해도 일정량만 흡수되고 나머지는 모두 곧 배설이 된다더군요."

13

그는 다시 바보처럼 정신없이 누워있는 아들의 눈치를 흘끔흘
끔 살피면서 마치 긴한 비밀을 털어놓듯 목소리를 낮춰 조용하게
말을 이었다.

"얼마 전부터 학생의 행동이 이상했어요. 늘 밤늦게 들어왔는
데 두런두런 이야기 소리가 들려서 가만히 방을 들여다보면 혼자
였고, 어떤 때는 누구와 싸우듯 꽥꽥 큰소리를 질러서 몰래 살펴
보면 역시 혼자였어요. 아마도 무슨 정신적인 문제가 있는 것이
분명해요."

우리는 아들을 흔들어 깨워 말을 붙여보려 했지만 아들은 이상
한 헛말만 중얼거릴 뿐 전혀 대화가 이루어지지 않았다. 한동안
애를 쓰다가 결국 병원으로 가야겠다고 작정하고 대학병원 응급
실로 갔다.

여러 전문의의 진단 결과 심한 우울증과 공황장애에다 정신분
열(조현병) 증세가 있다는 진단이 나와 격리병동에 입원을 시킬
수밖에 없었다. 입원기간은 최소한 세 달 이상이며 두 달간 면회
도 금지라고 했다.

우리 부부는 아들을 입학시킬 때의 그 희망과 즐거움과는 정반
대의 깊은 절망감과 비참함을 안고 아들의 짐을 대충 정리하여 집
으로 돌아올 수밖에 다른 도리가 없었다. 오는 내내 눈물이 샘물
처럼 쏟아져 앞을 가렸고 마음속은 더 어둡고 아프고 무거웠다.
부모에게 자식이란 바로 자신보다 더 소중한 그런 존재였다.

술독에 빠지다

나는 일상생활로 돌아오자 아들에 대한 염려와 걱정으로 마음은 늘 짠하게 아팠으나 그럴수록 술은 더 많이 마시게 되었다. 술이 잔뜩 취함으로 아들에 대한 안타까움을 어느 정도 잊을 수 있다고 생각했다. 술은 내가 초등학교 5학년 때부터 마신 가장 친한 친구였다.

모내기 때를 비롯하여 농사철이면 공부보다 일이 소중한 농촌에서는 학교에서 긴 가정실습기간을 주었고 나는 가난하여 우리 집의 일과 함께 남의 집 일을 해주어야 했다. 엎드려 모내기를 하다보면 한나절도 못되어 피곤하고 지루하며 특히 허리가 끊어지듯 아파서 그야말로 죽을 지경이었다. 그런데 이상하게도 옆에서 함께 일하던 어른들은 끄떡없이 아프다고 말하는 사람이 아무도 없었다.

"아이고, 허리 아파. 허리가 부서지는 것 같네. 아이고, 아파라……"

"야, 이놈아, 아직 다 크지도 않은 어린놈이 허리가 어디 있다고 아프냐?"

어른들은 아파서 울상 짓는 나를 빈정대며, 나무라며 헛소리 말고 일이나 부지런히 하라고 무섭게 닦달했다. 농부들은 일을 할 때는 인정사정이 없었다.

'왜? 나 혼자만 이렇게 피곤하고 허리가 아플까? 어른들의 허리는 이미 돌처럼 굳어서일까?'

고민하며 곰곰이 생각하다가 드디어 그 숨은 비밀을 발견했는데, 새참 때면 어른들은 막걸리를 마시고 어린 나는 국수를 먹는다는 바로 그 차이였다.

당장 나도 국수 대신 막걸리를 달라고 해서 한 대접 그득히 벌컥벌컥 마셨더니 아, 글쎄, 너무나 신기하게도 그로부터 허리도 아프지 않을 뿐더러 일이 점점 수월해지며 금세 시간이 빠르게 흘러갔다. 그야말로 일하는 재미가 무럭무럭 우러나와 저절로 농부가가 흘러나왔다. 농주의 기막힌 효과였다. 그때부터 술의 비밀스런 효능과 맛을 빠르게 알아갔다.

그리고 요즘은 술을 마실 때마다 빠짐없이 사귀던 연인이나 여자 친구가 늘 함께 하여 자리를 즐겁게 하고 술맛을 돋우어 주었다. 여자와 함께하는 술자리, 이건 나의 요즘 새로 생긴 습관이었다. 그런데다가 아무리 생각해도 나의 주위에는 이상스러울 만큼 여자들이 많았다.

약하고 가냘픔이 남자의 사랑을 받는 여자의 능력이듯이 여자를 잘 사귀는 것도 일종의 기술이요 능력의 하나임이 분명했다. 비슷한 나이 또래의 수많은 남녀가 수두룩하지만 둘이서 깊은 이야기를 서슴없이 나눌 정도로 허물없이 친해지기는 매우 어려운 편인데, 어쩐지 나에게는 주위에 그런 여자들이 아쉽지 않도록 끊이지 않았다. 그건 사내로서 남들이 크게 부러워할 매우 자랑스러운 일이었다. 그래서 나는 날마다 복 터진 남자처럼 술과 여자를 맘껏 즐기고 있었다.

집안에 대학생 아들이 아파서 정신병원에 장기간 입원을 하고 있었지만, 나의 하루 일과 후의 그런 술자리 행태는 조금도 변하지 않고 오히려 점점 더 그 도를 더해갔다. 당연히 그런 행위에 대해 죄책감을 느끼기는커녕 오히려 모든 남자가 다 나와 비슷하다고 여기고 힘이 있을 때 실컷 놀아보자는 심산이었다. 서로 몸과 마음을 섞으며 사랑했던 한 여인이 어떤 일로 내 곁을 떠나면 묘하게도 그리 오랜 세월이 흐르지 않아 또 약속이나 한 듯 새로운 여자가 나타나 서로 더욱 가까워지던 것이었다. 부부夫婦의 인연과 마찬가지로 연인도 전생에 여러 겁의 오랜 연緣을 쌓아야 가능하다는 말이 결코 헛말은 아닐진대 참으로 묘하고 신기했다.

이처럼 좀은 이상하게도 나에게는 아내 외에 늘 연인이 하나 둘씩 가까이 있었다. 술을 좋아하기 때문인지 아니면 남녀를 구별하지 않고 사람 그 자체를 너무나 좋아하기 때문인지는 아직도 잘 모른다. 혹시 내가 성격상 너무나 쓸쓸함과 외로움을 많이 타기 때문에 헤어짐이 아쉬워 많은 사람을 가까이 하며 자주 토닥이며 감싸고돌기 때문에 그런 결과가 생겼을 수도 있다. 나에게 술과 연인의 존재는 일종의 당연한 필수적인 습관처럼 되어가고 있었다.

　하지만 분명한 사실은 사랑하던 사람이 다투거나 어쭙잖은 일로 내 곁을 떠나게 되면 나는 보통사람들보다 훨씬 더 크게 서글픔과 아쉬움을 느끼며 그만 아득한 허무와 실의에 빠진 나머지 곧잘 삶의 의욕까지 한꺼번에 왕창 잃어버릴 정도로 허탈해지고 말았다.

　이런 일은 일찍이 중학교 2학년 때부터 시작이 되었다. 요즘 어른이 되어 알고 보니 청소년의 성적 접촉은 분명 도시보다 농촌의 경우가 훨씬 더 그 나이가 이르고 그 빈도도 높았다는 생각이다. 그만큼 농촌의 생활이 단조롭고 한가하여 지루한데다가 서산꼭대기에 걸렸던 해만 떨어지고 나면 남녀가 그런 행위를 하기에 비밀스런 장소가 곳곳에 널려있을 만큼 많았기 때문일 것이었다.

첫 경험

　그날도 그랬다. 추운 겨울이 점점 깊어가자 쌓인 눈 위에 또 눈이 내려 마을과 산의 응달진 곳은 온통 하얀 눈 속에 잠겼고, 햇살이 따사롭게 비치는 눈 녹은 양달을 찾아 높은 산위에까지 올라가서 땔나무를 한 짐 잔뜩 해서 지게에 지고, 밑바닥이 매끈하게 닳아빠진 검정고무신을 신고 땅이 꽁꽁 얼어붙은 곳에서는 주르륵, 주르륵……, 연신 미끄러지고 나자빠지며 오직 기다란 지게작대기 하나에 의지해서 가파른 산길을 내려오느라고, 추운 겨울이었지만 팥죽이 끓듯 땀을 뻘뻘 흘리며 겨우 마을 어귀에 도착했는데, 그때 우물에서 물을 긷던 이웃집 중학교 3학년짜리 누나가 오랫동안 기다렸다는 듯 나를 쳐다보는 눈빛이 예사롭지가 않았다.

그랬는데, 아니나 다를까?

"야, 준호야, 너 오늘 저녁에 우리 집에 좀 와라."

"……"

누나의 뜬금없고 어처구니없는 명령에 내가 도대체 영문을 몰라 손바닥으로 얼굴의 땀을 훔쳐내며 대답이 없자,

"알았제? 꼭이야!"

누나가 재차 다짐을 하는 바람에 나는 일단 고개를 끄덕이며 가겠다는 허락의 답을 하지 않을 수 없었다.

나의 사랑하는 어머니는 일찍이 내가 초등학교 3학년 때 쌍둥이 두 동생을 하나씩 겨드랑이에 끼고 마을 앞 저수지에 투신하여 돌아가셨고, 아버지는 새엄마와 두 명의 이복동생과 본채에 사셨고, 초등학교도 졸업하지 못하고 식구 하나라도 입을 줄이기 위해 서울에서 식모살이를 하던 누나는 팔려가듯이 일찍 시집을 가서 없었고, 나는 마구간이 달려있는 아래채의 작은 방에서 혼자 기거하고 있었다.

나는 우리 마을의 가장 부잣집 외동딸인 외분이를 무척 사랑하고 있었으나 그녀에게는 아직 섣불리 말도 잘 붙이지 못하는 상태

인지라, 낮에 옆집 누나가 하던 말이 무척 궁금했으나, 일단 가마솥에 구정물을 붓고 작두로 볏짚을 썰어 넣고 소죽을 끓여서 구유에 가득 채워주어 외양간의 소부터 저녁을 먹이고 난 뒤에, 위채의 큰방으로 가서 식구들과 함께 저녁밥을 먹는 둥 마는 둥 하고 서둘러 내 방으로 돌아왔다.

일찌감치 내 방의 불을 미리 끄고 자는 체하며 부모님이 계신 위채의 동정을 살피다가 두근거리는 가슴을 안고 살금살금 발뒤꿈치를 들고 엉금엉금 기다시피 집을 나가 옆집 누나의 방으로 갔다.

내가 아무런 소리도 없이 조용히 방문을 열자 누나는 기다렸다는 듯 갑자기 듣고 있는 라디오의 소리를 크게 높였다. 옆방에는 부모님과 동생들이 있기 때문이었다. 그리고 이불을 들추며 자기 옆으로 와서 빨리 누우라고 재촉했다. 나는 처음 당하는 일이라 매우 황당하고 어색했지만 누나가 시키는 대로 따랐다.

뜨거운 누나 옆에 누우니 차갑게 얼었던 내 몸이 급히 녹아내렸다. 조금 있으니 누나가 나의 아직 얼음장처럼 찬 손을 잡아 누나의 불룩한 유방 위에 얹었다. 누나의 탱글탱글한 젖무덤의 따뜻하고 기막히게 보드라운 감촉이 즉시 나의 온몸으로 전해지며, 나는 갑자기 전신에 불꽃이 일 듯 열이 나고 생각지도 않았던 아랫도리가 먼저 불끈 일어섰다. 동시에 갑자기 단거리 달리기를 한 듯 숨이 가빠지며 때로는 깜빡깜빡 정신마저 아득하여졌다. 태어나서 엄마 외에 처음으로 맛보는 여인의 신비한 젖무덤에 대한 이상야릇한 환희가 마구 몸과 마음을 함께 사로잡고 휘둘러대고 있었다.

누나는 내가 잔뜩 흥분한 것을 알아채고 이번에는 따뜻해진 나의 손을 이미 벗고 있던 그녀의 아랫도리로 가져갔다. 지금까지 가끔 상상만 해보았던 여자의 깊은 비밀에 싸인 옥문이란 곳이었다. 부드러운 음모 사이의 갈라진 틈새에는 미끈미끈한 물기가 그득했다. 나는 너무나 신비한 황홀함에 도저히 정신을 차릴 수가 없었다.

누나는 그런 나의 바지와 팬티를 용케도 쉽게 벗겨내더니 나를 자기의 배 위로 올라오게 이끌었다. 그리고 아무것도 모르는 나는 누나가 시키는 대로 상하운동을 시작했다. 시간이 약간 흐르는 것을 느끼지도 못했는데 곧 이어 평소 혼자 숨어서 자위행위를 할 때보다 더 극도의 마치 온몸이 마비될 듯 강렬한 짜릿함을 느끼며 사정을 했다. 그러자 나의 온몸이 흐물흐물 늘어지며 또 작게 쪼그라들며 갑자기 이제까지 누나에게서 맡지 못하던 이상야릇한 역겨운 냄새가 너무 심하게 코를 막아댔다.

나는 급히 아랫도리옷을 찾아 걸치자마자 아무런 말도 없이 재빨리 도망치듯 밖으로 뛰쳐나갔다. 밖에는 그 사이에 쌓인 눈 위에 또 하얗게 눈이 내려 온 천지사방이 소복하게 쌓인 눈으로 하얗게 빛나고 있었다. 나는 집들이 듬성한 모퉁이의 어두운 눈밭으로 달려가 아랫도리를 내리고 추운 줄도 모르고 눈뭉치를 만들어

몸의 구석구석을 닦아내며 누나의 끈적끈적한 흔적을 지우기 시작했다. 첫 경험은 이토록 허무했다. 순간 나는 누나가 두 번 다시 보기 싫어졌다.

그랬는데 아주 묘한 일이 또 일어났다.

바로 그 다음날이었다. 언제나의 일상처럼 낮에는 산에 가서 땔나무를 가득 두 짐이나 해 나르느라고 매우 바빴는데, 작두로 여물을 쓸어 소죽을 끓여 먹이고, 식구들과 저녁밥을 먹고 내 방으로 돌아왔을 때는 주위가 온통 어둠의 장막에 싸인 듯 제법 저물어 있었다.

그런데 이때 문득 생뚱맞게도 옆집 누나가 그리워지던 것이었다. 냄새나고 역겹던 장면은 뇌리에서 완전히 말끔하게 지워지고 오직 누나의 불룩한 젖가슴과 미끈미끈 젖은 아랫도리가 마구 나의 뇌리를 점령하여 채찍질을 하듯 도저히 그냥 참고 있을 수 없는 지경이 되고 말았다. 이건 지독한 배고픔 이상의 도무지 오래 참을 수 없는 타는 불꽃처럼 이는 강한 충동이었다.

나는 어제처럼 도둑같이 몰래 누나에게로 갔다. 이건 당연하다는 생각뿐 뻔뻔스럽다던가, 미안하다는 생각은 전혀 없었다. 그래서 나의 방처럼 아무런 말도 없이 조용히 방문을 열자 누나가 내가 올 줄 미리 알았다는 듯이 어제처럼 라디오의 볼륨을 크게 높였다.

우린 다시 어제의 행동을 반복했는데 이번에는 아무래도 내가 좀 더 능동적이었다는 점이 약간 달랐다. 그간 제법 학습이 된 결과였다. 하지만 일을 치루고 나자 오늘도 곧바로 어제와 똑 같은 원인을 알 수 없는 역겨운 냄새가 그녀의 몸에서 마구 내뿜듯이 쏟아져 나와 나는 재빨리 도망치듯 그 방을 나와서 하얀 눈밭으로 달려가 몸을 닦아냈다.

그러나 다시 보기 싫었던 누나는 다음날도, 그 다음날도 사방에 짙은 어둠이 깔리면 여지없이 생각나서 전날과 똑 같은 행동을 두고두고 되풀이 할 수밖에 없었다. 아마도 성행위를 밤일이라고 말하듯 낮에는 조용히 잠자며 숨어있던 남녀의 성性을 밤의 짙은 어둠이 강하게 자극하며 이끌어내는 것 같았다.

넘치는 여복女福

이에 비해 고향을 떠나 멀리 대구로 와서 다닌 고등학교와 대학 때는 고향 집에서 보내주는 돈이 쥐꼬리보다 적어 학비는 물론 너무나 먹고 살기조차 어려워 돈벌이와 공부를 병행하느라고 다른 데 신경을 쓸 여가가 도무지 없었다. 등가죽이 배에 붙은 듯 배가 몹시 고플 때도 가끔 성욕이 일 때도 있었지만 너무 일에 바삐 쫓기니 금방 냇물에 쓸려가는 모래 둑처럼 사라지고 말았다.

내 또래의 여자를 보면 가끔 고향의 누나가 생각났지만 누나는 일찌감치 시집을 갔다는 소식을 흩날리는 바람결에 얼핏 들었을 뿐이었다. 누나와 나의 일은 그 집의 문 옆에 서있던 오래 묵은 고목나무만 아는 아무도 모르는 비밀이었다. 마음속으로 깊이 사랑하던 이웃집 외분이는 유별난 그녀의 어머니로부터 자살한 어미의 아들이라는 이유로 퇴짜를 맞고 가끔 연락만 하고 지낼 뿐이었다.

대학 때는 종종 타 대학 여학생들과의 형식적인 단체 미팅이 있었으나 배가 고픈 나는 그때마다 파트너와 다음 약속도 없이 싱겁게 끝나고 말았다.

그러다가 마침내 공무원에 취직하고부터는 술과 여자에 대한 나의 잠시 동안 살짝 숨어있던 끼랄까? 기질이 본능인양 되살아나기 시작했는데, 이건 참으로 즐거운 생활의 연속이었다. 안정된 직장의 묘미가 이랬다. 먼저 여자들이 주위에 붐비던 것이었다.

아내 될 연인과 이미 미래를 약속하고 연애를 계속하는 도중에도 여러 아가씨들이 접근하여 나는 수시로 즐거운 비명을 질러야 했다. 그러나 나는 집안이 가난하여 나 혼자의 벌이로는 잘 살 수 없다고 판단하여 애초부터 맞벌이를 할 여자를 대상으로 사귀었었다. 시골에 있는 두 명의 이복동생들을 공부시켜야 했고 결국 장남으로서 벌이가 마땅찮은 부모님까지 책임을 질 각오를 단단히 할 수밖에 없었다. 그런데도 그런 조건을 고루 갖춘 어여쁜 아가씨들이 제법 여러 명이 항상 가난의 냄새가 물씬 풍기는 내 주변을 맴돈 것은 큰 행운이 아닐 수 없었다.

　그래서 나는 나의 주위에 여러 아가씨들이 얼씬거리는 것이 결혼을 앞둔 젊은 남자들 모두에게 똑 같이 일어나는 공통적인 현상인 줄 알고 있을 정도였다. 오직 나를 중심으로 모든 세상이 돌아가고 있다고 우쭐대며 자신만만해 했다. 결국 아내와 결혼식을 올릴 때쯤에는 함께 술자리를 자주하며 나의 뒤를 졸졸 따라다니던 몇몇 아가씨들에게 사죄하며 미안함을 전하느라 곤욕을 치러야 했다.

　나는 하급 공무원이라 월급은 적었지만 일은 넘쳐났다. 복지 업무란 것의 특성이 바로 그랬다. 어떤 때는 밀린 일로 저녁 늦게까지 사무실에 남아 일을 해야 했고 특히 어려운 사람들을 대상으로 하다 보니 그런 사람들일수록 큰소리가 문제를 해결해 주기라도 하는 듯 요구사항이 있으면 함부로 고함부터 질러대고, 공연히 더 달라고 생떼를 쓰고, 자신의 어려운 처지만 강조하여 대화에 도통 진전이 없었다.

　생활이 어려운 기초수급자, 장애인, 노인, 편부모가정……, 등 사람들이 찾아와 직원들 앞마다 길게 줄을 서서 더 많은 도움을 줄 것을 요구하며 강짜를 부려대고, 어떤 이는 떼쓰는 아이처럼 누워서 뒹굴며, 주먹으로 책상을 치며, 버럭버럭 고함을 높이 질러대니 낮에는 도저히 업무를 할 수가 없어서 주로 퇴근시간 이후에 남아서 업무를 처리해야만 했다.

그런 상황임에도 신기하게도 이틀이 멀다하고 술자리는 벌어졌고 옆에는 어여쁜 여자들이 서로 앞 다투어 사랑의 밀어를 속삭이며 즐거운 대화는 무르익어갔다. 주위에서는 나의 이런 인기를 두고 부러워하는 사람들도 있었고 경계를 하는 사람도 많았다.

"남군은 전생을 여자를 위해 살았는지 외모와 행동에 비해 참으로 여복女福이 많아. 때로는 부럽기도 하고 때로는 질투도 많이 난다니까. 하하하……"

"여복이 많은 것이 꼭 좋은 것만은 아니야. 특히 요즘 같은 까다로운 시기에 더욱이 공무원 신분으로, 조심 또 조심해야하고 말고……"

그건 내가 생각하기에도 매우 신기할뿐더러 퍽 이상한 일이 아닐 수 없었다. 나는 자타가 공인하듯 시골에서 곧 바로 올라온 촌놈같이 어리벙벙하게 생겼고, 적은 월급이라 밥값이나 술값을 쑥쑥 자진하여 잘 내는 편도 아니었고, 춤은 물론이고 노래도 잘 못부르는 음치에 가까웠다. 겨우 한다는 것이 술을 잘 마시며 가끔 유머나 농담으로 우스갯소리를 몇 마디씩 던질 정도였다. 어디로 보나 여자들이 좋아하며 따를 형은 아닌데도 참석한 여성들의 눈길은 대부분 나를 향하고 있었다.

남자는 뭐니 뭐니 해도 여자에게 관심을 받고 사랑을 받을 때가 가장 좋았다. 그래서 돈이 있는 남자들은 여자에게 집이나 차를 사주고, 값진 선물을 주고, 듬뿍듬뿍 용돈을 집어주어 환심을 사기도 했다. 특히 금상첨화, 그 여자가 황진이처럼 아름답고 교양미기 넘치는 여자라면 더 말할 나위가 없었다.

하지만 나는 아무리 좋아해도 여자에게 줄 돈뭉치는 없었다. 원래 박봉인 공무원이란 직업이 그런데다가 복지공무원은 더욱 그랬다. 아주 가난한 빈자들을 대상으로 일을 하다 보니 공짜로 밥을 한 끼 얻어먹기는커녕 그들에게 텅텅 빈 나의 주머니라도 탈탈 털어서 잔돈푼이라도 보태주어야 할 때가 많았다.

그런 형편에다가 이미 장가를 가서 아이들까지 있는 가장인 나에게 직장 내에서도, 바깥 사회에서도 사랑하는 여자들이 여러 명 가까이 있어서 그녀들을 관리하기에 분주하기 이를 데 없었으니 가뜩이나 늘 술과 벗하여 지내는 남다른 술꾼인 나는 지금의 생활이 더 없이 행복하여 지극히 만족하고 있었다. 그래서 나는 겉으로는 남들의 부러움과 질투를 동시에 받으면서 나름대로는 차츰차츰 우월주의로 인한 자만심과 교만에 빠져들지 않을 수 없었다.

연인들

내가 아들에 이어 두 살 터울로 딸을 낳았을 때였다. 아내는 직장을 휴직하고 두 아이를 보살피느라고 눈코 뜰 새 없다는 것을 잘 알고 있었으나, 나는 너무 힘들어 늘 파김치가 되어있는 아내를 위로하거나 돕기는커녕 오히려 그것을 다시없을 절호의 기회

27

로 활용하여 더욱 술에 취해 사랑의 놀음을 줄기차게 계속하고 있
었다.

바로 그때, 내가 눈에 통째로 넣어도 하나도 아프지 않을 만큼
사랑하던 정미는 초등학교 교사였다. 그녀는 일찍 학교를 마치면
마치 다시 출근을 하듯 내가 근무하고 있던 구청 근처로 와서 다
방이나 찻집에서 나를 기다리기 일쑤였다. 그녀는 초등학생처럼
마음씨기 순진했고, 오래전에 시집을 가서 낳은 딸이 벌써 유치원
에 다니는데도 얼굴은 마치 갓 입학한 대학생처럼 어리게 보였다.
거기다가 술을 몇 잔 마시면 새빨개진 얼굴로 어리광을 부리는 것
이 마치 개구쟁이 어린이 같이 앙증맞았다.

그녀와의 생뚱맞은 인연은 논술고시에서 시작되었다. 그녀는
지체장애자인 홀아버지 아래서 자랐다. 세 식구가 차를 몰고 멀리
나들이를 가다가 사고를 당하여 엄마는 그 자리에서 즉사하고 아
버지는 하반신을 크게 다쳤으며 엄마 품에 안겨있던 어린 딸만 무
사하였다고 했다. 그 아이가 바로 정미였다. 아버지는 기초수급자
가 되어 두 개의 목발을 겨드랑이에 짚고 자주 나를 찾아왔다.

그러던 어느 날, 하루는 긴급한 걱정거리를 토로했다.

"남 주사, 교대를 졸업한 우리 딸이 번번이 임용고시에 떨어져
서 낭패야. 낭패……. 올해도 걱정이 되어 도통 잠이 안 온다네.
걔가 어서 선생이 되면 이 창피하고 지긋지긋한 수급자에서 하루
라도 빨리 졸업을 하고 싶은데……"

우리는 저마다 담당한 수백 가구의 수급자 가정의 모든 것을 관리하고 있었다. 그의 딸이 공부를 잘하여 교육대학에 다닌다는 것은 들은 적이 있으나 최근 소식은 전혀 모르고 있었다. 그 가구의 소득에 변화가 있어야 겨우 상황이 감지가 되던 것이었다.

나는 급히 정미를 불렀다. 백목련처럼 청초하고 아담한 그녀는 내 눈에 쏙 들어와 나의 눈을 멀게 할 지경으로 예뻤다. 듣고 보니 필기시험은 열심히 공부를 하여 성적이 좋은데 함께 치르는 논술고시가 문제라는 것이었다.

때마침 나는 어릴 때부터 글에는 약간 소질이 있었다. 그래서 지금까지 각종 공모전에 글을 응모하여 제법 많은 수상을 했었다. 게다가 사회복지 석사학위 논문을 쓰면서 논리적인 글도 꽤 많이 읽었다.

나는 그녀에게 논술고사 기출문제집을 가져오게 하여 주제를 하나씩 정해주고 매일 한편 이상씩 논술 답안지를 써오게 하여 함께 교정을 봤다. 그런지 여러 달이 지나 시험이 있었는데 너무나 다행스럽게도 그녀가 그해 임용고시에 합격하여 곧 발령을 받아 교사가 되고 아버지와 함께 수급자에서 탈피했다.

가난의 굴레는 너무나 지독하여 어쩌다가 한 번 빠지고 나면 오랜 가문의 저주처럼 대를 이어 그 가난을 물려가며 좀처럼 벗어나기 어려운 법인데, 이 가정은 그녀로 인해 탈출에 성공을 한 것이었다.

그런데 공교롭게도 그로 인해 더 큰 문제가 발생하고 말았다. 그녀와 오랫동안 공부를 하는 사이에 순진한 아가씨가 그만 나에게 너무 깊이 정이 들어버렸던 모양이었다. 그녀에게는 꿈에도 잊지 못할 첫사랑이 분명했지만 서로 사랑을 나누기엔 나는 이미 기혼자였다. 그녀는 나를 잊기 위해 마음을 굳게 다잡고 같은 학교에 근무하던 선배와 서둘러 결혼을 했으나 슬하에 딸 하나를 낳고 결국 마음이 맞지 않는다며 곧 이혼하여 딸과 함께 아버지와 살고 있었다.

아, 첫사랑의 기묘한 신비라니?

요즘 그녀에겐 오로지 첫사랑만이 세상의 전부였다. 그녀가 나를 보는 순간 온몸이 활화산이 불타오르듯 마구 떨리며 너무나 반가운 나머지 얼굴이 봄꽃처럼 환하게 피어나며 온통 환희에 젖었는데, 나를 쳐다보는 꿈을 꾸듯 그윽한 눈길이 그것을 잘 말해주고 있었다.

그녀의 나에 대한 첫사랑은 퍽 남달랐다. 나의 가족에 대한 모든 것을 소상히 아는 그녀는 그 첫사랑의 감정을 적절하게 잘 조절하며 친구 이상의 아무 것도 요구하지 않았다. 그녀는 스스로의 외로운 사랑에 만족하는 체했지만, 순진하고 단순한 그녀의 속마음을 손바닥을 들여다보듯 훤히 아는 나로서는 혼자 사는 그녀의 나이가 무거워갈수록 안타깝고 미안하기 그지없었다.

흔히 첫사랑은 좀처럼 맺어지지 않는다고 했지만, 그녀와는 지금도 약간의 사이를 띄어둔 채 술자리의 잦은 만남을 통해 오래 묵은 우정으로 우뚝 선 두 개의 바위처럼 변함없이 면면히 이어지고 있었다. 그녀에겐 더 없이 간절한 사랑이었지만 나에겐 둘도 없는 친한 친구라는 생각이 앞서서 우리의 우정을 갈수록 더욱 돈독하게 유지하여 주고 있었다.

그녀의 아버지도 사랑하는 귀여운 손녀에 푹 빠져 살며 딸이 하루 속히 좋은 남자를 만나서 짝을 이루고 행복하게 살아가기를 염원하였으나, 그녀는 나와 나의 친구들을 함께 만나서 한 잔 술과 즐거운 이야기로 세월을 하루하루 죽여 나가는 것에 지극히 만족하며, 아버지의 그런 간절한 소망에는 전혀 개의치 않는 게 틀림없었다. 그녀와 나는 마치 물과 고기 같은 수어지교水魚之交의 좋은 관계를 계속 지속하고 있었다.

또 다른 한 친구 윤정이의 이야기를 빼놓을 수는 없다. 나의 연인이자 보기 드문 친한 복지의 동행자이기 때문이다. 그녀를 만날 때쯤, 그녀의 운명이 마치 심한 어깃장을 놓듯 회사의 금속노조에서 일하던 그녀의 남편이 한밤중에 차를 몰고 낙동강 푸른 물로 뛰어 들어 사망했다. 그가 만취하여 실수를 하였다는 말과 노조에서 그를 제거하기 위해 고의로 꾸며낸 사건이란 여러 가지 의견이 분분했지만, 슬하에 학생인 남매를 둔 윤정이의 억장이 무너지는 슬픔은 가히 상상할 수도 없었다.

　"고등학교에 다니는 남매와 함께 살아갈 길이 너무 막막해요. 제발 취직을 부탁해요……"

　힘없이 다 죽어가는 목소리로 마치 금방이라도 하늘이 무너져 내리는 큰 걱정으로 얼굴도 모르는 나를 찾아와 어려움을 호소하는 그녀였지만, 그녀는 우선 차림새가 남달리 정갈했다. 급히 컴퓨터로 그녀의 내부사정을 조회해보니 아파트가 한 채 있었고 보험과 약간의 저축도 있어, 수급자나 모자가정이 되어 혜택을 받을 수 없는 조건이었다.

　"오갈 곳 없는 노인들을 돌보는 일을 할 수 있겠어요? 이들은 성격도 까다롭고, 괴팍하고, 대소변을 받아내야 하는 힘든 일인데……"

　"도나 개나 이것저것 가릴 형편도 아니지만 지금의 내게 딱 맞는 봉사하는 좋은 일자리네요. 잘 해낼게요. 꼭 부탁해요. 꼭 꼭……"

　우리 구청에서 처음으로 지어 민간단체에 위탁하여 운영하는 노인요양원에 취직한 그녀는 참으로 헌신적이고 겸허하여 아주 모범적으로 노인들을 섬기며 일을 잘 한다는 소문이 자자했다.

　"노인들에 대해서 좀 더 많이 알기 위해 방송통신대학 사회복지학과에 입학을 했는데 숙제가 너무 많아서 내 능력으로는 도저히 해나갈 수가 없군요."

어느 날 그녀가 나를 찾아와 늘어놓은 하소연이었다. 나는 우선 그런 힘든 일을 하면서도 꾸준히 공부를 한다는 그녀가 고마웠고, 노인 돌보기를 더 잘하기 위해 복지 공부를 한다는 것에 더욱 감사했다.

그래서 나는 그녀의 많은 리포트 중 일부를 도와주었다. 그녀는 복지에 대한 나의 경험적 이야기가 공부와 일에 많은 도움이 된다며 고마워했다. 그러다가 때로는 나의 술자리에 끼어서 술도 한잔씩 나누었다. 이럴 때 술은 너무나 묘한 힘이 있어서 나는 그녀와 빠르게 가까워졌다. 그래서 나는 즐거운 마음으로 그녀가 힘들어하는 과제물을 수시로 도와주었다. 그녀는 너무나 고마워했지만 복지에 대한 실전 경험이 많은 나에게는 그 정도는 별로 대수롭지 않은 쉬운 일이었다.

그녀가 졸업할 무렵, 대학에서 일을 하며 공부를 하는 학생들의 사기를 진작시키기 위해 근로 학생들을 대상으로 생활수기를 모집하는데, 윤정 씨도 자기가 하는 일도 너무 어렵고 색다르니 한번 꼭 응모를 하고 싶다고 했다.

우리는 내가 직장의 일을 마치면 모여앉아 서로 머리를 맞대고 며칠 동안 고민을 하며 그녀가 오갈 곳도 없는 불쌍한 노인들을 모시고 섬기면서 겪은 아주 기이하고 색다른 경험담을 글로 쓰고 내가 다듬었다. 이건 정말 실감나는 한 편의 체험적 단편소설이었다.

"어려운 노인들일수록 남들과 잘 지내지를 못하고 늘 다투며 원수처럼 살아요……"

"세상에 자식이 없다고 속여서 노인을 우리 원에 맡겨놓고 경로연금이 나오는 날이면 몰래 번쩍거리는 좋은 자가용을 타고 와서 어머니의 경로연금을 빼앗듯이 받아가는 나쁜 아들이 수두룩해요. 지독한 철면피들이……"

"자식이 없다고 속이고 우리 요양원에 와서 보호받는 노인들도 많아요. 자식들이 자기 때문에 고생을 할까봐서요. 자식을 감싸는 모정은 끝이 없어요……"

최근 빚에 시달린 가난한 세 모녀가 함께 자살을 하듯, 그녀가 늘어놓는 복지의 혜택을 받지 못하는 사각지대의 노인들과 복지제도를 악용하는 불효자 등 세상에 드러나지 않았던 이면의 이야기들이 너무 많아 복지를 담당한 나의 가슴을 너무나 아프게 했다.

그런데 과연 이게 무슨 꿈같은 행운일까?

그녀의 글이 대상에 걸리고 그녀는 상금으로 거금 5백만 원을 손에 거머쥐었다. 그녀는 학창시절부터 이제까지 상을 타본 일이 거의 없었는데, 이렇게 큰 상을 처음으로 받은 것이 바로 나의 도움이라며 감격하여 줄줄 눈물을 흘려댔다. 입을 다문 채 울고 있는 그녀가 마치 장독대에 붉게 핀 입을 앙다문 분꽃같이 너무나 앙증맞고 아름다워 나는 그녀를 포근하게 꼭 감싸 안아줄 수밖에 없었다.

그녀가 너무 기쁜 나머지 이번 수상을 기념하여 멀리 여행을 떠나자고 제의했다. 당연히 나는 이런 절호의 기회를 놓칠 리 없었고, 여행 내도록 고분고분 기분 좋은 그녀의 뜻에 마치 하인처럼 따르며 여행을 즐겼고, 그런 후 우리는 서로가 관계된 일을 의논할 겸 해서 더욱 자주 만났고 그러는 사이에 서로의 마음이 일치하며 사랑이 점점 빠르게 여물어서 이제는 둘도 없는 연인으로 발전했다.

남편 있는 연인

그런데 오늘은 내가 하는 업무 때문에 기분이 매우 언짢은 날이었다. 일을 하다보면 세상의 보통 사람들이 흔히 일진(일수)이라고 말하는 이런 찜찜한 일들이 연이어 일어나 온통 기분을 망치는 날이 더러 있었다.

출근을 하자마자 늘 자주 찾아와 별것도 아닌 것을 아주 심각한 척 묻기도 하고 상담도 하던 키가 작고 뚱뚱한 여인이 초조한 듯 미리 나를 기다리고 있다가 걱정스레 물었다.

"주사님, 우리 가족의 소득이 얼마가 되면 수급자에서 짤리게 되나요?"

그녀는 남편과 이혼하여 남매를 초등학생 때부터 어렵게 키워

현재 딸은 대학의 사회복지학과를 졸업했고, 아들은 해군에 입대하고 있었다.

"여사님, 갑자기 담 너머 호박이 넝쿨째 굴러오듯 집에 큰돈이 들어왔나요?"

나는 그녀의 너무나 심각하고 초조한 마음을 조금이라도 녹여주려고 농담조로 이렇게 물었다.

"아침에 우리 딸이 사회복지관에 면접시험을 보러 갔어요. 전에 필기시험은 합격했고요."

"참으로 잘 되었군요. 따님이 취직을 하면 집안 형편이 단번에 확 풀리겠네요?"

"그게 아니에요. 합격하면 월급이 180만 원쯤 된다더군요. 그래서 그 돈으로는 먹고살기는커녕 엄마의 병원비와 약값에도 부족하다고 엉뚱한 답변으로 합격하지 말라고 말했어요."

나는 너무 기가 찼다. 세상에 과연 이런 어머니도 있는가? 너무 화가 치밀어 도무지 말도 나오지 않을 지경이었다. 물론 그녀는 오랜 당뇨병에다가 고혈압, 고지혈증, 허리 디스크, 무릎관절염……, 등 여러 가지 깊은 병으로 늘 병원에 살다시피 하는 스스로 자기 몸을 종합병원이라고 하는 사람이긴 했다.

"그건 너무 하셨네요. 진정한 부모라면 일단 자녀가 잘 되도록 도운 후에 자신은 다른 살 길을 찾아보는 게 도리가 아닐까요?"

"저도 그 정도는 알아요. 딸에게 그렇게 말했더니 합격해서 월급 타면 엄마에게 백만 원씩 드릴게요, 라고 하더군요. 하지만 실제로 딸이 취직하여 내가 수급자에서 탈락하면 그 돈으로는 정말 병원비에도 어림도 없어요……"

그녀의 말에 나는 뭔가 많이 잘못되었다는 감은 왔지만, 그녀의 너무나 기막힌 현실에 달리 뾰족하게 설명할 방법이 없어서 끌끌 혀만 찰 수밖에 없었다.

이렇게 속 시원히 그녀의 마음을 풀어주지 못하고 안타까운 마음으로 그녀를 보내고 말았는데, 곧바로 그녀의 뒤에 서서 기다리고 있던 남자가 자신의 순서라며 내 앞 그녀가 방금 일어선 의자에 덜렁 앉았다. 그는 과거에 은행원이었는데 당뇨병과 합병증이 너무나 심해져서 도저히 업무를 계속할 수가 없어 사퇴를 하고 말았다. 갑자기 많은 병원비와 생계가 막막해진 그의 아내가 나를 찾아와 도움을 요청했었다.

그녀의 아내는 두 눈이 초롱불처럼 밝게 빛나고 매우 영리하고 적극적인 성격의 여자였다. 하지만 남편이 여러 가지 합병증이 수반된 당뇨병으로 심하게 앓고 있어서 그녀의 얼굴에는 늘 검은 구름처럼 수심이 가득했다. 슬하에는 중학생 남매가 있었다.

그런데 세상에 어찌 이럴 수가? 누구나 가끔 경험하듯 세상일은 참으로 기기묘묘하기 짝이 없을 경우가 더러 있었다.

바로 이 집안의 경우가 그랬다. 중병에 걸려 심하게 앓는 사람은 남편인데 갑자기 그 가정의 주춧돌처럼 모든 것을 책임지고 바쁘게 동분서주하고 있던 부인이 먼저 세상을 떠나고 말았다. 아마도 혹시라도 남편 없이 살아갈지도 모른다는 심한 염려와 강박감과 스트레스가 원인이었을 것이다. 현대의 바쁜 세상은 흔히 심한 스트레스가 만병의 근원이 되는 수가 매우 잦았다.

그런데 이상하게도 부인이 사망하자 남편의 병에 차츰 차도가 있더니 상태가 빠르게 호전되고 있었다. 아내가 없는 형편에 커가는 자식들에 대한 강한 의무감으로 당뇨병의 관리를 더욱 철저하게 하였기 때문일 것이다.

바로 그가 오늘 느닷없이 나를 찾아왔던 것이다.

"남 주사님, 내 병이 조금 나은 것을 어떻게 알았는지 전에 다니던 직장에서 임시 계약직으로 나와 달라는 연락이 왔어요. 요즘 일손이 너무 많이 딸린다면서……"

그 말을 듣는 순간 나는 큰 기쁨과 보람에 빠져들었다. 복지 일을 하는 사람은 수급자가 취직이나 하다못해 복권에라도 당첨되어 가난에서 졸업하는 것이 가장 값지고 즐거운 일이었다. 그러나 한번 가난뱅이는 점점 더 생활이 피폐해지고 더욱 어려워질 뿐 좀처럼 그런 행운의 경우가 잘 없었다. 이거야말로 대를 잇는 가난의 저주나 지독한 빈곤의 굴레라고 아니할 수 없었다.

"이건 듣던 중 가장 반가운 소리로군요. 축하해요. 당연히 일하러 나가셔야죠……."

내가 그의 말을 크게 반기며 큰 소리로 이렇게 축하를 했더니 덩달아 기뻐할 줄 알았던 그의 얼굴이 먹구름이 끼듯 어둡게 굳어지며 뚱딴지 같이 생소한 말을 하여 나를 깜짝 놀라게 하던 것이었다.

"그런데 곰곰이 따져보니 꼭 그런 것만도 아니더군요."

나는 더욱 놀라며 그에게 무슨 생뚱맞은 비밀이라도 있는가 하고 그의 얼굴을 자세히 쳐다보며 두 눈을 빤히 응시하지 않을 수 없었다. 그가 다시 말을 이었다.

"주판을 두드리며 계산을 해보니, 우리 세 식구 매월 수급자 생계비와 주거비, 학비 무료, 의료비 무료, 가끔 나오는 쏠쏠한 후원금품……, 모두 합쳐보니 내가 일을 해서 받을 월급보다 훨씬 많고 짭짤하더라고요……"

그가 약간은 창피하고 미안한 듯 말끝을 흐렸지만 나는 그의 말에 크게 실망하며 난데없던 화가 마구 치밀어 올랐다. 어쩔 수 없는 경우에 처하여 국가와 사회의 도움을 받는 것은 당연한 일이라해도 이런 교묘한 은행원다운 계산방법이라면 너무나 야멸차고 무책임의 극치라 아니할 수 없었다.

"선생님의 계산 방법이 많이 틀렸군요. 배운 사람답게 좀 더 범위를 넓혀서 멀리까지 내다보셔야지요. 선생께서는 앞으로 삼밭의 쑥대처럼 곧게 쑥쑥 커가는 사랑하는 남매도 장차 기초수급자로 키우겠다는 말씀이로군요."

"아니, 무슨 말씀입니까? 아닙니다. 그건 절대로……. 사랑하는 나의 아들딸이 수급자라니요. 어림도 없습니다. 걔들은 커서 세상의 빛과 소금이 되어야 합니다."

그는 머리를 흔들고 손사래를 치며 그건 절대 아니라고 강하게 부정을 하며 떠나갔지만, 나의 기분은 마치 입속에 벌레를 잘못 씹은 듯 여간 찜찜하지가 않았다. 바로 정성껏 돌보아주던 수급자에게 진한 배신을 당한 기분이었다.

퇴근 무렵, 온종일 언짢은 내 기분을 눈치 챈 선배가 자기가 잘 아는 곳으로 가서 술을 한잔 들며 기분을 풀자고 했다. 내가 그를 따라서 간 곳은 난생 처음으로 가보는 카바레였다.

입구에 들어가는데 눈에 띄는 화려한 옷을 입은 많은 여인들이 복도 의자에 줄줄이 앉아서 어떤 남자가 다가와서 자기의 손을 잡아주기를 기다리고 있었다. 선배와 나는 우리를 간절한 눈길로 쳐다보는 여인들에게 전혀 신경을 쓰지 않고 안쪽에 있는 술자리로 쑥 들어갔다.

그때 나는 전혀 춤을 출 줄은 몰랐지만 젊음이 재산이라고 일단 젊었으니 적당한 파트너를 구할 수가 있다는 자신감이 들었는데 나이가 많은 선배가 걱정이 되었다. 안쪽의 널찍한 홀에는 희미한 불빛 아래서 마치 여러 가지 색깔의 나비처럼 쌍쌍이 붙어서 흐르는 음악에 맞춰 사뿐사뿐 춤을 추는 모습이 한 폭의 풍경화처럼 화려하게 펼쳐지고 있었다.

그런데 선배에 대한 내 염려는 한갓 쓸데없는 기우임이 곧 현실로 드러났다. 나는 오직 여인들을 바람개비처럼 돌려대는 춤꾼들의 화려한 춤 솜씨에 젖어 술잔만 기울이고 있는데, 선배는 마치 질이 잘난 제비족처럼, 일인다역을 하는 모노드라마의 주인공처럼 부지런히 무대로 나가서 춤을 추다가 파트너를 데리고 우리 자리로 왔다. 방금까지 춤을 추던 여인들이 우리에게로 와서 자리를 환하게 빛내며 처음 본 사람들끼리 대화가 빨라지며 분위기는 빠르게 무르익어갔다. 춤과 술의 묘미는 거의 환상적이었다.

아뿔싸! 어찌 이럴 수가?

그런데 바로 이때였다.

나는 깜짝 놀라서 자리에서 벌떡 일어서지 않을 수 없었다. 순간, 줄곧 마셨던 술이 찬물을 한 바가지 끼얹은 듯 단숨에 확 깨며 의심이 가득 찬 눈동자가 선배가 방금 데리고 온 여인을 향해서 바빠지기 시작했다.

"아니, 저 여인은? 죽었다던 바로 그 여자가 아닌가? 초롱불처럼 반짝이는 눈빛 하며 저 야무진 자태……, 틀림없어. 확실해. 다른 사람이 비록 일란성 쌍둥이라고 해도 저렇게 똑같이 빼닮을 수는 도저히 없어……"

나는 이렇게 중얼거리지 않을 수 없었다. 지금 새로 나타난 여인은 바로 오늘 사무실로 나를 찾아왔던 그 은행원의 아내가 틀림없었다. 사망 직전까지 아픈 남편과 어린 남매를 걱정하며 그녀가 나를 자주 찾아와 간절한 눈초리로 도움을 요청했었던 것이다.

"저는 이정자라고 해요. 춤을 배운지는 얼마 안 돼요. 잘 부탁해요."

내가 엉거주춤 앉지도, 서지도 못하고 어리둥절 하는 사이에 그녀가 시끄러운 음악소리를 뚫고 또렷한 목소리로 자기를 소개하며 춤추듯 사뿐히 자리에 앉았다. 나는 일단 성과 이름이 은행원의 사망한 아내와 다른데 대해 안도의 한숨을 토하며 계속 그녀의 유달리 눈이 빛나는 얼굴을 주시했다.

이때 또 술이 몇 순배 잔마다 가득 채워져 돌아갔다.

"나와 한 번 추실래요? 난 춤을 전혀 출 줄 모릅니다만……"

내가 그녀에게 술이 취한 목소리로 제의를 하자 그녀가 흔쾌히 나를 데리고 무대로 나갔다. 여러 사람들 틈에서 내가 술기운에 신이 나서 막춤을 흔들어대자, 그녀가 남자처럼 나의 손을 잡고 슬슬 돌리며 나를 유도했다. 이윽고 조용한 부르스타임이 되자 우리는 서로 안고 곡조에 맞지 않는 어색한 스텝을 밟으며 나는 그녀에게 다음의 데이터 신청을 했고 그녀도 좋다며 동의했다. 그녀가 죽은 여인을 너무나 빼닮아서 호기심이 크게 동했던 것이다.

며칠 후 그녀를 다시 만났는데 그녀는 카바레에서 보던 모습과는 너무 많이 달랐다. 나이가 나보다 몇 살 위였으며 남편이 중학교 교감이라고 했다.

"허허허……, 그랬었군요. 내가 알던 사람과 일란성 쌍둥이보다도 너무 똑같이 닮아서 다시 보고 싶었어요. 그날은 하루빨리 친구가 되어 주고 싶도록 매우 외로워 보이기도 했고요. 그러나 나는 남편이 있는 사람과는 사귀지 않겠다고 스스로 맹세한 사람입니다. 아내에 대한 죄책감도 견뎌내지 못하도록 큰데 거기다가 상대의 남편에게까지 가슴을 아프게 하지 않기 위해서죠."

내가 이렇게 단호히 결심을 밝히자 그녀도 긴히 할 말이 있다는 듯 조용하게 이야기를 소쿠리에서 알밤을 하나씩 꺼내듯 주섬주섬 꺼내놓기 시작했다.

"요즘 세상에 참으로 아름다운 마음씨를 지녔군요. 그리고 당신의 눈이 아주 정확했군요. 나는 참으로 외로운 여자랍니다. 처음에는 결혼 전부터 우리 부부가 마른 가랑잎에 불이 붙은 듯 너무나 열렬히 사랑했었지요. 그런데 나보다 많이 배운 남편이 그만 사이비 종교에 빠져버렸지요. 다미선교회라는 이상한 종교집단이었죠."

"아, 몇 년 전에 휴거라고 맨몸으로 하늘에 저절로 달려서 올라가겠다고 자기들끼리 모여서 난리를 피워 세상을 떠들썩하게 하던 종교집단 말이죠?"

"바로 맞아요. 나는 아들 하나 딸 둘, 모두 세 아이를 두었는데 같이 살던 남편은 자기 혼자만 천사처럼 하늘로 올라가겠다고 아파트를 담보로 잡혀 많은 돈을 빚을 내서 그 집단에 몽땅 바쳐버렸지요. 다행하게도 하늘나라로 간다는 지나친 설렘에 깜빡 잊었는지 아니면 휴거의 일부를 믿지 못했는지 학교에 퇴직사표를 내지는 않았지요……"

그녀는 요즘도 남편이 교사로서 돈을 벌어와 식구들이 생계를 유지하고 있어서 퍽 다행이라는 투로 말했다.

"그때부터 당신이 염려할 만큼 우리는 전혀 부부가 아니었어요. 그냥 아무런 교감도 없는 단지 한집에 거주하는 부부의 모양새를 갖춘 무늬만 부부였던 거지요. 같이 살며 나는 그에게 밥과 빨래를 해주고 그는 직장에서 돈을 벌어오고……. 하지만 우리 부부는 지금까지도 하루 종일 같이 있어도 단 한마디의 말도 나누지 않는 날이 비일비재해요. 물론 방도 따로 쓰고요……"

그녀는 자신이야말로 지극히 자유로운 영혼을 가진 여자임을 은연중 강조하며 그래서 너무나 외로워서 근래에 춤을 배웠다고 했다. 나는 남편에게 버림당해 외로움에 떠는 그녀가 너무나 측은하게 생각되었다. 그래서 그녀와의 만남이 계속되었는데 외로운 그녀는 내가 전화만 걸면 밤늦게나, 새벽이나, 대낮이나 시간에 관계없이 급히 뛰쳐나왔다.

그녀는 술은 많이 좋아하지는 않으나 밤일은 무척 즐겼다. 나는 술이 많이 취하면 집으로 가는 길에 그녀를 불러내어 만났다. 당연히 늦은 밤이었다. 아내는 출산휴가 중이었고 나는 정자 씨와 단잠을 자고 나면 취했던 술이 모두 깨고 말았다. 밤이 늦은 시간에 술꾼이 술도 취하지 않고 맑은 정신으로 집에 들어가려니 아내를 보기가 너무 민망하고 꺼림칙했다. 그래서 소주를 한 병 사서 반쯤은 마시고 나머지는 옷에 골고루 뿌려서 술 냄새를 푹푹 진하게 풍기며, 많이 취한 척 비틀거리며 집으로 들어간 적이 한두 번이 아니었다. 정자 씨는 오래도록 밤마다 만나는 한밤중의 연인으로 자리를 잡아갔다.

세 명의 연인들

이때쯤 또 결코 빼놓을 수 없는 아주 신나는 일이 하나 있었다. 두 달 동안의 서울 직무연수교육이 바로 그것이었다. 우리 반은 전국 각지에서 모인 70명이었고, 그 중 남자가 12명이었는데 공교롭게도 내가 학생장을 맡게 되었다. 남자 중 두 명을 제외한 열 명은 술꾼들이었는데, 그건 업무상 스트레스가 많은 복지공무원들의 공통적인 특성이었다.

그들은 시도 단위별로 모두들 서로 잘 알고 있었는데, 아무 것도 할 일이 없는 이름뿐인 학생장이 너무 수고를 많이 한다며 광역시나 도의 대표들이 저녁 대접을 서로 하겠다고 야단들을 피워댔다.

할 수 없이 나는 나 혼자서는 너무 열없으니 남자 술꾼들 열 명이 함께 모여서 술을 마시는 자리에 와서 한턱씩을 내면 내 마음이 더 기쁘겠다고 귀띔을 했는데, 나의 뜻을 알고 그들이 순번을

정하여 와서 저녁 값을 내는 바람에 매일 흥겨운 술자리가 이어졌다.

그런데 그들 중 전주에서 온 여인과 부산에서 온 여인과 광주에서 온 여인 세 명은 그들의 순번이 이미 끝났는데도 매일 빠짐없이 함께 참석하여 밤이 늦도록 우리 술꾼들과 자리를 같이 하던 것이었다. 서울에 와서 전국의 아름다운 여인들과 함께 하는 술자리가 하도 신기하고, 이상하고, 너무나 즐거워서 하루는 술에 잔뜩 취한 내가 그 중의 전북 대표로 전주에서 온 여인에게 슬쩍 물어보았다.

"미스 전주, 술도 잘 마시지 못하면서 이렇게 밤이 이슥하도록 우리와 함께 하시니 이건 너무 고마워서 가히 미칠 지경이오."

나는 그녀들을 미스 코리아 대신 그 지역의 명칭을 따서 미스 전주라는 애칭으로 불렀는데, 그녀는 아직도 자기의 진짜 속마음을 몰라주는 우둔한 나를 예쁜 눈을 흘기며 나무라듯 참으로 섭섭해 하며 말했다.

"내가 누구 얼굴을 쳐다보며 가끔씩 뜬금없이 발하는 농담을 듣는 재미로 이 지루한 시간을 죽이고 있는지 정말 아직도 몰랐나요? 아이고, 이렇게 억울할 수가? 내 눈길이 당신에게 여러 번 말하던 것도 여태 몰랐나요?"

나는 이건 필시 술에 흠뻑 취한 나를 더욱 기분 좋게 하려는 어여쁜 배려의 말솜씨가 틀림없다고 감사하며 오직 멍청하게 눈만 크게 멀뚱멀뚱 뜨고 그녀를 바라볼 수밖에 없었다.

"그럼 학생장님은 아직도 오로지 당신을 향한 내 마음의 속삭임도, 당신을 향한 나의 눈동자가 빠르게 구르는 소리도 듣지 못했다는 말씀인가요? 아, 아, 아무리 목석같은 대구 사나이라지만 어찌 이리도 무심할 수가? 이건 순전히 허무한 짝사랑이었네."

나는 그녀의 너무나 아름다운 수사의 탄식에 또 감탄한 나머지 혹시나 싶어 부산과 광주에서 와서 함께 우리 자리에 참석한 여인들에게도 넌지시 비슷한 말로 슬쩍 떠보았더니 그녀들의 대답 역시 하나같이 나에 대한 지대한 관심뿐임이 불을 보듯 확실했다.

'이건 아무래도 뭔가 이상하군. 내가 잘난 배우도 아니고 기껏 대구의 하급공무원일 뿐인데?'

순간 나는 온몸에 강한 전류가 흐르듯 찌릿찌릿 해지며 도무지 믿어지지 않는 가당치도 않은 너무나 큰 행운의 현실에 오히려 크게 감동한 나머지 몸을 떨어야 했다.

'한꺼번에 세 여자라니? 이건 변강쇠도 아니고, 카사노바는 더욱 아닌데…… 너무 부담이 되는걸. 그래도 나는 사랑하는 사람이 많을수록 너무 좋아. 종이를 찢기는 쉽지만 다시 붙이기는 어렵듯 인연 역시 찢기는 쉽지만 이렇게 저절로 붙이기는 여간 어려운 일이 아니지 않은가……'

나는 그녀들과 함께 모처럼 집을 멀리 떠난 여행객이 되어 매일 사랑이 넘쳐흐르는 데이트를 즐기며 즐겁고 바쁜 나날을 보냈다.

마치 채 두 시간도 못 되듯 느껴지는 너무나 짧았던 두 달의 교육을 마칠 때쯤에는 우리들의 사랑놀이의 염문이 우리 반원 모두들에게 마치 한지에 붉은 물이 들 듯 골고루 퍼져서 모두 나를 부러운 눈길로 쳐다보았다. 참으로 기억에 오래 새겨질 멋진 교육이었다.

그래서 지금도 우리는 그때의 술꾼들 몇몇이 지역별로 돌아가며 모여서 전국을 돌며 그때의 그녀들과 사귐을 계속하고 있다. 뿐만 아니라 내 개인적으로는 그 중 전주의 여인은 남편이 있다고 하여 곧 만남이 시들해지다가 뜸해졌으나, 5·18 사건의 미망인이라는 미스 광주와, 일찍이 이혼하여 딸 둘을 키우고 있는 미스 부산은 지금도 시·도의 경계를 넘나들어 서로 오가며 자주 사랑의 만남을 계속하고 있다.

마지막 연인

이렇게 여러 명 나의 사랑하는 연인들을 늘어놓다 보니 또 한 사람 도저히 그 반열에서 빼놓을 수 없는 유별난 사람과의 너무나 오랜 사랑이 생각나지 않을 수 없다.

귀영이는 나와 함께 근무하는 직원이었다. 그녀는 명예에 대한 욕심이 많은지, 알고자 하는 탐구심이 강한지, 뒤늦게 대학원에 진학하여 공부를 하고 있었다. 집에는 남편과 아이들이 있는데도 그들의 뒷바라지에는 아랑곳 않고 사무실에 늦게까지 남아서 오로지 공부에만 열중했다.

"요즘 교수들은 멍청이들인지, 너무 영리한 것인지 현장의 실무적인 숙제만 너무 많이 요구해요. 아무래도 자기들 논문에 이용하는 것 같아요."

"교수들이 맡은 강의는 건성으로 도외시하고 외부 강의에만 열을 올리며 유명세와 돈벌이에 너무 심하게 집착하고 있어요."

귀영은·서랍의 문을 닫은 채 물건을 꺼내려는 듯 마음을 닫고 입으로만 말을 하는 사람처럼 오직 불평과 불만이 가득 찬 막말과 잔소리를 입에 달고 살았다. 그런 버릇은 갈수록 굳어진 습관처럼 되어 근무하는 직원들에 대해서도 무차별적으로 마구 행해졌다. 물론 나에 대한 직접적인 불평불만은 없었으나 그녀의 초롱초롱 빛나는 예쁜 눈에는 세상의 못마땅한 그런 어긋나고 어두운 장면만 눈에 띄는 모양이었다.

그건 근무 중에도 변함이 없었다. 같은 복지업무를 하는 다른 직원들이 어려운 대상자들을 옹호하고 감싸는데 비해 그녀는 매우 예외적인 특별한 경우였다.

"수급자들은 정말 비양심적이에요. 혹시 돈이 많이 나가면 모두 벙어리가 되어 아무도 말하는 사람이 없다가 몇 푼이라도 적게 나가면 그만 난리가 나지요……"

"저것 보세요. 요즘 장애인들은 고무줄 장애인이에요. 길에서는 멀쩡하게 잘도 걸어오다가 구청 입구에만 들어서면 목발을 짚고 낑낑대며 연기를 잘도 하는군요……"

"복지대상자들의 거짓말 좀 들어보세요. 모두들 과거에는 부자였고, 세금도 많이 내고, 남에게 마구 퍼주며 많이 베풀었다고 자랑이 줄줄 늘어지네요……"

귀영은 마치 세상 사람들을 욕하고 비판하기 위해 이 세상에 태어난 사람처럼 그녀의 불평과 불만은 들을수록 너무 모나고 도가 지나치다는 생각이 절로 들었다. 그녀는 내가 그런 말들을 꼬집고 나무랄 때마다 늘 내 앞에서 앞으로는 여건이 좋아도 교만하지 않고 조금 어려워도 절대로 비굴하지 않겠다고 다짐을 하곤 했는데, 그 다짐은 사흘이 아니라 단 세 시간도 지나지 않아 말짱 공염불이 되고 말았다.

그녀가 조금만 생각이 더 깊었으면, 말을 내뱉기 전에 잠시 생각을 하였으면 길이 많아도 가지 않으면 자기의 길이 아니듯 또 길이 없어도 직접 걸어가면 자신의 길이 되듯, 불평을 줄이고 좀 더 상대를 배려하며 자신의 입에 스스로 재갈을 물렸으면 매우 행복할 것이란 생각이 나를 떠나지 않았다.

나는 사랑이야말로 행복의 밑천이며 미움은 불행의 씨앗이라는 것을 좌우명으로 삼고 있었는데, 언제나 불평과 불만이 입에 가득한 사람은 본인은 물론 공연히 주위의 여러 사람에게까지 천국을 금세 지옥으로 만들기 십상이었다. 사람이 내뱉은 말은 신비

가문의 저주에서 행복으로

한 힘과 권세가 있어서 백 마디의 칭찬보다 한 마디의 욕이 상대방에게 더 큰 상처를 주는 법이기 때문이었다.

그런 결과 그녀는 부부가 한집에 같이 살고 있으면서도 마치 전혀 모르는 먼 남남처럼 오히려 남보다 더 못한 사이로 지내고 있었는데, 그것 역시 아마도 남편에게 불평과 불만을 함부로 마구 퍼부어대어 가슴에 깊은 상처를 준 때문일 것 같았다.

그러나 그녀는 그런 중에도 사무실에 남아서 밤을 새워 공부를 하고, 먼저 학위를 취득한 나도 약간 조언을 하며 힘을 보태준 덕분으로 제때에 무사히 석사학위 졸업을 할 수가 있었다.

그런데 세상의 일이란 참으로 한 치 앞을 내다볼 수도 없었다. 좋은 일에는 반드시 나쁜 일도 뒤따른다는 호사다마랄까? 공교롭게도 학위를 취득한 뿌듯한 보람과 큰 기쁨이 채 사라지기도 전, 서로 외면하며 지내며 그런 아내 외에 새로운 연인을 사귀며 열심히 육체미 운동으로 우락부락하게 몸매를 다듬어 자랑하던 그녀의 남편이 갑작스런 심장마비로 세상을 떠나고 말았다. 아무리 사이가 소원했다고는 해도 남편이 졸지에 언젠가는 누구나 갈 길이지만 한번 가면 영영 다시는 돌아오지 못하는 곳으로 간 후, 나는 대학에 다니던 남매와 함께 살고 있던 가련한 그녀가 너무나 안타까웠다.

그래서 남들에게 험한 말로서 상처를 자주 입혀 전혀 인기가 없던 그녀와 더욱 가깝게 친해졌는데, 나는 그녀가 끊임없이 실타래처럼 늘어놓는 진한 불평불만이 대부분인 수다를 늘 경청해주고 때로는 충고도 해주는 편이었는데, 그럴 때마다 그녀는 매우 다소곳이 고분고분했다. 나는 그녀의 그런 모습이 어른의 말을 잘 듣는 착한 아이처럼 너무나 귀여웠다.

그녀는 몸매도 보기 드물게 늘씬하여 멋이 있었고 얼굴이 백옥처럼 희고 갸름해 외모는 전혀 나무랄 데 없이 고왔으니 험한 막말과 불평과 불만을 자주 늘어놓는 혀만 조심하면 정말 다른 것은 아무것도 나무랄 데라고는 없는 멋진 여자가 분명했다.

그러다 결국 너무나 깜짝 놀랄 일이 그녀와 나 사이에 벌어지고 말았다. 나에게는 사랑하는 아내가 있는 줄 훤히 알면서도 어쩌다가 그녀와 둘이서 시외로 여행을 가서 같이 술이 취해 잠을 잘 때면 그녀는 밤새도록 성적 흥분이 식지 않은 채 쌔근거리며 도통 잠을 이루지 못하다가 가끔 이렇게 말하던 것이었다.

"오빠, 내가 이러면 안 되는 줄 잘 알지만 자꾸 오빠와 함께 살고 싶어서 정말 견디지 못하겠어요. 이러다 미치고 말 것 같아……"

오랫동안 공무원 신분에 잔뜩 물이 밴 나는 기절초풍을 하며 그녀가 그런 말을 할 때마다 너와 내가 함께 신문에 날 큰일 날 소리라며 그녀를 호되게 나무라곤 했다. 그때만 해도 간통죄가 있어서 이런 불륜의 낌새라도 약간 드러나는 날이면 곧바로 모가지가 되고 구속이 될 수밖에 없었고, 그렇지 않다 해도 이건 공무원이 할 수 있는 행위는 절대로 아님을 우리는 서로 너무나 잘 알고 있었다.

할 수 없었다. 이건 결코 무심코 두고 볼 사건이 아니라는 생각이 자꾸 들었다. 나는 그녀를 굳게 믿었지만 솔직히 혹시라도 남의 눈에 띄거나 어떤 실수가 발생할 수 있는 그런 만약의 경우까지 염려를 하지 않을 수 없었다. 그리하여 결국 내가 먼저 일찌감치 아쉬운 사직을 하고 말았다. 이른바 공무원 명예퇴직이었다.

그러고 나서도 아무런 일 없이 한동안 그녀를 만날 때면 그녀의 입에 밴 불평불만을 성의를 다해 들어주며 서로 잘 지내고 있었는데, 그때부터 웬일인지 사랑하는 나에게도 차츰 그녀의 불평과 불만이 슬슬 쌓여가고 있었던 모양이었다.

어느 날 그녀가 늘 손에 쥐고 잘 가지고 놀던 장난감을 버리듯이 나를 향해 앞으로 더 이상 만나지 말자고 폭탄선언을 했다.

갑작스런 폭탄선언, 우리는 서로 너무나 오랜 사귐으로 인한 진한 아쉬움과 슬픔을 가슴에 가득 안은 채 서로의 행복을 빌어주며 조용히 헤어지고 말았다.

그러면서도 사람이란 다른 사람에게 너무 많이 밉게 보이면 결국 인생이 비참하고 불쌍해지기 마련인데, 사랑하는 귀영은 언제나 너무나 막무가내의 험한 입놀림으로 인하여 많은 사람들에게 결코 적지 않은 상처를 입히고 많은 미움을 받던 터라, 이렇게 나와 헤어지고 나면 그녀의 불평과 불만을 들어줄 사람도 없는데다가 더욱 많은 미움만을 받아 혹시 더욱 헤어나기 힘든 불행의 길로 들어가지나 않을까 하는 걱정이 늘 나를 떠나지 않고 있었다.

그런데 여자는 고무신만 바꿔 신으면 곧 남남이 된다는 말과 같이 그녀는 한 번 헤어지자 곧 소식이 끊기고 말았다.

내게는 집에만 가면 사랑하는 아내가 등잔처럼 떡 버티고 있었고, 아들딸은 물론 여러 친구들과 몇몇 여자를 포함한 비교적 가깝게 지내며 술을 마시던 지인들이 많았지만, 이때 비로소 세상에서 마음에 딱 맞는 진정한 연인이 없다는 고독감이 제일 무서운 공포라는 것을 다시 깊이 느낄 수 있었다.

결국 창기娼妓를 사키다

이상한 만남

이렇게 홀로 외로워하다 보니 나는 결국 자주 가던 술집 주인의 소개로 바로 그 자리에서 한 여인을 알게 되었다. 술집에서 여자를 소개받아 알게 되기는 이번이 처음이었다. 그런데 알고 보니 그녀는 그 집에서 몇 번이나 혼자서 술을 마시던 여자가 분명했다. 혼자 술집에 와서 홀로 술을 시켜 마시는 여자. 나는 그때까지 그녀가 조금은 이상하게 생각되었으나 별 신경을 쓰지도 않았고 마찬가지로 별 관심도 없었었다.

그녀는 아랫배가 제법 볼록하게 나온 약간 뚱뚱한 편이었고, 외모가 그리 잘 생기지는 못했지만 자주 미소를 머금은 얼굴에 마음씨가 매우 착한 여자로 보였다. 몇 마디씩 이야기를 할 때마다 마치 그녀의 가슴 속에는 진한 향취가 그득한 것 같았다.

소개를 받을 때, 우리는 이미 모두 술이 거나하게 취해 있었고, 기분이 매우 좋아진 그녀가 2차를 가자고 먼저 제안을 해서 우리 두 사람은 호젓한 다른 조용한 술집으로 옮겨가 오래 묵은 친구처럼 정답게 이야기를 나누며 술을 마셨다. 술꾼들이란 본래 술만 좀 들어가면 괜히 기분이 좋아져서 처음 만난 사람도 옛 친구처럼 곧 친해지곤 했다.

그러다 보니 또 그녀가 너무 사랑스러워졌다. 흔히 술꾼은 술이 취해갈수록 앞의 여자가 더욱 예뻐 보이고 아름다워지기 마련이었다.

"정화 씨, 우리 이왕 이렇게 사귄 김에 오늘 밤 기념으로 첫날밤을 함께 자고 갑시다."

"아니, 첫날부터 정말로요?"

물론 나는 집에서 자지 않고 기다리는 아내 때문에 그냥 우스갯소리로 해본 말이었는데 그녀는 진심으로 받아들이며 싫어하는 눈치가 전혀 아니었다. 나는 평생 바람둥이어서 여인의 그런 낌새 정도는 쉽게 알아챌 수 있었고, 이제까지 많은 여자들을 사귀어왔지만 이토록 수월하게 응하는 순진한 여자는 처음이었다.

우리가 술집에서 나와서 술도 깨울 겸 서로 다정하게 손을 잡고 좀 걷다가 근처에 있던 모텔 가까이까지 왔는데, 그녀가 갑자기 옆에 있던 훤하게 불이 켜진 대형 마트에 무엇을 사야할 것이 있다고 하며 들어가더니 오래 기다려도 도통 나오지를 않았다.

그런데 며칠 뒤 다시 만나서 그녀가 하던 말이 너무 생뚱맞았다.

"그날 오빠가 술이 너무 많이 취해서 일이 잘 안 될 줄 알고 도망을 갔어요. 미안했어요."

그녀는 첫날부터 함께 자고 싶었지만 나의 상태가 이 정도면 오늘은 밤일이 잘 되지 않을 것이라고 지레짐작하고 그길로 마트에 가는 척하고 몰래 도망을 갔다는 솔직한 고백이었다. 듣고 보니 약간은 이상했으나 어차피 연인으로 만난 사이이니 솔직하게 마음을 툭 털어놓는 그녀의 말이 아무런 거리낌 없이 내 마음에 쏙 들었다.

하지만 그 후부터 정화와의 만남은 순조롭게 사과나무에 달린 사과가 늦가을의 단 햇볕에 빨갛게 여물어가듯 점점 빠르게 무르익어갔다. 그녀는 처음 술집에서 만날 때 느꼈던 첫인상 그대로 매우 착하고 성실했다.

귀영이와 헤어진 후 거의 1년쯤 그토록 외롭고 쓸쓸하게 지내던 차에 요즘 새로 정화를 만나게 된 것이다. 정화는 그녀처럼 예쁘지는 않았지만 마음씨가 착하고 고와 평소에도 불평과 불만 따위는 거의 없어 마음이 아주 편했다. 그래서 머릿속에 오래 머물던 전 애인 귀영의 그림자를 말끔하게 지울 수가 있었다.

특히 정화는 무슨 일을 하는 지 입을 굳게 닫고 말을 하지 않아서 잘 몰랐지만 이곳저곳 자주 옮기지 않고 한곳에서 꾸준히 열심히 일하고 있다는 것은 분명해 보였다.

"남편이 일도 하지 않고 술만 퍼마시고 날마다 돈을 달라고 졸라서 이혼을 했어요. 벌이가 없는 남편이 이혼 합의를 거의 3년간이나 잘 해주지 않아서 아주 힘들게 했어요."

그녀는 이혼녀였다. 남편 특유의 게으름으로 약 3년을 질질 끌다가 1년 전에 겨우 이혼이 완료되었다고 자랑스럽게 말했다. 여자가 주도하여 하는 이혼은 대체로 남자의 무능과 게으름, 잦은 거짓말과 진실성 부족, 다른 여자와의 불륜, 지독한 가난, 지나친 정력의 약화……, 등 다양한데 그녀는 아마도 첫 번째 사유가 이혼의 조건이 된 모양이었다.

그러면서 그녀는 아들과 딸이 하나씩 있는데, 결혼할 때 일류 공고를 졸업했다고 속인 남편이 실제로는 초등학교밖에 졸업하지 못했는데, 그런 제 아빠를 닮아서 공부를 잘 하지 못해 겨우 전문대학을 억지로 졸업했다고 하소연을 했다.

맏이인 아들은 지난해 평소 사귀던 아가씨와 결혼식을 올렸고 나는 그녀와 함께 자주 술을 마시던 친구들과 참석했었다. 그 몇 달 후인 올해 초, 사위 될 사람이 집으로 자주 찾아온다고 하더니 곧 딸도 시집을 보냈다. 그래서 최근에는 아파트에 혼자서 살고 있었다.

나는 착한 그녀를 사랑했고 그녀 역시 나를 오빠라고 부르며, 오빠가 너무 좋다고 자주 말했다. 술이 취하면 우리는 아무런 허물없이 더욱 친해졌다. 함께 자주 술을 마시던 친구들이 우리가 너무 의견이 잘 통하는 것을 보고 부부 그 이상이라고 부러워하며 시샘을 할 정도였다.

우리는 단 둘이 또는 친구들과 함께 모여 시외로 자주 여행을 가고, 신혼여행처럼 제주도도 다녀왔다. 그녀가 쉬는 날이면 여지없이 내 친구와 그녀의 친구가 한데 모여서 즐겁게 술을 마셨다. 하지만 그녀의 친구는 겨우 두서너 명뿐이었다. 직장과 사회생활을 하는 사람치고는 친구가 없는 편이었지만 성격에 따라서 그럴 수도 있다는 것이 나의 생각이었다. 직장의 동료들은 열 명 정도 되는데 그녀들의 모임에 초대되어 한두 번 볼 기회가 있었다.

그런데 웬일인지 그녀는 직장을 밝히기를 매우 꺼려했는데 근무는 일주일은 주간근무를 하면 그 다음 주일은 야간을 했다. 열 명 정도가 번갈아 돌아가며 교대로 그렇게 근무를 한다고 했다.

그녀와 즐겁게 만나서 놀며 저녁에는 집으로 데려다 주고, 기회가 되면 멀리 여행도 가고, 그렇게 평범한 연인으로 즐겁게 보내기를 4년째가 가까울 때였다.

이상한 메시지

그날도 역시 우리는 언제나처럼 나의 친구 두 명과 함께 환담을 하며 즐거운 술자리를 가졌고, 나는 그녀를 데려주러 가다가 환하

게 불을 밝힌 모텔이 즐비한 거리를 지나가며 그날따라 약간 흥분이 되어,

"정화야, 우리 저기 들어가서 잠깐 쉬고 가자."

나도 많이 취한데다가 늘 만나던 그녀라 실제로 들어가고 싶은 생각은 그리 강렬하지 못해 그냥 건성으로 말했더니,

"오빠, 오늘 비아그라 가지고 나오지 않았잖아요?"

대뜸 그녀가 나의 주머니 속 처지까지 훤히 안다는 듯이 이렇게 말했다. 그녀와 밤일을 할 때면 가끔 내가 그 약을 먹는 것을 본 그녀였다.

그래서 우리는 별로 미련도 없이 모텔의 거리를 지나 그녀의 집 앞 가까이에 있는 자주 들리던 술집에서 마지막 한 잔을 더했다.

"오빠, 사랑해. 아주 많이……"

오늘 제법 많이 취한 그녀가 주위의 시선도 아랑곳없이 입을 나의 볼에 대며 말했다.

"알아, 너도 내 사랑 잘 알제? 나도 너 아주 많이 사랑해……"

그리고 나는 나의 말을 증명하기 위해,

"정화야, 우리 좀 취했지만 네 집에서 자고 갈까?"

내가 그녀의 아파트 동 입구에서 농담조로 이렇게 말을 했다.

"안돼요. 오빠는 많이 취했고 지금 너무 늦어서 언니가 집에서 기다릴 테고, 또 저는 내일 새벽 일찍 출근이에요……"

"그래, 맞아. 다음에 멋지게 하자. 하지만 요즘 너무 뜸했어."

우리는 평소와 같이 그녀의 아파트 앞에서 헤어졌다. 보통 때와 약간의 다름도 없었고 헤어짐에 아무런 다른 기별도, 조금의 오차도 없었다. 오래된 보통 때와 여전히 똑 같았다. 나는 언제나와 같이 그녀를 사랑하는 벅찬 마음을 가슴 가득 안고 집으로 돌아왔다. 오늘도 만족할만한 멋진 하루였다는 생각이 절로 일었다. 무엇보다도 사랑하는 그녀가 내 곁 가까이 있다는 것이 가장 큰 위안이었다.

그런데 바로 그 다음 날 오전이었다. 카톡이 왔다. 우리는 카톡으로 자주 의견을 주고받고 있었다. 그녀와의 카톡은 자주 주고받을수록 재미가 있고 더욱 큰 기대가 되었다. 소리 없는 카톡이 우리 사랑의 가교 역할을 톡톡히 하고 있었다. 이번에도 마찬가지였다.

"오빠, 미안한데요. 어젯밤에 말하려다 못했는데 나에게 남자가 생겼어요. 앞으로 그와 함께 할 생각입니다."

이토록 갑작스레 이게 무슨 뚱딴지같은 소린가? 뜬금없는 그녀의 말이 도저히 믿어지지 않았다. 늘 나를 사랑한다고 말하며 오빠 없이는 하루도 못산다던 그녀에게 갑자기 다른 남자가 생기다니? 나는 그녀의 말을 반신반의 하면서도 놀람과 충격으로 정신이 아득했으나 정신을 차리고 일단 톡으로 답했다.

내 마음 속에는 언뜻 아마도 이혼한 전 남편과 다시 합치려는 모양이라는 생각이 들었던 것이다. 내가 아무리 그녀를 사랑해도 그건 그 부부에게 참으로 잘된 일이 아닐 수 없었다.

"네게 아주 좋은 일이다. 둘의 행복을 빈다. 혹시 결혼식이라도 다시 올리거든 알려주라. 오빠가 냉장고라도 하나 선물하고 싶구나."

그런데 생각할수록 그게 절대로 아니라는 쪽으로 마음이 굳어져갔다. 카톡의 문자를 자세히 살피고 다시 뜯어보아도 전 남편이라는 감은 전혀 잡히지 않았다. 그렇다면 다른 외간 남자와?

마구 심한 의심이 일며 마음이 초조해지기 시작했다. 이게 도대체 무슨 일일까? 장난질은 아닌 것 같고……. 그녀는 전 애인 귀영이처럼 함부로 말을 하는 여자는 절대로 아니었다.

그런지 한나절이 채 지나기도 전에 나의 뇌리는 갑자기 그녀의 갑작스런 변심과 배반에 대한 형언할 수 없는 야릇한 생각으로 여유는 물론 전혀 빈틈이 없었고, 나의 의지로는 도저히 억제가 불가능한 짙은 분노가 마구 일기 시작했다.

'아, 이게 과연 무슨 날벼락 같은 소린가? 그 착하디착하던 여자가 늘 입버릇처럼 말하던 사랑한다던 나도 몰래 다른 남자를 사겨 왔단 말인가? 그게 사실일까? 아니, 그게 가능한 일일까?'

이런 의심을 하면서도 마음속 한구석으로는,

'그럴 리가 없어, 절대로……. 정화는 결코 그런 여자가 아니야. 도무지 그럴 수 없는 여자야. 이건 뭔가 잘못된 것이 분명해……'

하는 생각이 간절했다. 나는 너무나 착하고 진실하며 어젯밤 늦게까지도 나를 사랑한다고 진심을 다해 고백하던 그녀의 얼굴을 떠올리며 이건 농담이나 잘못된 메시지가 틀림없다고 고개를 흔들어댔다. 하지만 그녀는 결코 한마디의 농담도 할 줄 모르는 너무나 융통성이 없는 진실한 여자이기도 했다.

그랬다. 세상은 수많은 남녀가 거의 반반으로 이루어졌고 비슷한 나이의 남자나 여자가 넘쳐나고 있지만, 그래도 정작 마음에 드는 제 짝을 만나기는 여간 어려운 것이 아니었다. 그래서 남녀가 대부분 좋은 짝을 원하나 결국 찾지 못하고 진한 외로움과 쓸쓸함을 온몸으로 느끼면서도 홀로 살아가는 경우가 비일비재한 것이다.

더구나 남녀가 만나 우선 마음을 맞추고 잦은 만남을 통하여 더욱 친하여져서 몇 번쯤 잠자리를 같이하여 앞으로 미래를 약속할 정도가 되기까지는 누구나 서로간의 상당한 노력이 필요하고 그만큼의 시일이 걸리기 마련이다.

그런데 나의 사랑하는 연인은 어제 밤늦게까지도 나를 그토록 사랑한다고 말하더니 언제 그런 남자를 구하였단 말인가? 아무리 열 길 물속은 알 수 있어도 한 길 사람 속은 모른다는 말이 있지만 이건 지금까지 내가 알고 있었던 그녀로서는 도저히 불가능한 일이 아닐 수 없었다.

그녀는 평소 자신의 직업을 고의적으로 숨기는지 아니면 밝히

기가 매우 부끄러운지 결코 말을 하지 않았다. 나 역시 상대가 알리기를 꺼리고 기피하는 그것을 굳이 알려고 하지도 않았다. 그건 상대에 대한 배려였고 예의라는 생각이었다. 하지만 친구들과 모여서 술이 거나해지면 내 연인의 직업에 대해서 적잖은 관심을 가지고 궁금해 하는 사람도 더러 있었다. 그건 오랫동안 그녀 혼자만이 자기의 직업을 밝히지 않은 까닭이었다.

"저는 매일 힘든 노동일을 하고 있어요."

이것이 누구에게나 늘 그녀가 똑같이 말하는 변함없는 대답이었다. 그래서 그녀와 사귀며 사랑을 하였지만 나는 그녀가 하는 일을 정확하게 알지 못하고 있었다.

석연찮은 잠자리

그녀와 나는 서로 사랑하였지만 관계를 가지는 소위 속궁합이란 것이 잘 맞지를 않았다. 우선 그녀는 음모가 희끗희끗하며 가지런하지 못했고 마치 파마를 한 머리카락이나 곱슬머리처럼 거친데다가 애무를 하려면 내가 싫어하는 역한 냄새가 났다. 보통의 냄새도 참가 어려운데 특히 여성의 그곳에서 나는 냄새는 너무 역겨울뿐더러 더욱 성적 의욕을 감퇴시키고 말았다.

그래서 나는 그곳을 피해 그녀의 몸의 다른 부분을 애무하며 주무르다가 관계를 하려면 그녀는 또 보통 여자들처럼 음액이 나오지 않아 질이 메말랐고 그래서 당연히 나의 것도 시들시들해졌다.

"오빠는 나이가 있어 정력이 쇠하고 나는 아래가 말라서 일이 잘 안되네요."

그럴 때마다 나는 매우 심각했지만 오히려 그녀는 별 아쉬움도 없다는 듯이 이렇게 무덤덤하게 말하곤 했다. 위에서 밝힌 대로 내가 마치 춤을 추는 제비족이나 유명한 바람둥이의 한사람이라도 되는 것처럼 결코 적지 않은 여러 여인들과 사랑을 하며 때로는 관계를 가져왔지만 내가 접한 여인들 중, 성적 매력에 대해서는 가장 재미없는 열악한 여인임이 분명했다. 말하자면 그녀와 나와는 오랜 사귐으로 정은 듬뿍 들었지만 속궁합이 잘 맞지 않는 사이였다.

그렇다고 그녀와의 관계가 항상 도무지 잘 이루어지지 않는 맹탕 헛것만은 아니었다.

어느 늦은 가을이었다. 봄이면 여자의 가슴이 마구 부풀어 오르듯 가을, 그것도 북쪽에서 찬바람이 불어오면 남자는 마치 가슴에 큰 구멍이 뻥 뚫린 듯 진한 허무감과 외로움을 느끼기 십상이었다. 나는 특히 남들보다 가을을 더 많이 타고 있었다.

약간은 늦은 저녁이었지만 나는 사랑하는 그녀를 전화로 불러냈다. 그녀가 아파트 옆에 있는 고등학교 앞으로 와달라고 했다. 내가 도착하자 기다렸다는 듯 곧 그녀도 학교 앞으로 나왔다. 가장 위층의 몇 개의 교실에만 불빛이 희미하게 흘러나올 뿐 운동장에는 아무도 오가는 발길이 없었다. 우리는 운동장 가에 있는 아침 조회 때 사용하는 연단 옆의 낮은 시멘트 의자에 앉아 다정스레 밀어를 나누었다.

나는 제법 술이 취했으나 그녀는 방금 집에서 나온 만큼 말짱했다. 우리는 서로 포옹하며 진하게 키스를 나누었다. 만나면 늘 자주 하던 키스였지만 이때는 넓은 운동장이라 약간 느낌이 달랐다. 나는 학교 운동장이라 긴장을 했는데 그녀는 그런 것에는 전혀 아랑곳하지 않았다.

아, 그런데 어찌 이런 일이?

그녀는 오늘 갑자기 매우 흥분하고 있었다. 평소 수동적이던 그녀가 매우 적극적이 되어 서두르며 마구 앞서나갔다. 한 손으로는 그녀의 앞가슴 위로 내 손을 가져가고 그녀의 다른 손은 역시 나의 아랫도리를 주물러댔다.

드디어 그녀가 엎드려 나의 옷을 벗긴 하체를 진하게 애무하기 시작했다. 따라서 나도 점점 흥분이 고조되기 시작했다. 드디어 절정에 오른 그녀는 더 진한 행위를 요구했고 나도 그녀를 따라서 그녀의 아랫도리를 더욱 강하게 더듬어 갔다.

그런데 오늘은 참으로 놀라웠다. 여행을 가서 모텔에서 관계를 가지던 보통 때의 그녀가 결코 아니었다. 누가 몰래 훔쳐볼지도 모를 넓은 운동장 가에서 그녀는 점점 무아지경이 되듯 온몸이 흥분의 도가니가 되어 점점 더 강하게 몰입을 하던 것이었다. 이때 나는 저 멀리 교실에서 간간히 희미한 불빛이 구름 속을 스쳐가는 달빛처럼 새어나오는 어두컴컴한 넓은 운동장에서 잔뜩 흥분하여 예사롭지 않게 진한 정사를 벌이는 그녀가 오늘은 마치 포르노 배우 같다는 생각이 들었다.

갑작스런 변심

어쨌든 그토록 사랑하던 그녀는 한마디 말도 없이 단 하룻밤도 못되는 사이에 갑작스레 나를 떠나가 버리고 말았다. 하지만 그녀의 몸뚱이는 분명히 내 곁을 떠나갔지만 그녀는 여전히 내 마음속에 굳어진 시멘트처럼 굳게 저리잡고 있었다. 마음속의 그녀에 대한 생각은 요동도 하지 않았다. 눈을 떠도, 혹시 잠깐 눈을 감아도 그녀는 나의 뇌리와 가슴을 가득 채우고 있었다. 온통 그녀에 대한 그리움과 그녀가 없다는 외로움이 나의 전신에 퍼져서 올가미처럼 나를 모질게 옥죄기 때문에 나는 거의 옴짝달싹할 수도 없었다.

이건 참으로 이상했다.

평생을 살아오면서 길게는 7년, 3년짜리, 2년, 5년짜리……, 수많은 연인들이 서로 너무나도 짙게 사랑하다가 저마다의 사정과 이유가 있어 내 곁을 떠나갔지만, 아직도 이번의 경우처럼 이렇게 가슴의 아린 정도를 넘어 온통 모든 영혼을 빼앗긴 것처럼 차라리 그만 죽고 싶을 정도의 지독한 허무함과 외로움을 느낀 적은 단한 번도 없었다. 물론 오늘의 이 여자보다 더 깊이, 더 간절하게, 더 오래 사랑한 여자도 많았었다.

'나는 그녀를 사랑했지만 뚱뚱하고 못 배우고 못생긴 그녀, 잘하는 것이라곤 술을 잘 마신다는 것뿐인 그녀를 누군가가 사랑할줄은 정말 꿈에도 생각 못했지. 그런데 세상에 다양한 남자들이 많겠지만 누군가 어찌하여 그런 그녀를 채갔단 말인가? 아니야, 그럴 수는 없어. 이건 단지 꿈일 뿐이야. 아직 나는 꿈속을 헤매고 있는 것이 분명해…….'

그런데다가 오래 사랑했던 사람에게 아무런 해명이나 한마디 변명도 없이 오직 유일하게 카톡의 짤막한 문자 하나만을 뜬구름같이 희미한 흔적으로 남기고 어둠 속으로 사라진 그림자처럼 홀쩍 떠난 그녀는 도통 전화를 받지 않았다. 하루나 이틀이 아닌 오랜 전화 불통의 사태가 나를 더욱 초조함과 의심과 울분과 분노의 도가니로 몰아가고 있었다.

세상의 모든 것을 잃어버린 것처럼 충격은 더욱 커지고 드디어 잠을 못자고 뜬눈으로 보내다가 한밤중에 몰래 집을 빠져나와 거리를 헤매는 긴긴 밤을 새우고, 아무 일도 손에 잡히지 않아 하릴 없이 지루한 낮 시간을 보낸 악몽 같은 나날이 자그마치 열흘이 지나갔다. 이건 차라리 지옥보다 더한 고통이었다. 갑자기 어린 자녀가 어디론가 사라져서 전혀 연락이 되지 않아 걱정으로 무진 장 애간장을 태우는 부모의 심정이 바로 이랬으리라.

너무나 착하고 다정했던 옛날을 생각하며 혹시나 이번에는 전 화를 받을까 싶어 매 시간마다 전화를 걸었다. 그러나 역시 신호 는 가는데 전화를 받지는 않았다. 무슨 이유에선가 그녀가 고의적 으로 전화를 받지 않고 있는 것이 분명했다.

그러다가 밤 12시쯤 되면 그녀의 전화는 약속이나 한 듯이 통 화중이 되었다. 나는 자꾸 전화를 걸어대는 내 전화를 일부러 받 지 않기 위해 혹시 전화기에 어떤 장치를 하였나 의심하며 한밤중 에 자주 밖으로 나가 큰길가의 공중전화를 걸어보았지만 역시 그 녀의 전화는 통화중인 것이 확실했다. 분명 누군가와 이 야밤중에 길고 긴 이야기를 나누고 있는 것이 분명했다. 그러다가 새벽 3시 나 4시쯤 되면 통화가 끝났고, 이때다 싶어 내가 다시 전화를 걸면 또 전화를 받지 않았다.

아하, 그렇구나!

가만히 생각해 보면 이건 분명한 나의 큰 실수였다. 나는 그녀 를 사랑한 만큼 먼저 그녀를 믿었고 또한 다른 사람들, 즉 세상의 남자들을 믿었다. 세상에 제 눈에 맞는 안경이 따로 있고 사람들 의 보는 눈이 제각각이기 마련이지만 어느 누구도 못생기고, 못 배우고, 뚱뚱한 마치 첩첩 산골에서 금방 데려다 놓은 것 같은 그 녀에게 깊은 정을 줄 사람은 절대로 없을 것이라고 생각했었던 것이다.

그러나 나에게 그토록 다정하던 그녀에게 이런 상상도 하지 못했던 이상한 사태가 벌어졌고 벌써 열흘 넘게 똑같은 내용의 날들이 계속하여 연속되고 있었다. 이건 평화롭던 내 마음을 일찍이 경험하지 못한 충격으로 갈기갈기 찢어놓고, 분노의 화산처럼 나의 뇌리를 쑥대밭이 되도록 짓이겨 놓기에 충분했다.

드디어 열흘째 잠을 이루지 못한데다가 합리적 논리와 명철한 이성으로는 통제와 조절이 불가능한 분노와 울화통과 헤어나지 못할 깊은 좌절이 뇌 속을 마비시키며 나는 며칠 분의 수면제를 한 움큼 집어 입에 털어 넣고, 단 한잠이라도 이루기 위해 전화를 끄고 잠자리에 들어가 잠을 청하였다. 그러나 모든 것을 잊으려 애쓰며 잠을 청할수록 머릿속의 번민은 더욱 요란하게 이리저리 이상스런 비약을 마구 거듭하며, 짙은 감정에 치우친 수많은 생각들은 초롱초롱 별보다 진하게 밝은 빛을 발하며 결코 잠은 오지 않았다.

이쯤 되자 아무런 영문도 모르는 아내와 아픈 아들은 최근 들어 잘 먹지도 않아 얼굴이 반쪽이 된데다 도통 잠을 못 이루고 밤중에도 바깥을 자주 들락거리며 어떤 큰 고민에 싸인 남편과 아버지를 걱정하며 밤새워 열심히 간절한 기도를 드리고 있었다.

'아, 천하에 나쁜 철면피 인간, 이러는 나는 진정 사람이 맞는

가? 차라리 죽어 버려야할 못된 죄인이 아닌가?'

이런 감당 못할 회의와 죄책감이 마구 일었으나 나는 지금 어찌할 뾰족한 방법이 없었다. 이러지도 저러지도 못하는 양심의 틈새를 뚫고 솟구치는 죄의식과 초조한 그리움의 번민 속에서 계속 방황하고 있을 수밖에 없었다.

하지만 나는 너무나 가증스러운 이중인격자가 분명했다. 겉으로는 아무런 표시가 나지 않는 멀쩡한 바람둥이의 생활 중에도 가족들에게 지극히 성실한 아내를 사랑하고 또 오랫동안 아픈 아들은 더 끔찍이 아끼며 사랑하고 있었다. 나는 솔직히 겉과 속이 완전히 상반된 아주 오래 묵은 능구렁이 같은 생활을 이어온 위선자였다.

이런 고통이 하루 같이 똑 같이 연속되던 11일째,

못 이룬 잠으로 비틀거리며 혹시 그녀로부터의 무슨 희소식이라도 있을까 싶어 떨리는 가슴으로 전화기의 전원을 켰다.

아니? 그런데 이게 웬일인가? 전화를 꺼놓았던 그 짧은 밤 시간 사이에 놀라운 일이 벌어졌었다. 꿈에도 잊지 못하고 마냥 그리워하던 바로 그녀가 두 번이나 전화를 하고 두 개의 메시지도 남겼던 것이다. 아, 이거야말로 나에게 너무나 놀랍고 반가운 일이었다.

'그간 얼마나 애태우며 기다리던 소식이었나? 아, 꿈에도 잊지 못하던 그녀가 드디어 이제 나에게 전화를 하기 시작했구나! 마음을 올바로 고치고 예전의 그 사랑했던 모습으로 돌아온 것이 틀림없어……'

나는 달아오르는 벅찬 가슴을 억누르며 덜덜덜……, 마구 떨리는 손으로 전화기를 자세히 다시 살펴보기 시작했다.

전화는 밤 11시와 새벽 한 시, 두 차례였고, 또 두 개의 메시지에는,

"술을 많이 마셨는데도 오빠 걱정이 되어 잠이 안 와요."

"오빠, 미안해요."

적혀 있었다. 나는 그제야 온몸을 약간의 틈새도 주지 않고 줄곧 쉴 새 없이 극도의 긴장으로 몰아넣던 극한 상황에서 안도의 한숨이 쉬어지며 이제부터는 예전처럼 자연스레 대화가 되겠구나, 라는 안심이 되었다. 그동안 잠을 자지 못하고 잘 먹지도 못하였지만, 애써 기도하던 간절한 소원이 이루어진 듯 새로운 힘이 솟아났다. 돋는 해의 밝은 아침빛이 환하게 비치고 비 내린 후의 더 밝은 광선으로 어둡고 우울하던 내 마음에 마치 봄철의 마른 나뭇가지에 새 움이 터서 새록새록 돋아나는 것 같았다.

그러고 보니 오늘이 때마침 바로 그녀의 직장 휴일이었다. 그녀와는 휴일 전날이면 거의 빠짐없이 내일 출근할 걱정 없이 술을 많이 마시곤 했는데 아마도 어젯밤도 그러했을 것이었다.

'어젯밤에 술이 많이 취했으니 오늘은 틀림없이 늦잠을 자고 있

겠지?'

나는 그녀의 목소리가 너무나 간절히 빨리 듣고 싶어 한시라도 급히 전화를 걸고 싶은 초조한 마음을 애써 억누르며 오후까지 끊임없이 고장은 없으나 너무 느릿느릿 가고 있는 시계를 들여다보며 급하게 뛰는 가슴과 마구 이는 충동을 억지로 겨우 참아내고 있었다.

하지만 이번의 기다림은 요즘 근래의 것과는 아주 달랐다. 의심과 질투와 분노……, 등 그녀를 향하여 나를 완전히 점령하고 올가미처럼 목을 조여 대고 있던 모질고 악한 감정은 봄눈 녹듯 스멀스멀 완전히 사그라지고 평소 그녀를 향해 품었던 사랑이 배가 되며 새로운 벅찬 희망이 다시 솟아나 나를 지배하고 있었다.

이때 나는 다시 한 번 흐르는 개울물에 띄운 종이배가 뒤집히듯 속절없이 천국과 지옥을 제멋대로 넘나들던 가냘픈 내 마음의 실상을 새삼 다시 느끼며, 느긋하고 여유롭다고 생각했던 내 마음의 얄팍함에 몹시 서글퍼지지 않을 수 없었다. 기쁨과 슬픔, 분노와 용서, 의심과 이해……, 이런 감정들이 아무리 동전의 앞뒤 양면처럼 가까이 있다고는 하지만, 지금 느끼는 이런 기분이야말로 너무나 변덕스러운 마치 밥은 먹지 않고 과자를 사달라고 투정을 부리는 어린애보다 못한 들쭉날쭉한, 일정한 줏대라고는 전혀 없는 소위 연약하기 이를 데 없는 사나이의 마음 변화라는 서글픈 자괴감이었다.

떠나버린 연인

그랬는데 이건 또 무슨 운명의 장난일까? 도대체 과연 그녀는 어떤 여자일까?

목을 매며 기다리다가 드디어 오후가 되어 전화를 거니 예전과 같이 반가운 목소리로 전화를 받을 줄 알았던 그녀가 또 전화를 받지 않았다. 내가 건 전화의 신호는 연속적으로 되풀이 되어 부지런히 날아갔지만 상대로부터는 갑자기 귀머거리가 된 듯 아무런 반응이 없었다.

'혹시 아직 잠이 덜 깨었나? 소리를 진동으로 해놓고 바쁜 밀린 일을 하는가? 아니면 몸이 많이 아픈 건 아닐까?……'

이런저런 걱정 속에서 계속 전화를 걸던 중 두세 시간이 지나자 그녀의 전화는 또 통화중 모드가 되었다. 혹시나 하는 생각으로 자꾸 전화를 걸어보았지만 그녀의 통화는 다시 세 시간이 넘도록 쉼도 없이 계속되고 있었다. 나의 전화는 무시한 채 누군가와 길고 긴 대화를 하고 있는 것이 분명했다.

'이건 정말 너무해. 갑작스레 아무리 원수가 되었다고 해도 멀쩡하게 살아있는 사람이 이렇게 사랑하던 사람을 무시하는 것은 정말 도리가 아닌데……'

다시 불안과 초조로 마음이 바람에 흩날리는 가랑잎처럼 나약해지며 주마등처럼 지독하게 혼란스러웠던 잠 못 이루던 고통의 열흘이 넘는 지난날들이 우르르 몰려와 뇌리를 마비시키기 시작했다. 온몸의 피가 거꾸로 흐르며 뇌가 박속처럼 하얗게 표백이 된 듯 지끈지끈 아프기만 할 뿐 아무런 생각도 떠오르지 않았다.

그런 중에도 오래된 습관처럼 나는 계속 전화를 걸어대고 저쪽에서는 당연한 듯 전화를 받지 않는 지루한 시간이 느리게 흘러가 긴긴 여름날의 해가 앞산 너머로 사라지고 땅거미가 내려앉아 나의 주체 못하는 허전한 마음 밭의 주위에 짙은 안개처럼 내려깔리며 어둑어둑 날이 저물어 어둠의 그림자를 새카맣게 늘어놓고 있었다. 보통사람에게 어두운 밤은 두려운 존재지만 또 어떤 사람에게는 새로운 용기를 주는 묘한 존재가 분명했다. 도둑이 경찰을 피하며 점점 더 어두운 곳으로 파고드는 것도 그 좋은 하나의 예였다. 그랬다. 바로 지금 나의 경우가 꼭 그랬다.

나는 이제 더 이상 참고 견딜 수가 없었다. 끝없던 인내는 당장 바닥이 나고 어딘지 모를 복수심이 활화산처럼 활활 불타오르기 시작했다. 그녀에 대한 지극했던 사랑은 금세 분노와 증오가 되어 쉬지 않고 그 부피와 무게를 더해갔다.

'도대체 사랑하는 그녀가 어찌 이럴 수가? 아무리 악녀라 하더라도 과연 사람이 하루 사이에 이토록 무심하고 끝없이 모질고 끔찍하도록 잔인하게 변할 수도 있는 것일까?'

동시에 그녀를 향한 나의 이상스런 상태는 결코 지금은 인간의 삶이 아니라는 생각이었다. 앉아 있을 수도 그렇다고 서 있을 수도 없는 일찍이 경험하지 못했던 지독한 불안과 분노가 마구 치밀어 올라 나는 안절부절못하며 무작정 우왕좌왕할 수밖에 없었다.

드디어 새벽녘,

나는 더욱 강렬하게 엄습하는 심한 고통을 잊기 위해 깊이 숨겨두었던 양주를 꺼내 아무런 안주도 없이 반병쯤을 꿀꺽 꿀꺽 마셔버렸다. 그러나 예전처럼 시원함을 느끼지도 못했고 역시 독한 술의 톡 쏘는 알싸하고 짜릿함도 느끼지 못했다.

'그 참 이상하군. 머리가 마비되니 목구멍과 혓바닥도 제 기능을 잃어버렸나?'

그러나 무거운 머리가 더욱 무거워지더니 주위가 어지러이 빙빙 돌기 시작했다. 나는 모처럼 진한 쾌감을 느끼며 침대에 쓰러졌다. 이렇게 너무 많이 취한 기회를 이용해 비몽사몽간에라도 잠시 그녀를 잊고 죽음보다 깊은 잠으로 떨어지고 싶었다. 지금 마신 주량은 평소 술집에서 천천히 얼음조각을 넣고 친구들과 함께 이야기를 나누며 마시던 것의 두 배가 훨씬 넘는 많은 양이었다.

그런데 이건 또 참으로 이상했다. 불을 끄고 누워서 눈을 감았는데 어두운 천장과 사방이 빙글빙글 돌아가며 어지러움을 느끼는 그런 중에도 괘씸하고 억울한 생각이 모닥불에 맞바람이 불어와 불꽃이 크게 일 듯 마구 일어나며 잠은 온데간데없이 도망을 가버리고 그 대신에 밑도 끝도 없는 저급한 분노가 점점 더 격렬하게 머릿속을 채워가고 있었다.

'이건 너무 이상해. 무슨 귀신에라도 지폈나? 그 많은 술에도 취하기는커녕 끄떡도 없이 점점 더 머리가 맑아지고 있다니? 너무 오래 되어 술의 훈기가 다 빠져버렸나?'

나는 혹시나 약간 멈추려나? 했던 불면의 고통이 아무런 약발도 없이 다시 시작되자 누웠던 침대에서 다시 비실대며 일어나 책상 위에 마개를 닫아 놓아두었던 술병을 입에 대고 다시 벌컥벌컥 마시기 시작했다.

"까짓것 죽기 아니면 까무러치기겠지. 늘 마시던 술인데……"

드디어 술병의 술이 모두 다 없어졌다. 다시 병을 기울여도 한 방울도 더 나오지 않았다. 나는 취한 중에도 스스로 놀라고 있었다.

"허허허…… 대단해, 정말 대단해. 그 큰 됫병의 독한 양주를 다 마셔 비우다니?"

나는 막강한 나의 주량에 감탄을 하며 중얼거렸으나, 역시 양주의 위력은 더 강했다. 나는 의자에서 바로 옆의 침대까지도 몸뚱이를 옮겨가지 못하고 앉았던 의자에서 스르르 그대로 방바닥에 미끄러져 정신을 잃었다. 당연히 시간이 얼마나 흘렀는지는 모른다. 아직 밤중인 것은 분명한데 아내가 불을 훤히 켜고 두런거리며 내가 온 방바닥에 토해놓은 토사물을 치우고 있었다. 나의 옷을 벗기고 물수건으로 온몸을 닦아내고 있었다.

"여보, 웬 술을 이렇게 많이 드셨어요. 당신 방에서 이상한 냄새가 너무 지독하게 흘러나와서 들어와 봤더니 글쎄 이 지경이네요.……"

아내가 계속 방을 치우며, 내 몸과 머리를 닦아내며 구시렁거렸으나 아무 말도 더 이상 귀에 들어오지 않았다. 나는 머리가 망치로 여러 번 얻어맞은 듯이 쑤시며 아프고 뱃속이 뒤집힐 듯이 매스껍고 쓰렸으나 온몸을 마비시키는 술기운으로 꼼짝도 하지 못하고 계속 방바닥에 잔뜩 몸을 웅크리고 누워있었다. 그러나 분명 깊은 잠으로 빠져들지는 않았다. 오직 온몸과 마음이 함께 몹시 아프고 괴롭기만 할 뿐이었다.

오후 저녁나절이 되자 서서히 몸이 회복됨과 동시에 또 그녀에 대한 울분이 나를 사로잡았다.

'이건 너무나 생뚱맞은 운명의 어깃장이 분명해……'

나는 할 수 있는 한 그녀에게 못박인 나의 마음을 탈출시키기 위해, 지금 내가 정신을 차릴 여가도 없이 갑작스레 완전히 변해버려 나를 떠나버리더니, 이제는 전화로도 상종조차도 하지 않으려고 작정한 비정하고 무정한 그녀에게서 마음을 돌리고 단단히 다잡기 위해 평소 좋아하던 시를 지어서 큰소리로 읊어댔다.

떠나버린 연인

그녀가 갔다.
알쏭달쏭 한마디 내뱉고는 바람처럼 떠나버렸다.
그녀의 켜져 있는 전화는 언제나 불통이다.
진한 추억에 아린 가슴 알알하다 못해 너무 아프다.
손잡고 거닐던 거리들이 눈물에 젖어든다.
그녀와 함께 사라져버린 이 세상의 반쪽
뻥 뚫려버린 텅 빈 가슴으로 적셔오는 뜨거운 눈시울
주르륵, 주르륵……, 염치없이 흐르는 눈물 또 눈물의 강
허허허……, 나는 지지리도 못난 놈. 이제야 알았네.
버스에서 내리는 여인들의 치맛자락
길을 앞서가는 여인들의 긴 머리채
딸깍, 딸깍, 딸깍……, 거리에 가득 찬 뾰족 구두 행렬
가슴이 두근두근, 쿵덕쿵덕 방망이질 해댄다.
혹시 그녀가 아닌가?
화들짝 놀란다.
그러나 역시 텅 빈 그녀의 너른 빈자리
다시 고개를 떨군다.
혹시 휴대폰 메시지라도?
역시나 텅 빈 메시지 수신함. 아무런 흔적도 없다.
외로움에 몸서리친다.
난 아직 그녀에게만 길든 노예인가 보다.

그러나 아무런 소용도 없었다. 교양 따위는 물론 합리적 논리와
명철한 이성이 사라져버린 자리에 짙은 의심과 하늘 높이 치솟는

분노와 시기와 질투가 지배하고 있는 나의 외침은 허공으로 무작정 퍼져나가며 아무런 메아리도 없었다. 다만 그 사이로 진한 고독과 아쉬움과 마치 지옥의 문턱에 이른 듯 전혀 앞이 보이지 않는 새카만 어둠의 절망감이 전신을 무겁게 억눌러 댈 뿐이었다.

"아, 너무나 보고 싶은 연인이여,

지금 나에게 금은보화와 세상의 온갖 귀중한 것을 모두 가져다 준다고 해도 나에겐 오직 사랑하는 당신만이 가장 소중하다오.

나는 전생에 지은 죄가 많아서 지금 이 모진 고통을 겪고 있는 모양이오. 제발 어서 나에게로 돌아와서 아름다운 이 세상 더 멋지게 살아 보자꾸나……"

나는 노래하듯 간절한 나의 희망사항을 기도문을 외우듯 소리쳐 읊어댔다.

이렇듯 사람은 때로는 도저히 이해 못할 아주 기묘한 경우의 존재로 변하는 수가 있었다.

남보다 매우 착하고 선하고 배려하는 겸허한 마음을 가질 때는 가히 어떤 선한 신神보다 더 사랑을 베풀며 더 자비로울 수도 있었고, 같은 사람이 어쩌다 악한 감정을 품을 때는 악마보다 더 모질고 지독한 일까지 서슴없이 행하기도 하던 매우 이중적이 되는 것이었다.

바로 오늘, 지금의 내가 그랬다.

'이 여자는 진정으로 사람이 아니야. 아니면 스스로 인간이기를 포기한 악한 여자가 분명해. 당장 어제 저녁까지도 너무나 사랑한다며 이 세상에는 단 한 사람 오빠밖에는 없다고 제 입으로 말하던 여자가 어찌 이리 빨리 이렇게 지독한 악녀로 변할 수 있단 말인가? 참으로 이 세상에 존재할 가치가 전혀 없는 짐승보다 못한 여자야.'

그러자 뇌리의 끊이지 않는 심한 고통 속에서 독수리가 날개 치며 허공으로 날아오르듯 비약적으로 발전하며 줄줄이 이어지는 나의 생각의 끄나풀들, 이제 잠시도 더 주저하거나 막을 길이 없었다. 나 역시 나를 무시하고 외면하는 그녀를 빠르게 닮아가고 있었다.

'그녀의 아파트로 찾아가 그녀를 죽여 버리고 그 자리에서 나도 함께 죽어버리자. 이제 이런 처참한 고통을 더 이상 견딜 수는 없어. 어차피 이래도 한세상 저래도 한세상이 아닌가? 나도 이만하면 참을 만큼 참은 거야. 마침내 온도가 백 도가 되면 물이 펄펄 끓어오르듯 인내의 임계점에 도달한 거야.'

극단의 결심

나는 굳게 결심했고 그 결심은 차돌처럼 점점 단단하게 굳어갔다. 이때 나는 세상의 지혜와 총명을 모두 잃고 미친 것이 분명했다. 이제까지 애써서 끊임없이 배우며 닦아왔던 인내, 학식, 교양,

품위, 자존심…… 이런 모든 소중한 가치들이 지금 정도를 넘는 암울하고 비참한 처지가 되고 보니 아무짝에도 쓸모없는 완전히 쓰레기 같은 것들이 되고 말았다. 그런 것쯤은 극도로 분노가 지배하는 지금의 나에겐 그냥 밟고 지나가는 바람에 이리저리 흩날리는 검불이나 지푸라기 따위, 그 이상은 결코 될 수가 없었다.

나는 지금 발정이 매우 심하여 암놈을 찾아서 마구 날뛰는 한갓 수컷짐승에 불과했다. 다만 솟구치는 분노를 억누르지 못하고 다른 수컷과 함께 키득거리는 흥분의 도가니에 빠져버린 바람난 암컷을 무참하게 살해하려는 것이 단순한 동물의 본능과 조금 다를 뿐이었다. 세상의 동물과 식물은 모두 선한 존재로 지음을 받았지만 지금의 나는 선을 잃은 악만 남은 인간이란 존재였다.

이 나이까지 살아오면서 평소 나를 아는 사람들은 나를 두고 보통사람보다 무척 너그럽고 매사에 여유가 넘치는 퍽 온유하고 밝은 성격의 사람이라고 평했었다.

나는 실제로 수십 년을 복지 공무원으로 일하면서 불쌍한 어려운 이웃을 도우며 그런 말을 자주 들으며 그렇게 살아왔고, 나도 사람들의 나에 대한 그런 평을 당연히 걸맞은 것으로 믿었고 스스로도 인정하고 있었다.

그러나 바로 지금, 이럴 때,

나의 생각이란 놈은 제 혼자서 괴물처럼 스스로 마구 한 번도 경험하지 못했던 매우 낯설고 생소한 비약만을 거듭하고 있었다.

언론에서 자주 오르내리던 치정살인, 서로가 애타게 사랑하다 변심한 애인을 너무나 비참한 방법으로 잔인하게 죽였다는 지지리도 못난 놈들의 기사를 보고 분개하며 마구 욕을 해대던 나의 과거가 아주 잠깐 동안 이미 마비가 되어 돌처럼 굳어버린 뇌리를 스쳤으나, 그런 과거의 생각쯤은 지금 내가 행하려는 결심과는 아무런 관련도 없다는 생각이었다. 오직 나의 정신을 완전히 장악하고 있는 유일한 굳은 결심은,

'갑자기 바람이 나서 변심하고 나를 개 무시하며 전화도 받지 않는 지독한 여자를 그냥 날카로운 칼로 간단하게 고이 죽일 수는 없어. 그건 그녀에 대한 배려인데, 그녀는 그런 배려를 받을 자격이 하나도 없어.

일단 만나서 서로가 좋아하는 소주 두 병씩을 안주 없이 나누어 마시는 거야. 그리고 나서, 그 병을 깨뜨려 그녀의 포동포동 살진 얼굴부터 한번 푹 쑤시는 거야. 더러운 시커먼 피가 솟으며 비명을 지르겠지. 그리고 아랫도리를 벗기고 그곳을 그 깨진 병으로 몇 번 연달아 찌르는 거야. 그러면 겨우 살아난다고 해도 더 이상 바람은 못 피우겠지. 따라서 이혼한 남편과 나를 괴롭혔듯 다른 남자의 가슴도 더 이상 아프게 하지 못하겠지. 흐흐흐…….

그리고 나서 그녀의 피를 흘리며 울부짖는 고통소리를 통쾌하게 들으며 나는 깔끔하게 나의 목을 찔러 자결을 해야지.'

누군가 시간은 모두에게 균등하게 주어진 인생의 자본금이고 이를 잘 활용하는 사람만이 인생에서 승리를 한다고 했지만, 지금 나에겐 마치 하늘의 한 모퉁이에 큰 말목이라도 박아놓고 거기에 태양을 꼭꼭 묶어놓은 듯 아무런 쓸모도 없는 하루하루의 시간이 도대체 흐르지 않았고, 필요한 사람에게 공짜로 나눠주고 싶을 만큼 지루하기만 할 뿐이었다.

하루에도 몇 번씩 점점 더 진한 고통만 더해가며 그래도 시간은 고장도 없이 흘렀던지 벌써 그녀가 가버린 지 스무날이 지나고 있었다. 나는 요즘 하루에도 수십 번씩 내가 이 세상에서 마지막으로 반드시 치러야할 거사를 생각하며 더욱 마음을 다지며 졸이고 있었다.

그런데 결국 그날이 미리 약속이나 해둔 듯이 드디어 오고야 말았다.

극심한 고통을 받는 사람에게 스무날은 결코 짧은 세월이 아니었다. 마치 이십 년에 버금가는 느낌이었다. 그동안의 오랜 기간을 잠을 못 이룬 머리는 가득찬 물동이라도 인 듯 무거웠고, 제대로 먹지 못한 몸뚱이는 마차 풍선에서 바람이 빠져버린 듯 힘이 없이 작은 바람에도 날리듯 흐늘거렸다.

하지만 나는 드디어 사나이의 오랜 결심을 실천으로 옮기기 위해 집을 나섰다. 만나러 또는 데려다주러 자주 가던 그녀의 아파트를 향해서 그리 멀지 않은 거리를 흐느적거리며 걸어갔다.

밤이면 그녀를 집에 데려다주기 위해 몇 년 동안 언제나 손을 꼭 잡고 걷던 거리의 희미한 가로등이며, 자그마한 마트며, 줄지어 선 부동산, 식당……, 그때나 지금이나 빈틈없이 가득 메운 눈에 익은 거리의 요소요소들, 그 거리의 정다웠던 우수마발이 더욱 크게 두 눈 속으로 빨려들듯이 들어오며 옛 생각에 하염없이 눈물이 두 볼을 타고 줄줄 흘러내렸다.

'흐흐흐……, 정말 나라는 놈은 세상인심의 변화를 감지 못하는 한없이 어리석고, 우둔하고, 부질없이 한심한 놈이로군……'

그녀와 저녁 늦게 자주 들러서 마지막 한잔을 기울이며 사랑의 밀어를 나누던 몇 개의 작은 술집은 숨이 멈출 것 같아 아예 못 본 체 외면하고 지나쳐 버렸다. 코로나로 술집이 일찍 문을 닫던 시절 술과 안주를 사서 밤이 늦도록 나란히 앉아서 끝없이 이야기를 나누며 술을 마시던 그녀의 아파트 근처 어린이놀이터에 오자 갑자기 온몸에 부르르……, 전율이 일며 가슴이 갑갑해지고 심장이 방망이질을 해대며 숨이 가빠졌다.

그러나 이 세상에서 나와 같은 전혀 뜻하지 못한 연인의 갑작스런 변심으로 처절하게 고통 받을 불쌍한 남자가 더 이상 생기지 않도록 나는 오늘 나의 사명을 완수해야만 하던 것이었다. 여기서 더 이상 과거의 회상에 젖어 마냥 망설일 수 없다는 생각이 더욱 굳어졌다.

나는 계획대로 소주 네 병을 사서 검은 비닐봉지에 넣어서 튼튼한 무기처럼 들고 적당한 변명으로 아파트 경비실을 통과했다. 자주 와서 눈에 익은 새로 지은 아파트의 건물과 잘 정돈된 정원들이 내 뒤로 밀려나고 있었다. 이제 곧 그녀의 집으로 들어갈 차례였다.

'아니? 아뿔싸! 어찌 이럴 수가?'

그런데 이게 웬일? 갑자기 뇌가 하얗게 표백이라도 된 듯 그녀의 집 정확한 동과 호수가 생각이 나질 않았다. 그리고 보니 4년 남짓 동안 그녀를 만나는 저녁이면 자주 그녀를 데려다 주면서 단 한 번도 그녀의 집에 들어가지를 않았었다는 생각이 났다. 그녀가 자주 자기 집은 몇 층의 몇 호라고 말했지만 나는 그 말을 늘 뒷귀로 흘려듣고 마음에 새기지 않았던 것이다. 항상 그녀와 함께 있으니 그녀의 뒤만 따라가면 된다는 의식도 한몫을 했다.

할 수 없이 나는 그녀에게 전화를 걸었다. 그러나 신호는 가고 있었지만 역시 전화를 받지는 않았다. 나는 내가 네 집 앞에 와서 너를 기다리고 있다고 메시지를 넣었다. 그러나 급히 옷도 갈아입지도 않고 그대로 달려 나왔을 그녀가 무려 반시간쯤 기다려도 함흥차사가 된 듯 아무런 답변도 없었다.

다시 실낱같던 희망은 온데간데없이 도망가고 캄캄한 절망의 구렁텅이로 빠져들며 잠시 잠잠했던 분노와 울화통이 폭풍처럼 치밀어 극에 달하고 있었다. 요즘 그녀의 이상하면서도 야릇한 행위로 인해 오랫동안 연습이 되고 잘 훈련된 극한 분노가 순식간에 나를 집어삼키고 말았다.

그녀가 혹시라도 아파서 앓아누운 것이 아니라는 것은 그녀의 밤중 누군가와의 오랜 통화로 인해 확실히 밝혀졌다. 그녀는 어리석은 나에 대한 놀림 반, 새로운 남자를 만났다는 자랑 반으로 죽음 이상의 비참한 지금의 내 상황은 아랑곳없이 자신만의 놀음을 즐기고 있다는 생각이 짙게 들었다. 비록 가족이 아니더라도 사랑하는 사람과의 불통은 가슴이 새카맣게 타기 마련인데 하물며 새로운 좋은 상대 남자를 만나서 하루도 채 지나지 않는 사이에 자신의 추악한 행위를 반쯤 노출시키며 이런 모난 짓거리를 하고 있음에랴?

나는 지금 그녀의 집만 알았다면 당장 달려 올라가 잠긴 현관문을 부수고 들어갔을 것이다. 그리고 내가 생각한 나의 의무를 충실히 시행했을 것이다.

그러나 나는 받지 않는 그녀에게 전화를 걸고 메시지 넣기를 계속하고 있을 수밖에 없었다. 아파트 내를 이리저리 서성대며 혹시 그녀가 외출을 갔다가 돌아오는지를 유심히 살피며 절망적인 초조한 시간을 보내고 있었다.

이윽고 아파트마다 불이 켜지며 태양은 높은 건물 사이로 쫓기듯 시리지고 어둑어둑 날이 저물었다. 나는 지하 주차장으로 가서 수많은 차량들 중에서 그녀의 차를 찾기 시작했다. 넓은 주차장을 몇 바퀴 돌자 그 내부가 눈에 익은 그녀의 작은 차가 눈에 띄었다.

나는 내가 장시간 기다리다 다녀간 흔적을 남기기 위해 맨손으로 차 백미러의 유리를 빼내고, 차창 앞의 와이퍼를 떼서 차 밑에 던져버리고 밖으로 나왔다.

정신병자처럼 집요하게 응답도 없는 전화를 걸고 메시지를 날리는 사이에 무심한 시간은 잠시의 멈춤도 없이 흘러가 어느덧 자정을 넘어서고 있었다. 그야말로 임종을 앞둔 환자가 죽음을 기다리듯 길고도 긴 진절머리가 나는 지루한 시간이었다. 그런데 자정이 넘는 그 시간이 되자 여느 때와 같이 또 그녀의 전화가 통화중이 되었다. 지나간 날들로 미루어 보건데 오늘도 틀림없이 새벽 세 시 정도까지는 통화가 이어질 것이었다.

그건 틀림없는 사실이었다. 스무날이 넘는 날 동안 하루도 빼지 않고 늘 그랬었다. 나는 그녀가 떠난 뒤로 그녀가 야밤중에 전화를 하면 보통 서너 시간 이상 계속된다는 것을 매일의 확인과 경험으로 확실하게 알고 있었다. 그건 나와 사귈 때는 전혀 없던 아주 새롭고 신기한 일이었다.

야밤중의 긴긴 통화, 이거야말로 이상한 남자와 이상한 여자의 이상한 통화 방식이 아닐 수 없었다. 그녀는 직장생활을 하고 있었고, 나는 그 사람에 대해 아무것도 모르긴 하지만 그 나이 또래의 남자라면 아직은 그냥 놀고먹기엔 이른 나이가 분명했다.

이제 더 이상 기다릴 필요가 전혀 없었다. 이런 기다림은 아무짝에도 쓸데없는 완전한 헛일이었다. 할 수 없이 의심과 질투와 분노로 가득 찬 힘없는 몸뚱이를 질질 끌다시피 이끌고 집으로 돌아가야만 했다.

그녀와 우리 집 사이에 흐르고 있는 금호강을 따라 걷다가 다리를 건너오면서 더욱 강하게 엄습하는 외로움과 괴로움에 그만 도도히 흐르는 푸른 강물로 풍덩 뛰어들어 이 구차하고 불쌍한 한 몸을 깨끗하게 던지고 싶은 생각이 들었으나, 그때 때마침 집에서 이제나 올까? 저제나 올까? 간절하게 나를 기다리며 걱정하고 있을 아내와 앓고 있던 아들의 얼굴이 맑은 거울에 비치듯이 떠올라 나의 눈물 젖은 눈에 뚜렷이 밟히고 있었다.

나는 그랬다. 일종의 죄책감이었다. 여러 연인들과의 사귐과는 별개로 가정에만은 피해를 주지 않겠다고 무던히 주의하며 노력하였으며 실제로 아내를 무척 사랑하고 또 아내에게 감사하고 있었다. 아내는 시아버지가 일찍 돌아가신 가난한 우리 집으로 시집와서 아무런 불평과 불만도 없이 무던히 열심히 노력한 너무나 헌신적인 사람이었다. 나의 배 다른 두 이복동생을 공부시켜 결혼을 시켰으며, 또 그 후에는 치매와 중풍이 거의 동시에 걸려서 심하게 앓던 어머니(계모)를 4년간이나 직장생활을 병행하면서 대소변을 받아내고 날마다 목욕을 시키며 참으로 온갖 정성을 다해 뒷바라지한 그야말로 맏며느리의 모본이 되는 사람이었다.

게다가 요즘은 마치 어떤 모진 운명의 장난처럼 대학 때부터 심

한 정신질환을 앓고 있는 아들을 위해 밤을 새워 기도하며 지극정
성을 다하여 돌보고 있는 장한 어머니였다.

"아, 이 못난 놈, 지지리도 못난 놈, 네가 아무리 어리석은 바보
라 하더라도 이렇게 허무하게 저세상으로 가서는 절대로 안 되지.
너는 그들에게 많은 빚을 진, 그래도 그들에겐 너무나 소중한 남
편이고 아비야……"

순간 나는 잠시도 잊지 못하던 그녀를 기억의 고통에서 잠시 내
려놓고 사랑하는 아내와 아들을 생각하며 터벅터벅 걸어서 동촌
유원지를 돌아 집으로 돌아왔다. 그러나 그 늦은 시간까지 눈도
붙이지 못하고 내가 돌아오기를 손꼽아 기다리며 반갑게 맞는 모
자의 인사에는 아무런 일도 없었던 듯 건성으로 답하며 내 방으로
들어와 문을 쾅 닫았다.

나는 오늘 온종일의 지루한 기다림과 올가미처럼 목을 옥죄던
초조함으로 인해 마음과 몸이 너무 지치고 피곤하여 눈을 붙이려
고 수면제를 보통사람의 서너 배가 되는 양을 입에 툭 털어 넣었
으나 눕자마자 다시 멍청하고 흐릿했던 정신이 초롱초롱 맑아지
며 도통 잠은 오지 않았다.

새로운 경험

뜬눈으로 긴긴 밤이 지나고 나는 그녀를 찾기 위해 그녀의 직장

을 찾아서 나서기로 했다. 이제 그녀를 만날 수 있는 유일한 길은 그녀의 직장을 통하는 수밖에 없었다. 물론 그녀의 근무처에 대해서는 전혀 모르고 있었다. 잠을 자지 못하여 머리가 무겁고 지끈지끈 아팠으나 수년 동안 그녀와 나눴던 그녀의 직장에 대한 정보를 생각해 내려고 애썼다.

'이건 또 황당하군. 개똥도 약에 쓰려면 구하기 어렵다더니, 대강의 위치를 알고 있어 금방 쉽게 찾을 줄 알았더니? 실제로 찾으려니 이건 또 아득하다 못해 까마득하군.'

하지만 이건 요즘 새로 나에게 주어진 반드시 행해야할 의무이기 때문에 어떻게 해서라도 그녀의 일터를 찾아내야만 했다. 한꺼번에 여러 가지를 생각하려니 아무런 실마리도 생각이 나지 않는 데다 그녀를 생각하니 또 다시 울컥하고 분노가 먼저 치밀어 올랐다. 순식간에 짙은 사랑에서 살해를 해야 할 대상이 되었다고 생각하니 무진장 서글프고 또한 한없이 슬퍼졌다.

'흐흐흐……. 이거야말로 지독하게도 슬픈 인연이로군.'

너무나 서글프고 슬픈 인연을 생각하다 보니 그녀를 끔찍이 사랑했던 시절의 한 가지 기억이 진흙탕에서 맑은 물방울이 퐁퐁퐁……, 솟아나듯 생각났다. 어느 때인지는 정확치 않으나 내가 신문기사에서 본 세신사洗身師에 대해 물었더니 그녀가 평소의 어정쩡한 태도와는 달리 눈빛이 빛나며 매우 잘 아는 체를 하며 자신 있게 설명을 하던 것이었다.

"아니? 오빠, 그걸 정말 모르고 묻는 거예요? 다른 사람의 몸을 씻어주는 사람이죠. 요즘 한창 유명 직업으로 뜨고 있어요. 세신사를 가르치는 학원도 많이 생기고 대학에도 학과가 생길 정도예요. 그리고 요즘은 거기서 안마도 병행해서 함께 하고요……"

"뭐라고? 안마까지? 안마는 법으로 시각장애자인 맹인들에게만 허용된 것인데? 그래서 요즘 신종 안마는 마사지라고 하여 주로 태국이나 베트남 여자들을 고용하여 법망을 피하고 있다던데?"

"그래요. 저는 법은 잘 모르지만 마사지는 요즘 우리나라의 남녀도 많이들 하고 있어요."

"아, 말하자면 옛날 목욕탕에서 힘없는 노인들의 때를 밀어 주던 사람을 말하는군. 허허허…… 참, 요즘 세상의 변화는 너무 엉뚱하여 예측이 어렵다니까."

"맞아요, 요즘은 그곳을 늙은 사람보다 오히려 젊은 사람들이 많이 찾는다고 하더군요."

나는 너무나 자신 있게 세신사와 마사지에 대해서 자세하게 설명하던 그녀가 아마도 그런 계통에서 일을 하는 모양이라고 언뜻 추측은 하였지만, 그에 대해 더 이상 묻지 않기로 마음을 정했다. 사랑하는 그녀가 돈을 벌어오지 못하는 남편과 이혼하고 열심히 일을 하여 남매를 공부시키며 살아왔다던 모습이 너무나 장하고 기특했던 것이다.

또 무슨 일을 하든 도둑질이나 거짓말로 사기를 쳐서 남에게 손해를 끼치지 않는다면 직업에 귀천은 있을 수 없다는 것이 나의 주관이기도 했다. 많이 배워서 좋은 직장에서 돈을 많이 벌면 더욱 좋겠지만, 그녀는 고등학교도 방송통신으로 공부한 가난한 집의 맏딸임을 내가 잘 알고 있었기 때문이다. 말하자면 그녀가 내가 관리하는 수많은 어려운 수급자들처럼 주저앉지 않고 꿋꿋하게 살아가는 것이 너무나 장했던 것이다.

그런데 갑작스레 이런 상상도 하지 못한 일이 착하고 순진한 사랑하는 그녀에게서 일어나고 보니 내가 너무나 황당하여 정신을 차리지 못하고 있는 것이다. 그녀는 절대 팥죽이 끓듯 쉽게 변심하여 옆길로 빗나갈 그런 종류의 여자가 아니라는 생각이 지금도 나의 마음을 단단히 얽어매며 지배하고 있었다. 그래서 나는 아무런 타협이나 설명도 없이 나를 절망 속에 몰아넣고 그냥 훌쩍 떠나버릴 결코 그런 여자가 아니라는 믿음으로 계속하여 전화를 걸었고, 이에 어깃장이라도 놓듯 그녀는 나의 간절한 마음을 무시하고 전화를 받지 않다가 밤중이면 누군가와 장시간 길고 긴 통화를 하던 것이었다.

"이 바보 친구야, 자네가 오늘까지 무척 현명한 줄 알았더니 이제 보니 정말로 멍청한 친구로구나. 대충이라도 생각해 봐라. 만약 자네와 그녀가 처녀와 총각이었다면 둘이 결혼을 할 상대가 되겠느냐? 어림도 없다고 코웃음을 칠 그런 상대가 아닌가? 그런 하찮은 여자를 왜 잊지 못해서 그토록 안달을 하고 있는가?"

"그야 객관적 기준으로 보면 그럴 수도 있지만 사랑과 정이란 사람마다 제각각 다른 지극히 오묘한 주관적 생각에서 비롯되는 것이 아닌가?"

"이 착해 빠진 친구야, 그래서 내가 여자를 사귈 때는 농구공도, 축구공도, 탁구공도…… 가리지 말고 오는 대로 가볍고 쉽게 받아넘기며 너무 한 곳에 올인하지 말고 골고루 쉽게 사귀어야 또 아무런 찌꺼기도 없이 쉽게 헤어질 수 있다고 말하지 않던가?"

"충분히 알고 있었지만 정화는 자네도 알다시피 너무 착하고 남이 건드릴 예쁜 여자가 전혀 아니지 않았는가?"

그녀와 나를 함께 잘 알고 지내던 친구들이 제대로 정신도 못 차리고 방황하는 내 비참한 상태가 너무 안타깝다며 위로하며 이런 말들을 하였고, 나도 그들의 말에 충분히 수긍하고 있었다.

그럼에도 불구하고 지금 그녀에 대한 나의 집착은 이미 시멘트처럼 굳어져서 조금의 변화도 기대할 수 없었다. 오히려 시간이 흐를수록 점점 더 쇳덩이처럼 단단해지고 있는 게 사실이었다.

"이번은 참으로 이상해. 맞아, 지금 나의 상황은 정작 나 자신도 도저히 모르겠어. 무슨 귀신에 쒼 것이 분명해. 지금까지 여러 여자들과 이번보다 몇 배나 더 멋진 여러 번의 사랑과 헤어짐이 있었지만 정말 이런 적은 단 한 번도 없었어."

친구들은 너무나 아쉬워하고 곧 죽음을 앞둔 듯이 허탈해 하며 평소 나에게서 볼 수 없던 지나친 애착과 시기와 질투와 분노가 불타듯 훤히 얼굴에 교차하며 드러나는 나의 마음 상태를 지켜보며 이건 도저히 이해가 불가능하다며 고개를 절레절레 흔들어댔고, 나는 그때마다 결국 이렇게 대답을 할 수밖에 없었다.

　그녀와 무심코 세신사와 마사지에 대해 이야기를 나눈 지 그 한참 후, 그런 사소한 이야기쯤은 이미 까맣게 기억의 밑바닥으로 가라앉았을 즈음, 둘이서 멀리 시외로 가끔씩 가던 오붓한 여행을 떠났다. 비가 제법 소나기처럼 많이 퍼붓던 날이어서 바닷가 길을 따라 파도소리를 들으며 가는 차 안은 더욱 아늑하게 느껴졌다. 둘이 다 같이 좋아하던 바닷가를 비에 젖은 파도가 하얗게 부서지는 너울을 구경하며 바다와 땅 끝이 맞닿은 한적한 여러 곳의 모퉁이를 마치 방랑객처럼 배회하다가 날이 어두워지자 우리는 예약한 모텔에 차를 대놓고 근처의 술집으로 갔다. 손님은 별로 없었다.

　오랜만에 아무도 우리를 알아보는 이가 없는 호젓한 가운데 마음을 푹 놓고 마치 바닷새가 가볍게 날갯짓을 하듯 아주 홀가분한 마음으로 바닷가의 멋진 밤바다 경치를 즐기며 다른 때보다 더욱 좋아하는 안주로 술을 많이 마셨다. 이건 마치 신혼여행을 온 듯 약간은 몸과 마음에 가벼운 흥분이 흐르며 술이 취해갈수록 기분은 하늘을 나는 듯 상쾌했다.

　이윽고 내리던 비도 그치고, 흥겨웠던 술자리도 끝나자 거의 만취에 가까운 우리는 서로 비틀거리며 서로의 손을 더욱 꼭 잡고 이리저리 한참동안 헤매다가 겨우 예약한 모텔로 찾아 들어갈 수가 있었다.

두 사람 모두 몸을 씻지도 못하고 그래도 오랜만에 멀리까지 즐거운 여행을 온 기념으로 관계를 하려는데, 내가 스스로 속옷까지 모두 벗은 그녀의 몸 구석구석을 오랫동안 애무를 해줘도 그녀의 아랫도리는 바싹 마른 나뭇조각처럼 애액이 전혀 나오지 않고 부드러운 살결이 매끄럽게 바싹 마른 상태 그대로였다. 궁합이 잘 맞지를 않는지 이제까지 그녀의 그곳은 늘 그렇게 매끈하게 말라 있긴 했었다.

그러나 오늘은 우리 딴엔 멀리 여행을 온 특별한 날이 아닌가? 이건 도저히 그냥 넘길 수 없는 상황임이 분명했다. 그래서 그녀의 그곳이 어서 촉촉하게 젖어들길 바라며 한참 동안 애를 쓰던 나 역시 마신 술이 더욱 심하게 취해오며 온몸의 힘이 쭉 빠져 하던 일을 멈추고 그냥 그녀의 옆에 벌렁 누워서 자려고 하는데,

아, 글쎄. 이게 웬일인가?

바로 그때, 아래는 마른 그대로였지만 잔뜩 흥분한 그녀가 나의 하체를 타고 올라와 온몸을 주물러대기 시작했다. 그런데 이건 보통 솜씨가 아니었다. 너무 솜씨가 좋아 잠깐 사이에 그만 나는 묘한 황홀경에 빠져들고 말았다. 이건 아직 한 번도 경험하지 못한 그야말로 온몸이 녹아드는 대단한 기술이었다. 몸의 호사는 정

신적 흥분과 함께 하기 마련이었다. 고조된 흥분으로 뇌리는 처음 맛보는 너무나 진하고 강렬한 충격에 잠겨들고 몸뚱이는 훨훨 창공을 날아가다가 갑자기 깎아지른 듯이 가파른 낭떠러지로의 급강하를 되풀이 하고 있었다.

정말 이때의 그녀는 참으로 대단했다. 나는 저절로 잔뜩 흥분된 신음소리가 다문 입에서 절로 술술 흘러나왔다. 이건 직접적인 성교를 통해서 얻는 짜릿한 쾌감보다 훨씬 더 강렬했다. 가끔 태국이나 중국에 여행을 갔다가 정해진 코스로 빠짐없이 항상 들리는 그곳 현지 여성들이 해주던 전신 마사지와는 비교할 수 없는 아주 뛰어난 묘한 솜씨였다.

그러나 그녀와 오랫동안 사귀면서도 그런 기막힌 체험은 그날 단 한 번뿐이었고, 그날 경험한 그녀의 특이한 행위에 대해서는 그녀도 너무 취하여 기억 속에 전혀 남아있지 않은지 그 후에는 아무 말이 없었고 따라서 나도 그 일을 다시 입에 올리지 않았다.

그러나 나의 친구들이 함께 그녀와 술을 마시다가, 술을 제법 많이 마시고 조곤조곤 이야기도 잘하는 그녀에게

"정화 씨는 요즘 무슨 일을 하고 있어요? 도대체 직업이 뭐죠?"

하고 매우 궁금한 듯 자주 물었지만,

"노가다요. 좀 힘든 노동일을 하고 있어요."

하고 대답했다.

"여자로서 노동일은 너무 힘들지 않나요? 남자들도 매우 힘들

어 하던데……"

"돈을 버는 재미로 참고 하는 거죠. 우리 일은 제법 큰돈을 벌수 있거든요. 호호호……"

"돈을 많이 버는 힘든 노동일이라? 그것 참 알쏭달쏭하네."

그녀의 대답은 언제나 이같이 똑 같았다. 직장에 대한 말만 나오면 마치 배우가 대사를 외우듯 제법 많이 취한 때라도 정신을 바짝 차리고 토씨 하나도 틀리지 않는 똑 같은 대답을 하던 것이었다.

그건 나에 대해서도 친구들에게 답하던 것과 똑 같았다. 그래도 나는 굳이 그녀의 자세한 직장을 알려고 하지 않았고, 그녀의 직장이 무엇이든 그것이 우리들의 사랑에는 아무런 문제도 될 수 없었다. 사람은 누구에게나 남에게 밝히고 싶지 않은 비밀이 있기 마련이었다.

아, 그러고 보니 또 한 가지 더 생각나는 것이 있었다. 물론 그녀의 직장에 관한 것이었다.

"아이고, 너무 신경질 나요. 다른 사람들은 모두 코로나 지원금으로 직장에서 공짜 돈을 받았다고 난리던데 우린 한 푼도 받지 못했거든요. 요즘은 공짜라면 양잿물도 마신다는 공짜가 난무하는 세상인데 말이에요"

"허허허……, 그거야 당신 직장 사람들이 남보다 고소득을 올리고 있기 때문이야. 오히려 축하를 받을 일이지."

"그게 아니에요. 우리 직장이 허가가 안 되는 무허가이기 때문이죠."

하지만 그녀는 나와 만나는 밤늦은 시간에도 고객이라며 가끔 통화를 하곤 했다.

그녀가 가끔 시간이 없어 바쁘다며 당초의 약속 장소로 나가기 어렵다고 그녀가 일한다는 직장 근처로 와주기를 요청하면 비교적 시간이 헐렁한 나는 그녀가 일을 마치고 차를 대기하고 있던 곳으로 가서 만나곤 했다. 아마도 그녀의 직장이 그 근처에 있는 것이 분명했다.

그런데 지금 그곳에 가니 비슷한 작은 간판을 앞에 내놓은 비슷한 업소들이 여기저기 여러 곳이 있었다. 세신사와 함께 안마나 마사지 같은 내용의 자그마한 간판들이었고 대부분 작은 건물이거나 큰 건물의 일부를 빌려서 영업을 하고 있는 영세 업체들이었다.

나는 우선 그녀에게서 간간히 들은 내용을 상기하며 그녀의 직장에 대한 대강의 정보를 수집하기 위해 그 중의 한 곳으로 들어갔다. 공연히 무슨 죄라도 지은 사람처럼 지나가는 사람들의 눈치를 흘낏흘낏 살피면서 가다가 문 앞에 가까이 이르러서는 소낙비를 피하듯 재빨리 들어갔다.

그곳에 들어서니 밖에서 보던 것에 비해서는 내부가 꽤 널찍하다는 생각이 들었다.

"저, 잘 모르는데요. 어떻게 하면 되죠? 이곳이 처음이라서요."

나는 쭈뼛거리며 계산대 비슷한 스탠드에 앉아있던 중년의 여인에게 물었다.

"아, 처음이시라고요? 하지만 간단해요. 탕에서 때를 밀어드리는 것과 발만 안마하는 것과 전신을 마사지 하는 것……, 이런 부분 서비스가 있고요."

그녀는 내 눈치를 슬쩍슬쩍 훔쳐보면서 다시 말을 이었다.

"게다가 손님이 원한다면 그 외의 것도 서비스를 해드리는 풀코스가 있는데 그건 요금이 좀 비싸요. 서비스가 고도의 기술을 요하고 장시간 많은 힘이 들기 때문이죠."

"비싸다고요? 그럼 풀코스는 얼마나 하는데요?"

나는 바람난 연인에 대해서 조금이라도 더 많은 정보를 캐내기 위해서 온 만큼 정말 아무 것도 모르는 척 넌지시 그러나 짐짓 여유를 가지고 느긋하게 물었다.

"같은 풀코스라도 마사지 걸의 수준에 따라서 요금이 다르죠. 젊고 기술이 좋은 사람은 20만원이 넘어요."

그녀의 말을 듣는 순간, 나의 연인이 자랑삼아 노동은 힘들지만 돈을 많이 번다던 자랑처럼 하던 말이 생각났다. 특히 토요일이나 일요일이면 하루에 백만 원이 넘는 정도의 수입을 올린다는데 깜짝 놀라지 않을 수 없었었다. 그녀의 근무 시간은 일주일 단위로

파트너와 대략 여덟 시간 정도씩 교대를 하는데 정상적이라면 세신사로서 몸을 씻겨주고 기껏해야 한 번에 몇 만 원 가량을 받아서 건물과 운영자금을 댄 운영자와 갈라먹기를 할 것인데, 그래서 하루 백여만 원의 큰돈을 벌어들이는 것은 불가능할 것이 분명했다.

　이로 미루어 볼 때 내가 사랑하는 그녀는 오늘 내가 경험한 바대로 수시로 원하는 고객에게 몸을 파는 창녀가 분명할 것이란 생각이었다.

　'역시 그랬었군. 그녀가 자칭 노가다를 한다면서 많은 돈을 번다기에 겉으로 자세히 캐묻지는 않았지만 무척 의아하게 생각했었는데……'

　내가 이런 그녀의 과거 생각에 깊이 빠져있는데 계산대의 여인이 그 금액이 당연하다는 듯 힘주어 말했고 나도 따라서 수긍을 했다.

　"그래요? 좀 비싸기는 하지만 나는 생전 첫 경험이니 이왕이면 풀코스로 해줘요."

　"그러시죠. 요금은 선불이고요. 오른쪽 두 번째 방으로 가세요."

　내가 큰 호기심으로 그쪽으로 걸어가 방문을 노크도 하기 전에 기다리고나 있었던 듯 여인이 안에서 문을 열었다. 순간 나는 깜짝 놀라지 않을 수 없었다. 여인이 나이는 지긋했으나 내 연인 정화보다 젊고 너무나 아름다웠기 때문이다.

　'이건 정말 놀라운 일이군. 저런 미모의 여성이 이런 곳에서 일을 하고 있다니? 하기야 밤에 요정에서 일하는 여성들이나 노래방 도우미로 오는 여인들도 빼어난 미녀들이 수두룩했지. 그래도 그때는 술이 취해서 그토록 아름답게 보이는 줄로 알았는데……'

　그녀가 오래 묵은 연인처럼 반가운 표정으로 나의 손을 잡아 이끌며 나의 윗도리와 런닝셔츠까지 벗겨서 옷장에 넣었다. 그리고 내가 아랫도리를 벗으려는데 그녀가 급히 달려들어 바지는 물론 팬티까지 벗기더니 나의 손을 이끌어 방 가운데 있는 침대에 눕혔다.

　이어서 매우 숙달된 솜씨로 샤워기의 따뜻한 물로 간단히 온몸을 씻기더니 말끔하게 물기를 닦아내고 온몸에 향이 진한 오일을 바르더니 마사지를 시작했다.

　머리끝부터 톡톡 두드리며 주무르는데 어찌나 시원한지 그간 쌓였던 스트레스가 봄눈 녹듯 사라지고 개운하고 상쾌한 기분이 되었다. 이발을 할 때 여인들이 해주던 것과는 전혀 다른 예상하지 못했던 묘한 기술의 솜씨였다. 그녀는 다시 아래로 내려가 발가락부터 시작하여 차츰차츰 위로 올라오며 발목과 다리와 상체를 마치 엿가락처럼 늘이며 맹물처럼 녹여나갔다.

　드디어 황홀경에 젖어 그 언젠가 먼 바닷가로 여행을 갔다가 술이 만취한 연인 정화가 해주던 서비스가 생각났으나, 오늘의 이 여인은 멀건 대낮에 술이 전혀 취하지 않은 맨 정신에 오직 짙은 분노로 이글거리는 나를 정화보다 한 차원 더 높은 묘한 기술로 무아지경으로 몰아넣고 있었다.

언뜻 생각해도 처음에는 요금이 너무 비싸다고 했던 생각이 그녀의 기막힌 솜씨로 인해 금세 사라지고 이 정도의 안락하고 평화롭고 짜릿한 쾌감이라면 일단 한 번 경험한 남자나 여자들이 또다시 자꾸만 찾아올 것이란 생각이 절로 들었다.

그러는 사이에 잔뜩 굳었던 온몸을 흐물흐물 물처럼 녹인 그녀가 나의 중심부를 주무르기 시작했다. 나는 현재 스무날이 넘는 긴긴 날들을 끔찍이 사랑했던 연인의 갑작스런 변심과 배반과 연락 불통과 그에 따른 잔인한 복수를 꿈꾸며 심한 고통과 스트레스로 아랫도리에 힘이 하나도 없이 축 늘어져있어 풀코스를 희망하였으면서도 내심으로는 그녀에게 줄곧 미안한 생각이 들고 사나이의 자존심이 극히 위축되어 있었다.

그런데 그것이 곧 쓸데없는 기우였음이 밝혀지는 데에는 그리 오랜 시간이 걸리지 않았다. 전신이 그녀의 기막힌 솜씨로 인해 상쾌하게 노곤했지만 그녀가 그녀의 아래 중심부를 자꾸 반복적으로 내 것에 스치다가 다시 손을 대어 주무르고 입으로 애무를 하자 곧 죽은 듯이 잠자던 나의 거시기가 어느 정도 기운을 차리며 힘을 내고 일어섰다.

이제는 관계가 가능하다고 느꼈는지 그녀가 옆에 놓아두었던 젤리를 손바닥에 듬뿍 붓더니 자신의 그곳에 골고루 바르기 시작했다. 이어서 내 몸 위로 기어오르더니 관계를 시작했다. 그녀의 짙은 신음소리와 현란한 허리운동에 너무나 흥분한 나는 그녀의 놀라운 테크닉에 몰입되어 당초의 사정이 잘 되지 않을 것이라던 예상을 뒤엎고 그리 오래 버티지 못하고 곧 짜릿한 쾌감을 느끼며 사정을 하고 말았다.

그것을 감지한 그녀가 다시 전신 마사지를 시작하며 피곤한 나의 몸뚱이를 정말로 사랑하는 연인처럼 정성을 다해 애무하며 따뜻하게 포옹해 주었다. 나는 그녀에게 아직까지 다른 여인에게서 느껴보지 못했던 다정함과 평안함을 느끼며 깊은 감사가 일었다.

"오늘 너무나 고마웠소. 처음에는 매우 계면쩍고 서먹하더니 당신의 정성으로 인해 몸과 마음이 아주 편해졌다오. 마치 불치의 고질병이 말끔하게 치료가 된 느낌이오."

이 방에 들어온 후 처음으로 나의 입에서 나온 말이 그녀에 대한 진정한 감사였다.

"그렇게 생각지 마세요. 요즘은 큰 부자나 몸이 아픈 사람이 아니면 단순히 몸을 씻거나 안마만 하러 이곳에 오지는 않아요. 대게 아저씨처럼 몸과 마음을 함께 풀려고 오는 사람들이죠. 요즘은 법이 엄격하여 이런 곳이 아니면 남자나 여자나 몰래 몸을 풀 곳이 없잖아요?"

그녀가 그녀의 아름다운 미모만큼이나 꾀꼬리 같이 맑고 부드러운 음성으로 나를 격려하며 위로했다. 나는 오랜만에 들어보는 나를 평안하고 즐겁게 해주던 청아하고 아름다운 목소리에 또 감동이 일었다.

"알겠소. 다시 볼 수 있도록 이름과 전화번호를 좀 알려 주시오."

그녀가 뒤쪽에 있던 자그만 책상의 서랍을 열고 예쁜 명함을 한 장 꺼내주며 간절한 부탁처럼 한마디를 덧붙였다.

"공휴일이나 토, 일요일 저녁에 오실 때는 꼭 미리 예약을 해주세요. 붐빌 때가 많아요."

그 말을 듣자 나와 함께 술을 마시던 연인 정화가 가끔 밤중에 전화가 오면 온몸을 뒤로 완전히 돌리고 아주 조용한 목소리로 전화를 받던 장면이 떠올랐다.

"고객의 전화에요."

깊은 비밀처럼 전화를 끝낸 그녀가 매우 겸연쩍게 이렇게 말하곤 했었다.

어쨌든 오늘의 마사지 여인과의 만남은 참으로 만족한 순간이었다. 업소를 나오면서 시계를 보니 약 두 시간쯤이 흘러간 것 같았다.

연민의 정

세상일이란 것이 어찌 내 마음에 흡족하기만 할까? 곧게 뻗은

길을 가다가도 울퉁불퉁 솟은 돌부리에 채이기도 하고, 요즘은 특히 기후가 많이 변해 때로는 동남아에 내리던 스콜처럼 갑작스레 내린 비로 거센 물살에 휩쓸리기도 하면서 오늘 하루의 시간을 너무나 굴곡지게 보내는 것이 평범한 인생이 되어 버렸다. 시간과 시절과 계절의 급한 변화의 소용돌이와 함께 우리의 인생도 걷잡을 수 없이 빠르게 변화하고 있다.

나의 사랑하는 연인 역시 지금 그 생활이 만족스럽기만 할까? 며칠 전까지 그토록 사랑했던 연인이었던 나를 쫓기듯이 급히 버리고 아무리 좋은 새로운 사람을 만나서 알콩달콩 행복한 시간을 즐기고 있어도 자신이 타고난 복이 다하는 날이면 그 사람 역시 한갓 잠시 동안의 이방인과 같은 손님에 불과한 것이 아닐까?

나는 그만 그녀의 직장 찾기를 포기해 버리고 서둘러 그 지역을 떠나 많은 사람들이 오가며 붐비는 큰길로 들어섰다. 오랫동안 정신이 하나도 없어 그냥 무심히 보았던 각양각색의 사람들이 이제야 새로 눈에 들어오며 저마다 매우 깔끔하고 예쁘다는 생각이 들었다.

오늘 그 아름다운 미모의 여인이 오직 돈을 벌기 위해 조금도 마음에도 없고 전혀 사랑하지도 않는 처음 본 나에게 온갖 정성을 다하듯 나의 연인 역시 그렇고 그런 여자라는 생각이 나의 뇌리에서 그녀를 빠르게 내려놓게 만들고 있었다.

바로 이때, 한 무리의 노인들이 즐겁게 이야기를 나누며 거리를 지나가고 있었다. 아마도 모임을 마치고 귀가를 하는 사람들 같았다. 긴 지팡이를 짚은 노인, 허리가 구부정하고 꼬부라진 노인, 다리를 절름거리는 노인……, 모두들 걱정거리나 구김살이라곤 없어 보이는 평안한 노인들이었다. 나와 나의 연인도 곧 저들 노인처럼 될 터인데, 딴에는 아직 젊었다고 일찍이 포기하지 못하고 이런 심한 고초를 겪고 있다니……. 나는 부지런히 내 앞을 지나가는 나보다 먼저 노인이 된 저들은 이제 사랑과 미움 따위를 초월해버렸을 것이란 생각이 들며, 희로애락마저 내려놓은 저 초연한 노인들이 매우 부럽다는 생각이 들었다.

그러면서 또 생각나는 안마 여자의 안쓰러운 행동. 사랑도 하지 않는 처음 본 남자가 만족하도록 육체적 관계를 가지기 위해 커다란 젤리 통을 옆에 두고 그것을 손바닥에 듬뿍 쏟아 부어 자신의 바싹 마른 아랫도리를 적시는 것을 보며, 사랑하는 나의 연인, 정화 역시 사랑하는 사람과 관계를 하려면 보통 여인들은 흥분이 짙어질수록 저절로 미끈거리며 촉촉이 젖어드는 그곳이 오늘의 여인처럼 이러한 돈을 위한 억지 관계의 오랜 생활로 인해 항상 반들반들 말라 있었다는 안타까운 생각을 지울 수가 없었다.

'맞아, 그녀 역시 돈을 못 벌어오는 남편과 남매를 먹이고 공부시키기 위해 어쩔 수 없이 창기 아닌 창기가 될 수밖에 없었어.'

세상 남자들은 사랑하던 여자보다 때때로 새로 만난 여자나 창녀하고라도 관계를 맺는 것을 즐거워 하지만, 여자는 오직 사랑하는 남자에게 집착하는 경향아 농후하며 이건 거의 어길 수 없는 남녀의 차이이고, 본능이고, 일반적인 사회현상이 분명했다. 요즘은 인터넷이나 다양한 매체의 채널을 통해서 남녀의 다양하고 유별난 모임들이 난무하여 성을 즐기는 남자는 물론 여자들도 늘어나고 있다고는 하지만 아직 지금의 나와 같은 나이 또래는 전혀 그렇지가 않다.

이제 사랑하는 그녀를 생각할수록 그녀의 기막힌 사정이 빠르게 이해가 되어갔다.

뿌리가 없는 하루살이 창기, 창녀와의 사랑, 하지만 나는 진정 그녀를 참으로 많이 사랑했었다. 그녀가 이러한 두 얼굴의 이중적 직업을 가지고 고생을 하고 있으면서도 조금도 그 어려움을 내색하지 않고 언제나 나에게 순종하며 늘 오빠를 사랑한다고 말하던 것도 역시 참된 진실이었다는 생각이 들었다.

'자신의 부끄러운 직업을 흔쾌히 밝히지 못하던 그녀는 그런 질문을 받을 때마다 얼마나 계면쩍고 괴로웠을까?'

나는 오늘, 바로 지금에 와서야 그녀가 너무나 불쌍하고 안쓰럽게 생각되었다. 하지만 그녀가 왜 갑자기 너무나 좋은 남자라고 입에 침이 마르도록 자랑하던 나를 두고 아무런 예고도 없이 단지 다른 남자가 생겼다는 단 한 줄도 못 되는 짧은 메시지만을 남기고 불시에 사라져버리고 전화까지 받지 않는 것은 도저히 이해가 되지 않았다.

가문의 저주에서 행복으로

거기다가 그녀는 늘 피곤하다던 직장의 일과 상관없이 요즘 밤을 꼬박 새워가며 필시 상대 남자임이 분명한 사람과 통화를 계속하는 것은 도대체 어떤 이유에서일까? 갑자기 새로 만난 남자와의 사랑이 그토록 애절해서일까? 아니면 이상한 정신병에 든 남자가 찰거머리처럼 붙어서 집요하게 물고 늘어지는 것을 착한 그녀가 냉정하게 뿌리치지 못하고 계속 받아주고 있는 걸까?

그것도 아니라면 혹시 그 남자가 사랑을 가장하여 그녀가 몸을 팔아 힘들게 번 돈을 노리고 있는 것은 아닐까? 혹시 그녀가 혼자 사는 여자라고 얕보고 그녀가 감당 못할 무시무시한 협박을 해대고 있는 것은 아닐까? 그도 아니라면 그녀가 무슨 큰 실수를 저질러 지독히 못된 놈에게 뒷덜미를 잡혀서 옴짝달싹 못하고 당하고 있는 것은 아닐까?……

온갖 추측이 난무하며 그녀에 대한 걱정과 사랑과 미움과 그에 동반한 분노가 어지럽게 머릿속을 혼란시키고 있었다. 그에 따라서 변덕스런 내 마음의 변화도 심해졌다. 사랑하는 그녀의 상태가 너무 애처롭고 심하게 걱정이 되다가도 금세 짙은 분노로 변하여 치를 떨게 하며 극한 사랑과 미움의 감정이 혼재하며 나를 갈팡질팡 어지럽게 만들고 있었다.

'이제 결심했어. 만약 그녀가 그 남자에게 호되게 당하거나 혹은 싫증이 나서 내게로 다시 와서 사랑을 구하며 고개를 떨어뜨리고 엎드려 두 손으로 싹싹 빈다고 하더라도 이제는 결코 어림도 없어…….

본래 한 번 이혼하여 십년 이상을 홀로 견디다가 재혼한 여자는 처음 결혼한 여자와 비슷하게 그 생활을 잘 견디어 가지만, 그렇지 않은 한 번 이혼한 여자가 재혼하여 더욱 쉽게 이혼을 밥 먹듯이 되풀이하듯, 한 번 바람난 여자 역시 기회가 생길 때마다 이놈 저놈 가리지 않고 자리를 바꿔가며 제멋대로 다시 바람을 피우는 법이야……'

그런데 이렇게 그녀에 대한 집착을 이미 가위질을 하듯 싹둑 끊어버렸다고 생각한 나를 아직도 계속하여 괴롭히는 매우 당혹스런 일이 연속되고 있었다. 이건 남자로서의 자존심과 체면을 마구 구겨지게 만드는 참으로 참아내기 어려운 구차한 현상이 아닐 수 없었다.

나이가 들수록 인생이 허무하고 덧없다고 생각하는 사람이 많듯이 남녀 간의 사랑, 특히 성행위를 직업으로 생활하는 창녀와 비슷한 사람과의 사랑은 결국 너무나 괴상망측하고 어처구니가 없었다. 오늘의 내가 바로 그 가늠자요 산 증인이 되어가고 있었다.

집 앞, 시궁창에서 오전에 부화한 하루살이는 점심때쯤 사춘기를 지나고 오후에 제 짝을 만나 저녁에 결혼을 하며 서로 사랑하여 자정쯤에 새끼를 낳고 그러다 희붐하게 새벽이 오자 천천히 헤

진 날개를 접어 마지막을 준비하듯,

그녀와의 무척 행복하고 남다르다고 생각한 우리들의 사랑 역시 하루살이의 일생처럼 빠르게 흘러가버린 허무한 불장난에 불과했다는 생각이다.

'아, 어리석은 연인이여, 사랑이 하루살이의 사랑처럼 이리도 허무할진데 나이가 예순에 임박한데도 늘 그 짓거리를 일삼아 아랫도리가 바싹 말라버린 너는 앞으로 백년이나 더욱 진한 사랑의 행각을 계속하겠다는 욕심으로 사랑하던 사람을 무참하게 짓밟아버리고 훌쩍 떠나 나의 가슴을 이토록 비참하고 아프게 만드느냐? 그러고도 똥 싼 년이 더 큰소리치며 더욱 크게 화를 낸다더니 어찌하여 내가 끊임없이 걸어대는 그 흔한 전화 한 통도 받아주지 못하는 그토록 지독하고 모진 여자가 되었느냐?'

생각할수록 원통하고 또 원통하고, 억울하고 더욱 억울하여 숨이 막히고 울컥울컥 울화통이 터졌지만 지금은 어쩔 수 없는 상황, 깨끗이 잊을 수밖에는 다른 도리가 없었고, 빨리 잊기로 결심하고 다짐 또 다짐했다.

이제 그녀를 죽이기를 포기한 나도 어찌하던지 내 인생과 가족을 위해 오래도록 건강하게 살아야 한다는 생각이었다.

하지만 하루빨리 잊어야할 그녀에 대한 생각은 오늘도 어제처럼, 내일은 또 오늘처럼 한결같이 나의 뇌리를 점령하고 나의 아린 가슴을 윽박질러 댈 것이 불을 보듯 뻔했다.

오죽하면 요즘 나와 그녀 사이의 사건을 아는 친구들과 몇몇 지인들이 나의 얼굴이 반쪽이 되도록 여윈데다가 끊임없이 계속하는 방황을 지켜보며 걱정이 되어 위로 겸 충고를 했다. 그런데 그들의 말은 한 사람처럼 여전히 똑 같았다.

"이런 경우 결코 다른 방법은 없어. 이미 떠나간 사람을 그리워하며 너무 아쉬워하지 말고 떠나버린 여자를 잊기 위해서는 새로 좋은 사람을 사귀는 길뿐이야. 세상에 많고 많은 사람 중에는 또 좋은 여자들이 수두룩하다고……"

나는 다른 좋은 여자를 소개시켜 주겠다는 그들의 제안이 이해되고 퍽 고마웠으나 아직까지 그런 새로운 여자를 사귈 생각을 가질 마음의 여유가 전혀 없었다. 아무리 생각해봐도 지금 나는 과거와 다른 이상한 깊은 병에 걸린 것이 틀림없었다.

그런데 이렇게 우왕좌왕, 중구난방 정신이 없던 그 와중에 그녀와 나의 사이에 또 이상한 일이 하나 더 있었다. 이 사건은 그녀가 지극히 정상적이고 새로 사귄 남자와 정상적인 관계를 유지하고 있다는 반증이 아닐 수 없었다. 이로 미루어 그녀는 맘에 드는 남자가 생기면 아무런 주저함도 없이 또 다시 다양한 남자를 사귀는 창기에 버금가는 여자가 분명하다는 생각이었다.

그녀는 자기 딴에는 오래 사귄 나를 떠나 아무런 연락도 없이 내 간절한 마음이 담긴 숱한 전화와 메시지를 고의적으로 무시한 채, 다른 남자와 바람을 피우며 낮의 유별나게 힘든 직장생활의 피로와 바쁜 생활 와중에도 밤을 새워가며 그와 즐거움에 빠져 애절한 사랑의 통화를 하고 있음이 분명하다는 추측을 가능하게 했다. 이건 내가 그녀를 그토록 가깝게 오래 사귀면서 전혀 상상도 하지 못했던 그녀 특유의 새로운 일면이었다.

바로 전에 위에서 밝힌 바대로의 사건의 전말이 그런 나의 생각을 잘 말해주고 있었다.

내가 그녀를 살해하고 함께 죽을 극단적 결심으로 그녀의 아파트를 찾아갔다가 온종일을 기다려도 만나지도 못하고 혹시나 착한 그녀가 마음을 바꾸기라도 하기를 기대하며 실낱같은 희망으로 계속하여 전화를 걸고 메시지를 보내다가, 해는 드디어 지고 어두운 밤의 시간이 더디게 흘러 결국 자정이 되자 또 받지도 않던 전화는 장시간의 통화중이 되어 나는 하늘이 무너지는 절망감으로 실망한 나머지, 그녀에게 경고 겸 내가 다녀갔다는 표시를 남기기 위해 지하주차장으로 내려가 맨손으로 그녀의 자그마한 자동차의 백미러 유리를 빼내고 와이퍼를 떼어내어 자동차 아래에 던져놓았는데, 그 문제로 경찰서에서 전화가 왔다.

이건 분명히 그녀가 직접 자기 자동차의 손괴에 대해 경찰에 신고를 했고, CCTV 판독 결과를 보며 그녀가 다른 사람이 아닌 바로 얼마 전까지도 사랑하다가 갑자기 도망치듯 떠나온 바로 그 사람, 내가 분명하다는 것을 경찰에 밝혀 주었기 때문일 것이었다.

오늘 이런 사유를 대강 밝히며 전화를 건 자신은 본 사건을 맡은 담당 형사라고 했다. 형사가 이렇게 빨리 곧바로 쉽게 범인을 찾아 전화까지 한 것을 보면 아마도 신고를 한 그녀가 나를 경찰에 확인해주고 전화번호까지 알려준 것이 분명했다.

나는 차량 파손 외에는 아무런 영문도 모르는 전화를 걸어온 형사라는 그에게 발끈하여 냅다 큰소리를 버럭버럭 내질렀다.

"당신 마음대로 처분하세요. 나는 곧 바람나서 미친 그 여자를 죽여 버리고 나도 그 자리에서 따라서 죽을 작정이니까요. 더러운 세상이 귀찮아요……"

그러나 그는 산전수전을 무수히 겪어 이런 사소한 것쯤은 실로 아무 것도 아니라는 듯 나를 따라서 큰소리를 치거나 전혀 화도 내지 않고 차분하게 자신의 할 말만을 했다.

"허허허……, 이봐요. 죽을 때 죽더라도 선생은 지금 죄인이니 일단 마음을 가라앉히고 경찰서에 와서 수사는 받아야 합니다."

다음날 나는 난생 처음으로 경찰서 형사과로 수사를 받으러 갔다. 죽음을 각오한 터라 떨리지는 않았으나 요즘 형사들이 너무나 신사적이었고 피의자에게 친절하게 성의를 다해 대해주는 데는 놀라지 않을 수 없었다. 나는 나이가 나와 엇비슷해 보이는 그에게 자초지종을 거의 모두 이야기 했다. 처음 본 그가 내 말을 경청하는 것이 매우 믿음직스러워 토해낸 일종의 하소연이었다.

"진정 하세요. 남자라면 누구나 모두 겪는 흔한 일들 아닙니까?

높은 산으로 등산이나 자주 다니며 잊어버리세요. 산에 높이 오를수록 세상은 작게 보입니다. 세상에 여자가 그녀 하나뿐입니까? 아시는 대로 남자가 반, 여자가 반이 아닙니까? 여러 사람과 사귀고 시간이 지나면 저절로 해결이 됩니다."

그가 마치 나와 비슷한 이별의 아픈 경험이라도 한 듯이 퍽 여유 있게 말했다.

"형사님, 나도 그 정도는 알고 있어요. 하지만 이번은 매우 다르군요. 시간이 지날수록 그녀의 행위가 더욱 괘씸하고 분노가 일어 참아낼 수가 없어요. 정말 미칠 것만 같아요."

"물론 그러시겠죠. 전혀 그렇지 않다면 어찌 그것을 사랑이라 할 수 있겠어요. 하지만 나의 오랜 경험상 자칫 잘못하면 위험할 수도 있어요. 사람은 누구나 선한 면과 악한 면을 동시에 가지고 있어요. 처음에는 작은 악도 무심코 되풀이 되면 그만 점점 커져서 감당 못할 큰 죄악으로 변하는 수가 매우 잦아요. 이쯤 해서 참고 잊는 것이 상책입니다."

그는 내 말을 귀담아 들으며 마치 이런 사건의 상담 전문가처럼 내 얼굴을 찬찬히 들여다보더니 어떤 진실이 느껴지는지 고개를 끄덕끄덕하며 이렇게 길게 말했다. 그의 말이 구구절절이 이해되며 내 귀를 향하여 쏙쏙 파고 들어왔다.

"허허허……, 좋은 경고처럼 포장된 매우 심각한 협박으로 들리는군요."

내가 그의 말뜻을 충분히 이해했다고 생각했는지 그는 업무상 본론을 말했다.

"하지만 선생님, 본 손괴사건을 간단하게 마무리 짓기 위해서는 사건을 신고한 그 여자의 합의서가 필수적입니다."

"아니, 합의라고요? 그녀와 말입니까? 형사님, 그건 어렵습니다. 전화도 받지 않는 사람과 어떻게 합의를 합니까? 차를 고친 비용을 물어달라면 당연히 물어줘야죠. 혹시 그녀가 마음이 바뀐다면 새 차라도 사주고 싶은 심정입니다."

"그 사정은 알겠습니다. 내가 그녀와 통화를 하여 비용과 계좌번호를 선생께 알려드릴 테니 돈을 보내고 내게 전화를 주십시오."

그리고 난 뒤 내내 조용하더니 며칠 전 그 형사에게서 다시 전화가 왔다. 법률상 본 사건을 검찰로 송치한다는 통보였다. 그러면서 그가 한마디 더 덧붙였다.

"선생님, 너무 걱정 마세요. 상대방으로부터 합의서가 제출되어 첨부 했으니 별 문제는 없을 것입니다."

저주의 낌새를 채다

이제 시간이 많이 흘렀다. 그러나 내 마음은 몇 달째 여전히 그녀에 대한 생각으로 빈틈없이 꽉 차 있었고, 수시로 그녀의 생각이 떠오를 때마다 시기와 질투와 그에 동반된 분노가 치밀어 일상적인 일을 하기는커녕 들쭉날쭉 마구 치솟아 엉망이 된 내 자신의 감정을 조절하고 주체하며 추스르는 데도 여간 힘이 드는 것이 아니었다.

그런 요란한 번민과 번민의 틈새 사이로 나의 반성이랄까? 일종의 깨우침처럼 문득문득 일어나는 생각이 있었다.

'이건 아무래도 뭔가 이상해. 멀쩡했던 내가 그까짓 바람난 여자 하나 따위에게 이토록 환장이라도 한 듯이 시달리며 집착을 하다니? 게다가 간통하는 자는 무지한 자라 자기의 영혼을 망칠 것이란 말처럼 영혼이 황폐해져서 그리 오랜 세월이 흘러도 도대체 왜 잊히지를 않는 거야? 이건 분명히 본래의 내가 절대로 아니야……'

친구들과 주위 사람들이 너무나 길게 방황하며 도무지 차분한 이야기는 물론 최소한의 정상적인 생활을 영위하지도, 꾸려가지도 못하는 너무나 이상해진 나를 두고 이러쿵저러쿵 말들을 하며 가끔씩 충고가 잇따랐다.

"옛 애인을 잊으려면 새로운 연인을 사귀는 것이 상책이야. 자네 주위에는 남들보다 많은 여자들이 있잖아? 그들 중에서 자네를 잘 따르는 한 사람을 고르는 것도 바람직한 방법이지……"

그건 내가 생각하기에도 아주 그럴듯한 방법이 틀림없었다.

하지만 어떤 사람을 연인으로 새로 가까이 사귀기에는 많은 시간은 물론 힘든 노력과 공을 들여야 가능한 것이었다. 연애는 절대로 공짜가 아니었다. 많은 사람들이 제각기 좋은 짝을 가지고 있지만 자세히 알고 보면 대부분 그런 우여곡절이 있었던 것이다.

그런데다가 최근 내 딴에는 문란했던 나의 과거를 깊이 반성하고 좀 더 겸손하고 참되게 살아보겠다는 결심으로, 이제부터는 아내 외에는 오직 사랑하는 착한 이 여자, 정화 하나만을 더욱 애지중지 여기겠다고 마음속에 굳게 다짐하며, 비교적 가까이 지내던 다른 여자들의 전화번호를 깡그리 몽땅 지우고 말았었다. 이것은 그녀의 배신과 어우러진 매우 어떠한 예정되어진 때에 맞춰진 공교로운 일이 아닐 수 없다는 생각이 들었다.

또 최근에는 주위의 친구들이 나를 너무 안타깝게 여기며 간혹 새로이 여자 친구를 소개시켜줘도 예전과 달리 새로 사귀기가 여간 어렵지 않았다. 나를 배신하고 도망간 연인이 시도 때도 없이 끊임없이 생각나서 나의 뇌리를 어지럽히고 있어서 새로 소개 받은 여인은 제법 여러 번을 만나도 늘 처음 만난 듯 서먹서먹하며 도무지 쉽게 가까워지지 않았다. 아마도 그래서 사람들은 오래 묵은 옛 친구가 더욱 그리워지는 모양이었다.

그런데다가 너무나 지루한 기간이 꽤 많이 흘러갔으나 그녀에 대한 생각은 사랑과 미움의 여러 가지 복잡한 감정들이 수시로 번갈아 교차되며 범벅이 되어 더욱 빈번히, 더욱 집요하게 나의 머릿속을 지킴이처럼 점령하고 괴롭히고 있었다.

갈수록 전에는 느끼지도, 상상을 하지도 못했던 그녀가 새로이 갑작스레 만난 그 남자와 벌이고 있을 기이한 성행위의 현장이 머릿속에 그려지며 그녀가 흥분하여 토해내는 교태와 흥분으로 가득 찬 신음소리가 나의 귓전을 어지럽혀 더욱 일종의 저급하고 빗나간 흥분으로 고조시키며 그녀에 대한 미움과 질투를 자아내게 하고 있었다.

이거야말로 너무나 장기간, 참으로 참혹하기가 이를 데 없는 그야말로 연인과의 헤어짐으로 보통사람들이 겪는 것과 같은 절대로 보통일이 아니었다.

나는 왜 그녀로 인해 이런 진한 고통을 이토록 오랫동안 겪으며 괴로워해야 하는가? 나는 왜 그녀를 그토록 사랑하였을까? 하나하나 꼼꼼히 따져보았지만 도저히 그 원인을 찾을 수가 없었다.

그녀가 너무 예뻐서일까? 그건 절대로 아니었다. 그녀는 너무 뚱뚱하고 예쁜 얼굴도 아니었고 얼굴에 검은 점이 자주 솟아나서 모처럼의 연휴가 되면 자주 수술을 하였다고 밖으로 나오지 못하다가 해가 지고 어두운 밤이 되어야 겨우 그늘에 둔한 몸을 숨기며 나오던 여자였다.

그럼 그녀가 많이 배워서 교양이 풍부해서 내가 배울 것이 있어서일까? 그것도 절대 아니었다. 그녀는 어렵게 방송통신고등학교를 졸업한 책도 잘 읽지 않는 깊은 교양 따위는 모르는 여자였다. 아니면 그녀가 너무나 성적 테크닉이 좋아서 나를 매료시켰는가?

그것 역시 절대 아니었다. 그녀는 직업상 잦은 그런 행위로 인하여서인지 성적 매력과는 거리가 먼 여지였다.

그것도 아니라면 내가 너무 오랫동안 그녀를 사랑하여서일까? 그것도 절대로 동의 할 수 없는 명제다. 나는 그동안 그녀와 비슷한 4년, 혹은 5년 길게는 7년 이상을 깊게 사랑하여 온 연인들과도 눈물로 헤어졌지만 지금처럼 이토록 오래 생각 속에 묻어 둔 사람은 없었다.

그렇다면 나는 왜 그런 그녀를 계속하여 잊지 못하고 이토록 애절하게 그리워하고 있는가? 그녀에게 연인으로서의 어떤 매력이 있었는가?

단 하나 내가 그녀를 사랑하는 것은 그녀는 매우 순종 형이었다. 자녀는 부모의 눈을 통하여 세상을 보듯이 그녀의 어머니는 가난 속에서 그 자녀들을 부지런하고 성실하며 어른들에게 고분고분 순종하는 사람으로 키웠던 것이다. 그녀의 군소리 하나 없이 고개를 숙이고 순종하는 모습에 그만 너무나 깊은 정을 주고 다소곳하고 겸손한 자세 때문에 나는 그녀를 더욱 사랑하고 아름답게 보았던 것이 분명했다.

성경 말씀에 하나님은 많은 제물의 제사보다 순종하는 사람을 더 귀하게 여긴다고 했는데, 나도 역시 얼굴이 예쁘고, 많이 배우고, 부富하여 많은 돈을 물 쓰듯이 쓰는 여자보다는 나의 이야기를 경청하고 동의하며 순종하는 여자가 훨씬 더 좋게 생각되었다. 이

건 도망간 연인을 그리워하는 너무나 서글픈 나의 단상斷想이었
다.

　어제는 병원에 가서 신경안정제와 수면제를 더 달라고 했다.

　"그걸 벌써 다 복용했소? 너무 과한데, 자칫 위험할 수 있어요."

　"3알을 먹고 자면 금방 잠이 깨서 할 수 없이 2알을 더 먹고 자
야해요."

　"보통 불면증에는 한 알이면 충분한데요……"

　의사가 걱정스럽다는 듯이 말끝을 흐렸다. 몸무게를 달아보니
7킬로나 빠져있었다.

　어제는 또 아내가 도통 잠을 못 이루며 밤낮으로 어지러이 방황
하는 남편의 심상치 않은 상태가 너무나 걱정이 되어 만약을 위해
간병보험을 들었다고 했다.

　나는 아직도 전화를 받지 않는 연인에게서 과거의 그녀의 착한
마음씨의 따뜻함을 생각하며 내가 전화를 걸지는 않았으나 혹시
오늘은 그녀로부터 소식이 올까 싶어 전화가 울릴 때마다 가슴이
두근거리고 카톡이 올 때마다 깜짝깜짝 놀란다. 갈수록 그녀가 그
리워지고 보고 싶어졌다.

　아하, 역시 그녀는 그런 여자였어.

　생각하고 생각하며 생각할수록 그녀의 착함과 순종은 남자를
속이는 가식과 상업적 술수가 분명했다. 음란한 여인은 귀한 남자

의 생명을 사냥한다는 말이 가슴을 울렸다. 보통 여자라면 어떻게 사랑하는 사람을 곁에 두고 다른 남자를 사귀겠으며, 하루 만에 마음이 변하여 전화도 받지 않고 새 남자와는 밤을 새워 통화를 할 수 있는가? 그녀가 돈 못 버는 남편을 버렸듯이 이건 분명 인간의 탈을 쓴 악마의 소행이 분명했다. 그녀야말로 전화는 물론 나의 그토록 간절한 메시지에도 한마디 응답이 없는 철면피 여자였다.

그래서 요즘 내게는 또 한 가지 공연한 걱정거리가 생기고 말았다.

그녀가 지금의 남자를 죽일지도 모른다는 생각이었다. 밤새워 전화를 하는 그 남자는 분명 정신적으로 문제가 있는 집요한 남자임에 틀림없었다. 이 여자는 또 맘에 드는 다른 남자가 새로 생기면 금세 변심하여 그를 두고 떠나가 지금 나에게 하는 짓거리와 똑같이 전화도 받지 않을 것이 틀림없었다. 비교적 너그러운 성격의 나를 모진 배반으로 이토록 정신병자로 만든 그녀는 결국 그 남자에게 자살의 절망감을 줄 것이 틀림없다는 생각이었다. 그래도 야멸친 그녀는 분명히 눈도 한 번 깜빡이지 않고 태연할 것이었다.

그러나 아무리 생각해도 이건 너무 이상하고 또 이상했다.

여자가 남자보다 더 입이 가볍기는 하다지만, 그녀가 어찌하여 이토록 쉽게 바람이 나서 변심하고 깊이 사랑했던 남자를 배반하고 금세 새로 사귄 남자에게로 달아나 전화도 받지 않는 짙은 암흑 같은 불통이 되어버렸는가? 날이 갈수록 이건 참으로 불가사의한 수수께끼라고 생각되며 또 그녀와의 그토록 비참한 헤어짐을 빨리 잊기를 원하며 또 원했지만 여전히 진한 그리움에 젖은 마음이 그대로 남아있다는 것이 매우 생뚱맞지 않을 수 없었다.

그러면서 누군가에게 들은 사나이의 질투는 여자들보다 강하다는 생각이 절로 들었다. 그건 남자의 기억력이 여자보다 오래가기 때문이며, 반면 물고기가 낚시의 미끼를 물었다가는 의심하며 뱉어냈다가 그 속에 날카로운 미늘이 숨겨져 있다는 것을 알면서도 3초 후면 그 사실을 완전히 까맣게 잊어버리고 다시 입질을 해대다가 그만 미끼를 덥석 물어서 낚시에 걸려서 올라오듯이 여자의 기억력이 마치 물고기와 같이 얕아 모든 것을 금세 잊어버리기 때문이라는 것이었다.

결국 나는 그 연인에 대한 길고 긴 잊지 못하는 기이한 현상이 내 의지만으로는 결코 해결이 불가능하다는 것을 스스로 깊이 느끼며 그 원인을 찾아 헤매기 시작했다. 이건 분명히 머리와 심장으로 대표되는 나의 내부의 일이긴 하지만, 나의 의식과 별개로 외부의 어떤 보이지 않는 세력이 영향을 미치고 있다는 생각이었다.

이거야말로 눈에는 보이지 않는 정신세계에 관련된 어떤 영적인 작용이라는 감이 서서히 잡히던 것이었다. 본래 나는 그런 영뚱한 것을 믿지는 않았지만 이런 위중한 현상이 너무 오랫동안 도저히 견디지도, 감당하지도 못할 만큼 너무 강하게 밀려와서 자연스레 그런 생각을 하도록 만들고 있었다.

이건 아무리 생각해도 그녀에 대한 나의 뇌리에 어떤 지독한 망령과도 비슷한 것이 씌었다는 생각이 점차 더욱 짙은 의심으로 변하고 있었던 것이다.

그랬는데 이것 또한 단순한 우연의 일치일까?

바로 이런 외부의 힘이 나를 조종하고 있다는 색다른 고민에 싸여있던 때, 하루는 오래 전부터 알고 지내던 나이가 많은 여인으로부터 반가운 소식이 왔다. 펙 착하고 아리따운 여자를 소개하겠다고 했다. 그 여인은 혼자 살고 있는 외로운 여자라는 것이었다.

우리 셋은 횟집에서 한잔 술을 나누며 서로 겪고 있던 외로움을 얘기하며 모처럼 즐거운 한 때를 보내고 있었다. 과연 그녀는 훤칠한 키에 아름다운 미모와 교양을 두루 갖추고 있었다. 그녀가 자주 생글생글 웃음을 지으며 너무나 재미나고 유익한 이야기를 많이 하는 바람에 짧은 시간이었지만 서로가 소통이 되어 그녀가 마음에 쏙 들었다.

서로 헤어지려는데 갑자기 아내에게서 두 번의 전화가 연이어 왔다. 좀처럼 없던 일이었다. 나는 혹시 요즘 몸이 몹시 피곤하고 잠을 못 이루어 주의를 소홀히 하는 바람에 여자를 만나는 것을 눈치라도 채게 했나 싶어 가슴이 뜨끔했다.

처음 전화는 시집가서 외지에서 잘 살고 있는 딸이 갑자기 갑상선 암이 걸려 급히 수술을 해야 하기 때문에 아내가 며칠 동안 거기에 가서 딸의 간호 겸 어린 외손자들을 돌보아 주어야 한다는 것이었는데, 아픈 아들을 요즘 몸도 좋지 않은 당신에게 맡기고 가야하니 함께 잘 지내라는 간곡한 부탁이었다.

"그건 당연한 일이지. 일부러 전화까지 했네? 나도 곧 집에 갈 것인데……"

내일 당장 떠날 것도 아닌데 미리 전화를 하는 아내가 이상했지만 나는 앞에 앉은 두 여인들을 바라보며 부드럽게 답했다.

이어서 온 전화는 아픈 아들에 관한 것이었다.

"여보, 정빈이가 오후에 집을 나갔는데 저녁때가 되어도 도통 전화를 받지 않아요."

"너무 걱정 말아요. 걔도 이젠 어른인데 딴에는 바쁜 일이 왜 없겠어요."

내가 이렇게 말하며 전화를 끝내자마자 우린 서둘러 헤어졌다. 이런 자리에서 아내의 목소리가 전화기를 통해 들려오자 분위기가 갑자기 묘해지며 싸늘하게 식었다.

"정빈이가 커피숍에 있다고 전화가 왔어요. 일어설 힘도 없다며 좀 태우러 와달라는 군요."

내가 집에 막 도착하자마자 아내가 이렇게 말해서 우리는 급히 차를 몰고 아들이 있다는 그곳으로 갔다. 아들은 곧 쓰러질 듯이 힘이 하나도 없는 상태로 길옆에서 쪼그리고 앉아서 기다리고 있는 것을 태워서 집으로 돌아왔다.

"여보, 정빈이가 타이레놀(해열제) 50알을 사서 한꺼번에 먹었다고 하는군요."

피로해서 옷을 벗고 쉬려는데 아내가 놀라서 내 방으로 들어와 비명을 질렀다. 우리는 깜짝 놀라서 급히 힘이 전혀 없는 아들을 차에 싣고 대학병원 응급실로 차를 몰았다.

"왜? 그 약을 그렇게 한꺼번에 많이 먹었나요?"

"죽으려고요. 살기가 너무 힘들어 자살을 하고 싶었어요."

의사와 간호사의 물음에 아들은 전혀 주저하지도 않고 변함없이 당당하게 대답했다.

나는 연인을 잃은 고통 중에 새로운 여자를 소개받은 즐거움이 금세 아무런 흔적도 없이 사라져버리고 네댓 개의 링거를 넝쿨에 달린 오이처럼 주렁주렁 달고 누워있는 아들을 밤새워 간호하며 지켜야 했다. 약간의 빈틈만 보이면 간호사가 수시로 나에게 쫓아와서 닦달을 했다.

"보호자님, 자살을 시도한 사람은 곁에 바짝 붙어서 밀착 간호를 해야 해요."

나는 점점 정신이 없어지고 있는 아들을 지키며 더욱 깊은 죄책감에 빠져들지 않을 수 없었다.

'새로운 연인을 만나는 좋은 날에 도대체 이게 무슨 날벼락인가? 이 세상에서 가장 사랑하는 딸과 아들이 동시에 이런 극한 위험에 처하다니? 아무리 생각해도 정말 이건 예사로운 일이 절대로 아니야……'

　며칠 전 병원 정신과에 수면제를 처방 받으러 갔다가 잠을 전혀 이루지 못하고 자꾸만 도망간 연인이 생각나서 도저히 견디기가 힘들다며 도대체 이건 병명이 뭐냐고 물었더니,

　"정신질환이오, 예전엔 흔히 상사병이라고 했지요. 잘 치료를 받지 않으면 심하게 앓다가 결국 자살로 이어지는 수도 많아요."

　하는 의사의 설명에 나는 그때 설마? 하고 반신반의하였지만 오늘 아들의 자살소동을 직접 경험하고 나니 아들과 나의 일이 결코 따로 멀리 떨어진 별개의 사건이 아니라는 생각이 들며 더욱 걱정스러워졌다.

　나와 아들과 딸이 한꺼번에 당하는 내 인생 초유의 끔찍한 사건을 맞고 보니 크게 공포에 가까운 두려움이 일며 이건 결코 단순한 우연의 일치가 아니라는 생각과 함께, 이번 연인과의 갑작스런 헤어짐과 그에 따른 나의 기막힌 고통과 오랜 방황을 해결하고자 애쓰고 나를 도와주던 여러 사람들의 충고와 방법의 제시가 주마등처럼 우르르 떠오르며 갑작스런 간호로 피곤하지만 잠이 말짱 달아나버린 나의 머릿속을 더욱 복잡하게 만들고 있었다.

그 중의 하나는 며칠 전에 있었던 일이었다.

가까이 지내며 자주 약주도 한잔씩 나누던 나이가 아주 많은 유명한 소설 작가가 요즘 범상치 않은 나의 말을 듣고서 자신이 잘 아는 떨꼬지(주술사)를 소개시켜 주겠다고 했다. 원래 이런 점쟁이나 무당 같은 자들은 지나간 과거는 더러 맞추어 상대를 감동시키기도 하지만 앞으로 다가올 미래는 예측하지 못하므로 꾸며댈 뿐인데,

이 떨꼬지는 일반 점쟁이와 달라서 자신도 그에게 몇 번 물어봤는데 지나간 과거를 기막히게 잘 꿰뚫어 보았으며 앞의 미래도 예측을 하였는데 지내고 보니 그대로 잘 맞더라는 것이었다.

특히 그의 절친한 친구였던 유명 방송의 보도국장이 장가를 가려고 그와 함께 그 떨꼬지를 찾아갔더니,

"아, 글쎄. 하필이면 중매가 들어온 가문이 좋고 인물이 출중한 많은 여자들을 제치고 시골의 제법 부잣집 출신이긴 하지만 교사를 하고 있던 아가씨가 제일 적격이라고 하지 않겠는가?"

그들 두 사람은 그녀의 썩 잘나지 못한 얼굴을 생각하며 다 같이 놀라서 함께 시무룩하여 고개를 저었는데 그의 말이 너무나 확신에 차서 뿌리칠 수가 없었다고 했다.

"당신은 칠남매의 맏이고 집은 너무 가난하지 않소? 이 여자는 복이 많아 당신 집안을 일으키고 동생들을 잘 공부시킬 것이오."

그래서 무엇보다도 가난한 집의 맏이가 된 도리로서 형제자매

를 위하여 그녀와 결혼을 했는데, 그의 말대로 보도국장은 그 아내의 힘으로 동생들을 모두 잘 공부시켜 결혼까지 시켰고 그녀가 낳은 자식들도 성공을 했는데 단 한 가지, 그 떨꼬지의 말대로 그녀의 친정은 점점 가난해 져서 그녀가 정말로 큰 복을 타고난 복덩이 임이 분명하다고 믿고 있다는 것이었다.

그래서 나는 울며 겨자 먹기로 없는 용기를 내어 그를 찾아갔다. 그는 칠곡군 근처의 자그마한 마을의 오래된 가옥에 살고 있었다. 겉으로 보기에 그리 부유하게 보이지는 않아서 중이 제 머리를 못 깎듯이 사람도 남의 일은 용하게 맞추면서 자신의 운명은 결코 잘 보지를 못하는 모양이라는 생각이 절로 들었다.

"요즘은 그 일을 안 하고 있는데, 안 지 퍽 오래된 작가님의 부탁이라……"

열려있던 작은 대문을 두드리자 늙어서 온몸이 어린아이같이 자그마하게 쪼그라든 노인이 방문을 열어주며 하던 말이었다.

그는 윤 작가에게서 미리 나의 이야기를 대충 들었는지 나의 말은 더 들을 필요도 없다는 듯이 내 인상을 잠깐 살피다가 너무나 간단하게 말했다. 나의 오랜 고통 따위는 아무것도 아니라는 듯 그의 짤막한 말은 너무 간단명료하여 오히려 허무하기까지 했다.

"당신이 타고난 험한 사주팔자를 부인이 바꾸어 보겠다고 난리를 치고 있소이다."

그는 도사처럼 허공을 보며 이렇게 말했고 나는 그 떨꼬지의 말에 평소보다 강한 죄책감이 일며 가슴이 마구 저려서 곧 그 자리를 피해 밖으로 나오고 말았다.

"정말 웃기는군, 유명한 떨꼬지라고? 아무리 그래도 기껏해야 점쟁이나 박수무당이지? 어둡고 두터운 장막에 굳게 싸인 사람의 오묘한 미래를 어떻게 그리 간단히 알겠어?"

나는 이렇게 스스로를 위로하며 그의 말을 비웃을 수밖에 없었는데 그의 말은 그렇게 단순한 것이 결코 아니었다.

그러나 계속 혼란한 마음을 잡지 못해 주위의 지인들이 알려주는 여러 곳을 더 다니며 알아보았으나 대부분 비슷한 내용의 돌팔이 의사나 선무당과 같은 아리송한 답변뿐이었는데,

그 며칠 뒤 평소 친하게 지내다 요즘 목회 일로 너무 바빠서 자주 만나지 못하던 친구 목사의 예언이랄까? 확실한 답변을 듣고 나서야 나의 오랜 번민과 괴로움은 물론 대학 때부터 긴긴 정신병을 앓으며 고통 받고 있는 사랑하는 아들의 병의 실체가 바로 내가 평생을 두고 마구 저질러댄 음란 행위로 인한 저주임을 확실히 알게 된 것이다.

친구 목사는 나보다 나이는 몇 살 위이나 오랫동안 사귀면서 이제는 나를 형제처럼 생각하고 나 역시 그를 내 자신처럼 귀하고 가까이 여기고 있는 절친한 친구였다.

멸문의 자살

아, 우리 엄마

내 고향 상주에는 유독 저수지가 많았다. 역사적으로 유명한 공검지, 중덕지, 벽진지 등을 비롯하여 마을마다 앞에도 뒤에도 푸른 물이 넘실대는 크고 작은 저수지들이 사시사철 우리를 반기고 있었다. 우리들이 못이라고 부르던 저수지의 메마른 산중의 푸른 물은 마치 바닷가의 파도치며 일렁대는 바닷물처럼 볼 때마다 너무나 싱그럽고 풍요로웠다. 벼농사를 위해서 가둬둔 물이었다.

우리는 여름이면 그곳에서 수영을 즐겼다. 그래서 마을 아이들은 개구리헤엄이나 개헤엄이었지만 어려서부터 모두 수영을 잘하여 물 위에 둥둥 떠다니며 놀았다. 겨울이면 꽁꽁 언 넓은 얼음판 위에서 굵은 못을 박은 송곳으로 단단한 얼음을 찍으며 신나게 스케이트를 탔다. 봄과 가을에는 긴 대나무 장대로 지렁이를 미끼로

붕어 낚시를 했다. 또 모내기가 끝날 때쯤이면 물이 말라 바닥이 훤히 드러난 그곳의 진흙 속을 뒤져서 굵다란 미꾸라지를 잡았다. 그야말로 저수지는 제일 멋지고 신나는 우리들의 놀이터였다.

늦가을이었다. 곤봉놀이며 마스게임 등 가을운동회 연습을 하느라고 늦게 집으로 돌아오던 길이었다. 하늘은 너무 파래 눈이 시렸고 신작로에는 줄지어선 키가 큰 미루나무에서 떨어진 노란 낙엽이 불어오는 북서풍에 우수수 떨어져 이리저리 날리고 있었다.

요즘 어머니가 보름을 넘게 몹시 아파서 도시락을 못 가져가 점심을 쫄쫄 굶은 나는 배도 고프고 마음이 급했다. 집에 가면 소먹이 풀을 낫으로 싸리다래끼에 한가득 베어 와서 작두에 쓸어 소죽을 끓여 먹여야 했다. 발걸음은 점점 빨라져 동네 어귀의 푸른 물이 넘실대는 내가 무척 좋아하는 저수지 옆을 지나칠 때였다. 평소에는 없던 동네 사람들 여럿이 연못 둑에 모여서 웅성거리고 있었다.

나는 갑자기 급하던 마음에 더욱 불안까지 겹쳐지며 문득 이상한 예감이 들었다. 그래서 저절로 부리나케 그쪽으로 뛰어가게 만들었다.

"아이고, 앙앙앙……, 엄마, 엄마야, 우리 엄마야. 나는 어떡하라고……"

거기 저수지 둑의 누렇게 변한 잔디 위에는 다른 사람도 아닌 바로 나의 어머니가 쌍둥이 동생을 한쪽 팔에 한 명씩 꼭 껴안은 채 누워있었다. 젖무덤은 시퍼렇게 퉁퉁 불어나 동생들의 머리통보다 더 컸다. 입에서는 연신 검붉은 피가 샘처럼 솟아나오고 있었다. 젖먹이 어린 동생들도 마찬가지였다. 입과 코에서 피가 섞인 물이 졸졸졸 흘러나오고 있었다.

어머니가 저수지 물에 빠진 것을 동네 사람들이 건져내 그대로 눕혀놓은 것이었다. 멀리 어머니의 약을 짓겠다고 장을 보러 가신 아버지는 아직 도착하지 않았다. 나는 온몸이 퉁퉁 불어터진 그런 어머니가 무서워 가까이 가지도 못하고 멀리 서서 큰소리로 울기만 했다.

"봉산 댁이 많이 앓았다더니 크게 실성을 한 모양이로구나. 아무리 그래도 자식의 생명은 제 속으로 낳긴 했어도 제 것은 아닌데……. 아이고, 불쌍한 아이들……"

봉산 댁은 마을 사람들이 부르는 우리 엄마의 택호였다. 주로 친정 마을의 이름을 따서 사용했다.

엄마는 해마다 늦가을의 찬바람과 함께 찾아오던 보름 이상 단 한 쫌도 잠을 이룰 수 없던 지독한 불면증을 이기지 못하고 이제 막 돌이 지난 동생들을 안고 저수지로 뛰어 들어간 것이었다. 오래 잠을 자지 못하면 보통 사람들에겐 사소하게 보이는 온갖 걱정이 점점 큰 걱정으로 변하여 결국 자칫 잘못하면 이런 엄청난 큰일까지 저지르게 되던 것이었다.

"귀신이 우글거리는 저놈의 못을 어떡하나? 당장 메워버릴 수도 없고……"

지난해 겨울, 꽝꽝 굳게 얼어붙은 이곳에서 스케이트를 타다가 얼음판의 숨구멍이라 하여 얇게 언 곳의 얼음이 갑자기 푹 꺼지는 바람에 그만 그곳에 빠져죽은 친구의 아버지가 분노로 이글거리는 눈으로 저수지와 우리 엄마를 번갈아 바라보며 뽀드득 뽀드득 이를 갈며 울분을 토했다.

그 후로 나는 그토록 좋아했던 싱그러운 푸른 물이 넘실대는 그 저수지를 지나칠 때마다 어머니를 삼켜버린 푸른 물을 보기가 싫어서 얼굴을 돌리고 거리가 먼 반대쪽 길로 돌아서 다녔다. 물론 거기서는 더 이상 수영을 하지도, 스케이트를 타지도 않았다.

사랑하고 사랑하던 어머니를 졸지에 이렇게 보내는 바람에 나는 새엄마 밑에서 배 다른 이복동생들과 너무나도 쓸쓸하고 외롭고 힘든 어린 시절을 보내야 했다.

외분이는 우리 마을에 함께 사는 내 단짝 친구였다. 나와 외분이는 먼 인척이었고, 어머니는 외분이와 성씨가 같았고, 그 집안에는 예전부터 가끔 이런 자살 사건이 있었다고 전해지고 있었다. 인척 관계를 떠나 나와 외분이가 남달리 친하다는 것은 마을 사람들 모두가 인정할만 했다. 그런데 외분이네 집은 우리 마을에서 가장 부자였고 그녀는 그 이름 그대로 그 집의 무남독녀였다.

외분이의 아버지는 우리 마을에서 최초로 유명 대학을 졸업하고 유럽 유학까지 다녀와 대구에서 대학의 화학과 교수로 있었다. 그런 만큼 그 집에 가면 보물창고처럼 없는 것이 없었다. 라디오도 우리 마을에서 가장 먼저 샀고 물론 그 후에 텔레비전도 가장 먼저 들여놓았다.

사람 좋은 외분이 할아버지는 라디오를 널따란 마당가에 서있던 큰 감나무 둥치에 매달아 놓고 큰소리로 틀어놓아 이웃사람들이 그 신기한 소리를 모두 들을 수 있도록 했다. 저녁 무렵 재미나는 연속극을 할 때면 많은 마을 사람들이 수북하게 모여들어 모깃불을 피워놓은 바깥마당에 펴놓은 여러 장의 멍석에 옹기종기 모여앉아서 그 처음 듣는 희한한 것에 귀를 쫑긋하고 함께 들으며 즐거워했다. 나중에 축전지에 연결된 텔레비전을 샀을 때도 마찬가지였다. 뜨락이 높은 툇마루에 텔레비전을 틀어놓으면 많은 사람들이 밤늦게까지 구경을 했다. 우리 마을은 시골이라 전기는 그 한참 후에 들어왔다.

나는 외분이가 참 좋았다. 볼수록 영리하고 귀여워 정이 듬뿍 들었다. 그렇게 초등학교를 졸업하고 우리 면 소재지에 새로 생긴 남녀공학인 중학교 때도 그랬다. 너무나 친하고 마치 남매처럼 늘 가까이 지내느라 남의 눈치 따위는 보지 않을 정도였다.

그러다가 객지에서 고등학교를 다닐 때도 또 대학을 다닐 때도 우리는 친구로서 자주 만났다. 신기하게도 그녀와의 인연은 계속

이어져 내가 대학을 졸업하고 복지공무원으로 취직을 한 후에도 중학교 교사를 하던 외분이를 만나서 시골 마을의 그녀의 집에 가끔 들리곤 할 정도였다.

그럴 때면 연세가 많던 사람이 너무 좋아 내가 존경하던 그녀의 할아버지는 우리 두 사람이 혼인을 할 것을 기정사실로 받아들이고 아예 나더러 손녀사위가 된 것처럼 어릴 때 부르던 준호라는 이름 대신 '남 서방'이라고 불렀다.

그런데 남편이 대구의 대학에 교수로 나가 있던 바람에 거의 과부처럼 혼자서 우리 마을에서 시부모님을 모시고 지내던 그녀의 어머니는 시아버지의 그런 말에 그만 펄쩍 뛰며 질색을 하고 말았다. 그녀의 어머니는 교수 부인답게 많이 배운데다가 여러모로 교양미가 철철 흘러넘쳤으나 그만큼 찬바람이 쌩쌩 일 정도로 냉정하기도 했다.

"아버님은 참으로 어림도 없는 말씀을 하시네요. 제 어미가 정신병으로 자살한 그런 아들에게 언감생심 어찌 그런 말씀을……"

"내 맘에 아무리 쏙 들어도 어미가 싫다면 할 수 없는 일이지. 암, 그렇고말고……. 말하자면 부부는 무촌이고 부모자식 간은 1촌이며 할아비는 겨우 3촌쯤 되니 손녀의 혼사에 왈가왈부할 처지가 아니긴 하다."

이렇게 말씀하시며 할아버지는 아쉬운 듯 그냥 쓴 입맛만 쩝쩝 다시고 계실 뿐이었다. 그 후부터 나는 할아버지에게서 남 서방에서 준호로 다시 되돌아가고 말았다. 그러시다가 가끔 뵙게 되어 너무 반가우시면 다시 그 말이 은연중 밤송이의 알밤처럼 툭툭 불거져 튀어나왔고 그럴 때면 할아버지는 깜짝 놀라 손으로 입을 가리시고 며느리가 있는 쪽을 보시며 잔뜩 경계를 하곤 하셨다.

자살의 시작

나는 명절이 되어 고향에 갈 때마다 외분이의 할아버지께 인사를 드리러 갔다. 그건 외분이가 있건 없건 상관없이 계속되었다. 일제 강점기에 고등학교를 졸업한 할아버지는 역사의 산 증인으로 나는 배울 것이 너무 많았다. 할아버지와 만나는 때부터 시간의 흐름을 잊은 채 이야기는 끊임없이 이어졌다. 할아버지는 내게 숨겨진 역사 교과서였다.

그런데 할아버지는 연세가 점점 높아질수록 남들이 부러워하는 자신의 남다른 건강과 무병장수를 비관하곤 하셨다. 특히 할머니가 저 세상으로 먼저 가고부터는 그런 증세가 부쩍 더 심해졌다. 할아버지께 무병장수는 무거운 큰 짐이 되고 있었다.

"남 서방, 아이고, 내가 아직도 죽지 않고 살아서 또 자네 얼굴을 보게 되는구먼."

"할아버님, 무슨 말씀을 그렇게 하세요. 건강도 좋으시고 이 좋은 세상에 오래오래 사셔야죠."

"아니야. 하루하루 살다보니 너무 오래 살았어. 이젠 살아가는 것이 너무 지겨워……"

이럴 때는 정말 할아버지의 얼굴에서 너무 오래 살았다는 후회와 아울러 젊은이들에 대한 미안함이 진하게 배어나오고 있었다. 그 하시던 말씀 속에서도 시시때때로 삶에 대한 견디기 힘든 지루함과 지겨움이 물씬물씬 묻어나고 있었다. 이런 현상은 해가 거듭될수록 듣기 안쓰러울 정도로 더욱 심해져갔다.

할아버지는 일백 호가 넘는 우리 마을에서 벌써 몇 해 전부터 가장 연장자였다. 그러나 타고난 건강과 강한 정신력으로 연세가 들어도 노인답지 않게 꼿꼿하게 보행했고 말씀은 또렷또렷했으며 귀가 약간 어두울 뿐 정신은 정말이지 맑은 가을밤의 별처럼 초롱초롱 했다. 할아버지야말로 살아있는 여러 권의 역사책을 넘어 도서관이었다.

이러다가 할머니가 돌아가신지 아홉 해가 지나고 할아버지가 드디어 백수百壽에서 한 살 모자라는 99세 백수白壽가 되었을 때였다. 외분이로부터 전화가 왔다. 그녀는 소금에 절인 배추처럼 목소리에 힘이 하나도 없었고 단지 그 말 한마디뿐이었다.

"할아버지께서 마침내 운명하셨단다."

나는 급히 시골 외분이의 집으로 달려갔다. 상갓집에는 벌써 많은 사람들이 모여 와자지껄했다. 마치 우리 온 동네가 초상집인 것 같았다. 모두들 근래 보기 드문 장수를 하신 대단한 호상好喪이라며 웃음꽃이 만발했고 슬픔 따위는 추호도 없어 보였다. 그 중에서도 외분의 어머니가 가장 홀가분해 하는 것 같았다. 만나는 사람마다 이렇게 말하던 것으로 그랬다.

"아버님께서 임종 바로 전에 약간 입맛을 잃으셨지만 참으로 건강하게 사시다가 가셨지요."

그런데 외분의 고모 둘은 목 놓아 통곡을 하며 슬픔이 가득 쌓여 있었다. 둘은 내가 들어서자 내손을 꼭 잡고 눈물을 펑펑 쏟아내며 더욱 애석해 했다. 고모들도 할아버지가 나와 외분이가 혼인으로 맺어지기를 몹시도 바랐다는 것을 잘 알고 있었다. 그런데 그 중 한분이 내 손을 잡고 따로 골방으로 끌고 가더니 뜬금없이 하던 말이 이랬다.

"아버지가 결국 자살을 하시고 말았단다."

"예? 그게 무슨 말씀이세요? 그 연세에 자살이라니요?"

나는 자살이란 말에 기절초풍을 하도록 놀라면서 이 가문에서 시집 온 우리 어머니가 쌍둥이 동생들을 하나씩 겨드랑이에 끼고 저수지에 뛰어들어 스스로 목숨을 끊은 장면이 마치 방금 눈앞에서 일어난 것처럼 뇌리에 떠오르며, 이어서 번갯불이 일 듯 머리를 스치는 것이 하나 더 있었다. 할아버지가 근래 들어 나를 만날 때마다 하시던 말씀과 얼굴에 짙게 떠돌던 긴 삶에 대한 무한한 지겨움이 생각나던 것이었다. 동시에 할아버지는 충분히 그럴 수 있는 강단이 있었던 분이라는 생각도 들었다.

"아버지는 보름 동안 식음을 전폐하시고 죽음을 준비하셨대. 단 한 방울의 물도 목으로 넘기지 않으시면서 어서 영혼이 육신을 떠나 피안의 저 세상으로 떠나가기를 기다리셨다는구나. 으흐흑……, 불쌍한 우리 아버지……"

"정말 이 세상에서 보기 드문 대단한 강단이 있는 어르신이셨어요."

그러자 갑자기 나는 할아버지가 더 그리워졌다. 나는 입관을 앞두고 있던 할아버지의 얼굴을 볼 수가 있었다. 때마침 할아버지는 염습(소렴)이 모두 끝나고 얼굴만 내놓은 팔다리가 긴 명주 수의를 입고 있었다.

그런데 할아버지의 임종의 상은 너무나 온화하고 평안해 보였다. 배고픔을 참으며 보름을 억지로 굶은 노인의 아귀 같은 얼굴은 절대로 아니었다. 내가 지금까지 보았던 저수지에서 자살한 어머니는 물론 천수를 다 누리고 이 세상을 떠난 다른 몇몇 분들의 얼굴과 비교해 보아도 살아계실 때의 평소와 같은 옅은 웃음을 입가에 띤 할아버지의 모습이 가장 평안해 보였다. 마치 나에게 곧 입을 열어 몇 마디 덕담이라도 하실 것 같았다. 나는 할아버지의 관 뚜껑을 닫는 것이 너무나 아쉽게 생각되었다.

묘한 자살

할아버지가 돌아가시고 그 이듬해 외분이로부터 결혼을 한다는 연락이 왔다. 나는 그녀를 사랑하던 것만큼 그렇게 큰 충격을 받지는 않았다. 그 집에 유일한 나의 우군이셨던 할아버지가 계시지 않으니 나의 마음도 그간에 체념 내지는 포기 쪽으로 차츰차츰 가닥을 잡으며 어지간히 정리가 되었던 모양이었다.

외분은 그녀의 어머니가 나서서 교수인 자신의 남편을 통해 같은 대학에 근무하던 교수를 사위로 구했다고 했다. 나는 오래 묵은 첫사랑으로 오랫동안 내 머릿속을 차지하고 있었던 그녀의 결혼이 너무나 아쉬웠지만 부부란 적어도 오백생을 함께 거친 깊은 인연으로 겨우 만난다고 했는데, 그녀와 나는 아직 그런 깊은 인연이 다 차지 않은 것이라 단념하고 그녀의 결혼식을 축하해 주며 서서히 잊어야겠다고 다짐했다.

그래서 한시라도 첫사랑 그녀를 빨리 기억에서 지우기 위해 그 다음해 나도 사랑하던 교사와 결혼을 하였고 곧 아기를 낳고 바쁘게 살다보니 그녀가 뇌리에서 빠르게 사라져갔다. 나는 연년생으로 남매를 낳았는데 귀엽고 사랑하는 아이들과 직장생활을 함께 하는 아내로 말미암아 너무나 분주하여 명절 때마다 고향에 와도 그녀의 소식을 물어볼 여가도 없이 바빴다.

이제 그녀의 집에는 어머니는 남편을 따라 대구로 간 지 오래였고 이미 다른 사람들이 들어와 살고 있다고 얼핏 들었을 정도였다.

그런데 나는 그녀를 잊고 있었는데 반해 그녀는 내 연락처를 계속 알고 있었던지 그 후 몇 년 뒤에 내가 근무하는 바뀐 근무처로 전화가 왔다.

"아버지가 돌아가셨어."

그녀의 목소리에는 할아버지의 부음을 알릴 때와 똑같이 흐물흐물 힘이 하나도 없었다. 오래전 바로 그때의 전화가 다시 생각날 정도였다.

"뭐라고? 아버지가? 아직 아버지는 연세가 그리 많지 않잖아? 아직 현직에 계시잖아?"

"그래. 맞아."

그녀는 더 이상 말을 할 만한 기력도 없고 더 이상 할 말도 없다는 듯이 이렇게 힘없이 짧게 답하고는 전화를 끊어버렸다.

나는 할아버지 때처럼 마음이 그렇게 급하지는 않았지만 그래도 부랴부랴 대학병원의 장례식장으로 달려갔다. 입구에 막 들어서는데 그녀의 어머니가 울부짖던 비명에 가까운 찢어질 듯 날카로운 통곡소리가 예리한 송곳처럼 귀를 찔러댔다. 그러나 막상 상주인 외분이와 사위는 눈물 자국도 없이 차분하게 문상객들을 맞고 있었다.

"아버지가 자살을 하셨단다."

그녀가 역시 힘이라곤 하나도 없이 하느작거리며 마치 남의 일처럼 말했다.

"뭐라고? 왜 그렇게 급작스럽게? 아버지께 무슨 큰일이라도 있었나?"

그러나 그녀는 아무런 대답도 하지 않았다. 대신에 옆에서 뛰놀던 초등학교 3-4학년쯤 되어 보이던 여자 아이를 불렀다.

"나금아, 아저씨께 인사해라. 엄마의 초등학교 때부터의 친구시란다."

깜찍하게 생긴 딸아이가 생김새 그대로 안녕하세요? 라며 높은 톤으로 꾀꼬리처럼 퍽 앙증맞게 인사를 하고는 이내 쪼르르 사라졌다.

"나도 우리 엄마처럼 저 아이 하나밖에는 낳지를 못했어. 쟤도 나처럼 무남독녀야."

그녀는 이 말을 남기더니 그녀가 재직하고 있던 중학교에서 교장선생을 비롯한 동료들이 문상을 왔다며 이내 빈소를 향해 총총 서둘러 사라졌다.

나는 상주가 사라져버리자 곧바로 장례식장을 나오기도 뭣하고 그렇다고 이야기를 나눌 아는 사람도 없고 해서 썰렁한 분위기가 갑작스레 열없고 어색했다. 여럿이 함께 와서 앉아있던 문상객들이 우물쭈물하고 있는 나를 쳐다보는 것도 같아 민망하여 심히 당황스러워지고 말았다. 그래서 이런 황당한 분위기를 급히 무너뜨릴 겸 해서 밥상을 차려준 그 자리에 퍼질러 앉아 혼자 술을 자작하여 연거푸 몇 잔을 들이켰다.

내 바로 옆자리에는 고인의 같은 학교 교수들이라며 네댓 명의 한 팀이 앉아 있었고 또 그 옆 가까이에는 대학원생들이라며 대여섯 명씩 서너 팀이 앉아서 떠들썩하게 술을 마셔대고 있었다. 이미 그들의 상 위에는 빈 술병이 즐비하게 놓여 있었다. 첫눈에 보기에도 이미 모두 거나하게 취해 있었다. 이때 그들이 와자지껄하게 서로 나누던 여러 가지 이야기들이 할 일 없이 열려있던 내 귀로 바람처럼 솔솔 흘러들어오고 있었다.

"우리 대학도 교수들의 논문 제출 방식을 이 기회에 확 바꾸어야 해. 앞으로 다른 희생자가 더 이상은 나오지 않도록 말이야."

"맞아. 좋은 논문이란 것이 강요를 하고 시간을 다투도록 옥박지른다고 해서 잘 쓰이는 것은 분명 아니고, 논문의 질이 문제지 편수가 문제가 아니고말고……"

"아무리 대학 간의 경쟁이 치열하다고는 해도 선생질도 결국은 다 먹고살자고 하는 짓이야."

이런 이야기는 교수들이 앉은 좌석에서 들려왔다. 나는 고인을 두고 하는 이야기 같긴 한데 무슨 뜻인지 도무지 종잡을 수가 없었다. 하지만 같은 직장의 동료들이 모이면 으레 나올 수 있는 참신한 건의 겸 불평불만이 섞인 이야기라는 생각이 들어 좀 더 구체적인 다른 새로운 이야기가 또 나올까 싶어 귀를 쫑긋하니 곤두

세우고 있었다.

"아무리 논문에 쫓겨도 교수님은 너무 무모했어. 청산가리의 맛에 대한 논문을 쓰려고 한 그 자체가 말이야……"

"아니야. 단연 노벨상 감이지. 교수님은 청산가리의 맛을 세계 최초로 밝혔으니 사후지만 노벨상을 받아야만 해."

"맞아. 세계 최초의 학문적 시도인데다가 또 그 결과까지 이렇게 버젓이 나왔으니 분명히 보기 드문 청사에 길이 남을 매우 훌륭한 업적이야."

"단지 ㄷ과 비슷하게 희미하게 쓰다가 곧바로 사망을 했으니 청산가리의 맛이 꼭 달다고 말하기는 어려워. 그러니 당초의 시도는 무척 저돌적이고 용감했지만 그 정도로는 완성된 논문이 될 수는 결코 없는 것이 분명해."

"청산가리는 예전에 꿩 잡는데 사용하던 싸이나야. 콩에 구멍을 뚫고 아주 소량을 넣고 양초로 구멍을 메워서 꿩이 다니는 길목에 놓고 지켜보면 꿩이 먹자마자 즉시 그 자리에 꼬꾸라져 죽곤 했어. 아주 맹독이지."

이건 대학원생들이 앉은 좌석에서 흘러나오던 대화였다. 나는 오랫동안 이들이 이곳저곳에서 중구난방으로 하던 많은 이야기를 들으면서 아연실색을 하지 않을 수 없었다. 외분이 아버지의 사망 원인이 소상히 드러났기 때문이다.

이들의 단편적인 말을 종합해보면 그는 교수로서 의무적으로 제출해야 할 기간이 정해진 논문에 쫓긴 나머지 화학과 교수답게 아직까지 아무도 모르던 맹독성 독극물인 청산가리의 맛에 대한 연구로 논문 작성을 시도했고, 결국 그 맛을 자신의 혀를 통해 직접 보려다가 디귿(ㄷ) 비슷한 희미한 자음 하나를 채 완성도 하지 못하고 사망했다는 것이었다.

지금 이들은 그 남긴 글자로 미루어 청산가리의 맛이 달다고 아전인수 격으로 해석을 하고 있던 중이었다. 그러면서 교수님은 범부들이나 하는 단순한 자살 따위가 아닌 주어진 사명을 위해 유명한 위인들처럼 대의를 위해 희생한 위대한 자결에 해당하므로 노벨상이라도 받아야 한다고 열변을 토하고 있었다.

나는 이들의 이야기를 들으면서 얼마 전 돌아가신 외분이 할아버지가 생각났다. 할아버지의 죽음에 못지않게 외분이 아버지의 죽음도 매우 낯이 선 엉뚱하다 못해 아주 기이하고 생뚱맞은 독특한 사건이란 생각을 지울 수가 없었다.

이 일이 있은 후 나는 외분에게 연락을 하지 않고 있었다. 당연히 그녀로부터도 아무런 기별이 없었다. 그녀와 나 사이의 침묵, 길고 긴 침묵은 당시 어리던 자식들이 자라서 시집, 장가를 갈 때까지 줄기차게 이어지고 이어졌다. 그런데 외분과 내가 인연이 아주 없던 것은 결코 아니었던 모양이었다. 우리들의 나이가 쉰 살을 전후할 무렵이었다. 고향에서 함께 초등학교와 중학교를 다닌 동창들로부터 발발이 연락이 왔다.

중년, 우리의 오십대라는 것이 바로 그랬다. 이제 웬만하면 경제적으로 나름대로 살만한 형편의 나이였고, 직장에서도 직위가 올라 급한 한숨을 돌릴 여유가 있을 때였다. 게다가 자녀들의 혼사가 한창 진행 중이었고 연로한 부모님들이 하나 둘씩 저 세상으로 떠나는 시기였다. 더욱이 이 나이쯤 되면 남녀의 구별이 없어지고 공연히 가슴에 뻥 하고 큰 구멍이라도 뚫린 듯 허전해지면서 어릴 적 과거가 새록새록 생각나기 마련이었다. 이건 사람마다 정도의 차이는 있을지언정, 설사 어떤 아이가 퍽 유별나다고 해도 기껏 아동발달단계를 크게 벗어나지 못하듯 우리들도 보통사람이라면 그 범주를 크게 벗어나지는 않았다.

처음에는 외분과의 가슴 아픈 상처 때문에 그걸 잘 아는 고향 친구들로부터 빈번하게 전화가 빗발쳐도 나는 이 핑계 저 핑계를 대면서 마냥 머뭇거리며 참석을 하지 않았었다. 그러나 친구들은 어릴 때에 남달리 친했다던 여러 놈들을 동원하여 찰거머리처럼 집요하게 물고 늘어지고 있었다. 결국 나는 더 이상 배겨내지 못하고 이번만은 잠깐 얼굴이라도 비춰야겠다는 마음으로 동창회에 나갔다. 그랬는데,

"아뿔싸! 쟤는?"

나는 또 다시 깜짝 놀라 가슴이 심하게 쿵쾅거리며 방망이질을 시작했다. 거기에 외분이가 함초롬히 핀 한 송이 백합꽃처럼 앉아

있었던 것이다. 많은 동창 여자들이 같이 있었지만 그녀는 내 눈에 단연 으뜸이었다. 친구들이 그녀를 보고 깜짝 놀라는 나를 향해 한마디씩 진담이 섞인 농담을 툭툭 던져댔다.

"이 친구가 오랜만에 옛 임을 보더니 옛정이 엄청 다시 솟아나는 모양이로군. 허허허……"

"저 친구에게는 아마도 다른 친구 백 명보다 외분이 한 사람이 열 곱절은 더 좋을 걸?"

"우리 나이 이제 지천명을 넘겼으니 비쩍 마른 고목이라도 첫 사랑이 생각 날 때도 되지 않았는가? 하하하……"

이날은 모처럼 참석한 나와 외분이를 안주 삼아 흥겨운 가운데 모두들 흠뻑 취했다. 우리는 모두 가난했던 초가지붕 아래와 골목 길마다 와글와글 붐비던 어린 시절로 다시 돌아가 그때의 동심에 젖은 나래를 마구 펴서 훨훨 저으며 모처럼의 즐거운 한 때를 보낼 수 있었다. 이래서 고향과 허물없는 고향친구가 더 없이 좋은 것이었다.

그런데 친구들의 선견지명이 과연 헛되지는 않았다. 이렇다 할 아무런 말도 없이 어릴 때처럼 그냥 생글생글 웃기만 하던 얌전한 외분이로부터 그 다음날 뜬금없이 전화가 왔던 것이다. 나는 심하게 가슴이 떨리며 요동치지 않을 수 없었다. 세월이 많이 지나도 첫사랑은 생각만 해도 언제나 가슴이 설렜다.

"친구야, 어제는 정말 반가웠어. 오늘 저녁이나 같이 했으면 하는데?"

이렇게 우리는 어른으로 다시 만났다. 이젠 결코 연인으로서가 아니었다. 이루지 못한 옛사랑을 아쉬워하던 것은 더욱 아니었다. 왕년의 친구는 이제는 그야말로 남녀의 분별을 떠난 평범한 친구였고 서로가 서로를 너무나 잘 아는 인생의 상담역이었다.

상담자. 바로 그랬다. 우리는 과거의 애틋했던 사랑이 아닌 현재의 널브러진 많은 가정사와 늘 새로이 접하는 세상살이의 문제들을 서로 이야기하며 상대방의 색다른 조언과 자상한 위로를 구하는 게 고작이었다.

"교수라는 직업이 별다를 것도 없더라고. 남편 말이야. 아버지처럼 논문에 늘 쫓기더니 요즘은 학생들의 밥이 되어 그들의 등쌀에 더 안절부절 못하더라고……"

"아무리 그렇게 말해도 너는 참으로 교수에게 시집을 잘 갔어. 그게 어디 보통 사람은 꿈이나 꿔 볼 수 있는 직업이더냐?"

내가 이렇게 그녀의 남편을 두둔할라치면 그녀는 더욱 서슬이 시퍼렇게 변하여 손사래를 치며 교수라는 남편의 직업을 싸잡아 폄하하기에 바빴다.

"아무리 많이 배워 학식이 풍부하고 그 직업이 위대하다해도 최소한 마누라와 단 하나밖에 없는 딸아이 정도는 약간이라도 챙기는 체 하는 것이 남편과 아버지의 도리가 아니겠니?"

다시 만난 나의 지나간 첫사랑은 남편의 행동거지가 매우 못마

땅하고, 요즘 집안에서 하는 처사가 너무 괘씸하다는 투로 갖가지 불평을 하나 또 하나 꾸러미에 엮인 굴비처럼 주렁주렁 늘어놓기 일쑤였다. 그렇다고 해서 그녀가 남편을 떠나 새 생활을 시작한다거나 나에게 관심을 가지는 것은 절대 아니었다. 다만 그녀의 호강에 겨운 넋두리가 그럴 뿐이었다.

"우리 나금이가 나를 닮아 선생이 되었어. 정말 피는 못 속이나 봐. 어쩜 우리 집안은 온통 교수나 선생들로 와글와글 붐비니 말이야. 호호호……"

그녀는 오랜만에 만족한 웃음을 크게 웃었다. 그녀는 딸이 자기의 뒤를 이어 중학교 교사가 된 것이 매우 자랑스러운 것이 분명했다. 교사는 사범대학을 나와서 비율이 높은 임용고시를 다시 치러야 하는 등 절차가 까다로워 아무나 못하던 시절이라 더욱 그랬다.

나는 이에 질세라 대학 졸업 후 단 1년 만에 행정고시에 합격한 불세출의 영웅인 사위의 이야기를 앞세우며 또 나를 닮아 공부를 잘하는 아들의 무용담을 우리 집안의 자랑거리라고 죽 늘어놓으며 그녀의 거창한 딸에 대한 자부심에 저항하듯 힘겹게 맞서야 했다. 이러다보니 아들의 깊은 병에 대해서는 말을 꺼낼 엄두도 내지 못했다.

그러나 아무리 거세게 우겨 봐도 시집을 잘 간 딸 덕에 얻은 고

급 공무원인 잘난 사위를 제외하면 나의 남매 경력과 특히 딸의
면모는 그녀의 자랑스러운 딸 나금이에 절대 미치지 못한다는 생
각이 들어 저절로 기가 꺾였다. 하지만 이젠 어쩔 수 없는 노릇이
었다. 이미 엎질러진 물이고 버스 지나간 뒤의 손들기에 불과했
다. 이제 와서 다 큰 자식들에게 다시 재수나 고액 과외를 시켜서
자랑스러운 선생이나 교수로 만들 수는 없었고 공무원인 나의 형
편도 그리 넉넉지 못하던 것으로 그랬다.

뒤바뀐 순서

이렇게 만나기만 하면 서로의 자식들을 자랑하는 사이에도 세
월은 시위를 떠난 화살처럼 빨리 흘러갔다. 나이가 많아질수록 느
끼는 세월의 흐름은 불어오는 강한 바람처럼 더욱 빠르기 마련이
었다. 그러나 아무리 화려한 자랑거리를 가진 사랑하는 딸이라도
일종의 나름의 문제나 허점이 없을 수는 없는 노릇이었다. 외분의
딸 경우가 바로 그랬다.

"우리 딸은 시집 갈 생각은 아예 없고 오직 강아지하고만 살아
갈 모양이야."

그녀가 어느 날 생뚱맞게 내놓던 말이었다. 만날 때마다 늘어지
던 딸의 자랑과는 사뭇 거리가 먼 이야기가 분명했다. 이건 딸의
범상치 않은 행동에 대한 큰 걱정이 분명했다.

"요즘 젊은이들이 결혼을 기피하며 아이를 낳지 않으려 하는데다 겨우 결혼을 해도 배우자보다는 정작 엉뚱한 반려 동물에 온통 정신을 빼앗기고 있다는 기사가 매스컴에 심심찮게 오르내리고 있더군. 동물장례식장에는 죽은 강아지의 영정을 앞에 두고, 딴에는 상복을 차려입고 머리에는 두건까지 쓰고 강아지의 상주가 되어 땅을 치며 통곡을 하며 우는 젊은이들이 흔하다고 하더군. 참으로 이해가 어려운 신기하고 묘한 요즘 현상이야……"

"뭐야? 우리 딸은 그 정도가 아니야. 강아지에 완전히 미쳐버렸단 말이야."

평소 지극히 차분하던 외분이가 나의 그 어쭙잖던 말에 크게 반발하며 한껏 흥분하여 빽 하고 소리를 내질렀다. 그러고 나서 그까짓것은 별 대수롭지도 않은 일이라고 마치 남의 일처럼 전혀 반응이 없던 나를 한동안 잔뜩 화가 난 얼굴로 바라보다가 한참 후에야 그녀는 다시 본래의 차분한 상태로 돌아가더니 계속 딸을 걱정하기 시작했다.

"나금이는 엄마가 아프다면 아무렇지도 않은 듯 시큰둥하지만 강아지가 아프다면 직장인 학교에도 나가지 않고 적극적으로 간호를 한단다. 당장 서울의 유명한 동물병원으로 달려가서 진찰도 하고 입원도 시키고 야단법석을 떨더라고……"

"강아지를 좋아하고 또 남다른 정이 들면 그럴 수도 있는 일이긴 하지만, 그 정도 집착이면 너무 과잉적인 보호로군."

"나금이는 이제 친구도 없어. 강아지가 좋아하는 동물 카페에나 다니며 친구들과의 약속을 헌신짝처럼 버리고 지키지 못하니 곁에 가까이 붙어있을 친구가 없는 건 당연하지. 나금이는 요즘 인간세상이 아닌 동물의 세계에 살고 있어."

외분은 이야기 도중에도 자주 연이어 푹푹 한숨을 쉬어댔다. 딸의 기행에 속이 부글부글 끓고 가슴이 터질 것 같은 울분과 그에 따른 할 말이 수북하게 쌓여있는 것이 분명했다.

"나금이는 강아지가 좋아하는 곳을 찾아다니고, 강아지의 친구를 찾아다니고, 강아지가 좋아하는 것을 찾아서 먹이고, 고급 마사지와 최신식 미용을 시키고……, 강아지를 위해서라면 모든 것을 아낌없이 해주고 있어. 그러다 보니 제 봉급만으로는 도저히 감당을 못하여 내가 사준 아파트를 담보로 하여 많은 돈을 빌렸다고 하더라고……"

"듣고 보니 그 정도라면 보통 큰일이 아닌데? 아무리 요즘 신세대 젊은이들의 유별난 취미라고는 하지만 너무 심각한 증상인데? 혹시 나금이가 정신과 치료를 받아봐야 하는 것 아니야?"

나는 대학 때부터 여러 번 자살을 시도한 정신적으로 많이 아픈 아들을 생각하며 그녀에게 조심스럽게 말했다.

"나도 벌써 몇 번인가 권유를 해봤어. 하지만 애완견 주인들 중에는 자기와 같은 사람들이 흔하다며 내 말은 들은 척도 하지 않고 콧방귀만 뀔 뿐이야. 게다가 단지 강아지에 대한 너무 강하고 모난 집착만 아니라면 일상생활은 또 너무 깔끔하게 잘 처리하고 있으니까 진료를 받으라고 너무 강요를 할 수도 없는 실정이야."

"허허허…….. 그 참, 살기 좋은 풍요한 세상이 되니 공연히 생각지도 못했던 요상하고 뚱딴지 같이 엉뚱한 일로 별난 걱정을 다 하게 되는군."

나는 외분이의 말이 아무래도 그리 심각하게 인식되지 않아 그냥 보통 어머니의 딸에 대한 약간 지나친 염려와 걱정이 담긴 이야기일 뿐이라고 그냥 홀가분하게 웃어넘기고 말았다.

그런데 이건 절대 그게 아니었다. 며칠 후 외분이가 잔뜩 흥분하여 씩씩거리며 전화를 했다.

"친구야. 오늘 저녁에 술 한 잔 하자. 오늘은 내가 살게."

"뭐? 술이라고? 너도 나이가 들었다고 이제 술도 마시나? 허허, 참. 세상 오래 살고 볼 일이군."

나는 깜짝 놀라 이렇게 되묻지 않을 수 없었다. 그녀는 평소 술이라면 단 한 방울도 입에 대지를 않았기 때문이다.

"나금이 그년이 나에겐 아무런 말도 없이 결국 학교를 그만 두고 말았단다. 사직을 해버렸어. 단 하나뿐인 내 속으로 낳은 딸년이지만 도대체 무슨 생각을 하는지 그 속내를 도무지 종잡을 수가 없어……"

외분이가 정말 질이 잘난 오래된 주당처럼 소주 두 잔을 연거푸

쭉쭉 들이키며 내뱉던 말이 이랬다.

"그래? 그 좋은 직장을? 아이고, 아까와라. 요즘 선생 되기가 하늘의 별 따기보다 더 어려운데……"

"푸들인가 뭔가 하는 강아지에 완전히 미쳐서 늘 껴안고 신혼여행처럼 이곳저곳을 나돌아 다닌다고 하더라고."

"너무 걱정하지 마. 젊음의 한때 오기일 뿐이야. 상황이 바뀌어 다시 제 정신을 차리면 제자리로 곧 돌아올 거다. 우리도 젊을 때는 그런 생각 자주 했었잖아? 우선 목구멍이 포도청이고 또 부모님을 비롯하여 여러 곳의 눈치를 보느라고 실천에 옮기지는 못했지만……"

나는 심히 허탈해 하며 비통해 하는 그녀를 안심시키기 위해 안간힘을 쓰고 있었다. 다행하게도 술과 나의 이야기가 심하게 들뜬 외분을 어느 정도 차분하게 안정시키는데 도움이 되었다. 그녀가 이내 높이 치켜들었던 꼬리를 다소곳이 내리고 볼그레한 얼굴로 배시시 입가에 미소를 띠는 여유까지 보였다.

"맞아. 나도 그 나이 땐 그런 마음을 가졌었지. 부모님이 무서워 감히 엄두는 못 냈지만……"

그러고 나서 얼마간 그녀로부터 연락이 없이 조용하여 안심을 하고 있었다. 그래서 내가 무소식이 희소식이라는 말에 기대어 다시 분주한 나의 일상으로 돌아와 잠시 그녀를 잊고 있을 때였다.

갑자기 외분에게서 급한 전화가 왔다. 그런데 잔뜩 고조된 그녀의 애끓는 절규는 마치 들고 있던 전화기라도 녹일 듯 했다.

"나금이가, 나금이가, 나금이가……"

하지만 그녀는 딸의 이름만 되풀이해서 불러댈 뿐 정작 하고 싶은 말은 전하지도 못하고 있었다. 그러나 나는 그녀의 다급하고 불타는 목소리에서 그녀가 하고자 하는 말을 이미 모두 읽을 수 있었다.

나금이는 20층 그녀의 아파트에서 죽은 하얀색 푸들을 안고 뛰어내렸다고 했다. 내가 병원에 도착해보니 화단의 정원수에 일단 걸렸다가 다시 땅으로 떨어졌는지 그녀의 시신에 외상은 크게 없었으나 강아지를 꼭 껴안고 있던 점이 크게 눈에 띄었다. 그녀는 사랑하던 강아지를 따라 저 세상으로 가버린 것이었다. 그녀는 지금 마치 예전에 우리 어머니가 저수지에 뛰어들어 죽으면서도 쌍둥이 내 동생들을 꼭 안고 있던 모습을 생각나게 했다.

"이 못된 년아, 지독히도 못된 년아……. 부모는 눈에 보이지도 않고 죽은 강아지만 그렇게 크게 보이더냐? 그토록 귀하더냐?……"

머리가 희끗희끗하게 반백이 된 외분이의 단말마적 울부짖음이 자식 둔 부모들의 눈시울을 젖게 했다. 정말 평소의 그녀의 말대로 문상객 중에 나금이의 친구는 단 한명도 보이지 않았다. 나도 이미 오래 울어서 목이 쉰 외분이의 울음에 가슴이 비수라도 꽂힌 듯 쩡해지며 눈물이 주르르 흘러내렸다.

그러나 단 한사람, 우리 마을에 함께 살았던 외분의 친정어머니만은 그 손녀가 안고 죽은 푸들처럼 새하얀 머리를 하고 있었지만, 그 많은 나이에도 불구하고 주름살이 별로 없는 매끈한 얼굴에 눈물이라곤 단 한 방울도 흘리지 않고 아는 손님들과 조곤조곤 얘기를 나누고 있어 크게 울부짖는 외분과 퍽 대조를 이루었다. 그 예전 할아버지가 나와 외분의 혼사를 턱도 없는 어불성설이라고 반대하던 바로 이분, 이제는 망자의 외할머니가 된 바로 지금의 이 며느리를 두고 말씀하시던 '어머니와 할머니라는 단 하나의 수치가 틀린 촌수의 엄청난 차이'의 현실을 더욱 실감나게 하고 있었다.

자살의 조건

부모는 먼저 간 자식을 땅속이 아니라 가슴 깊이 묻는다는 말은 지극히 사실이었다. 이번의 외분이 바로 그 정확한 가늠자였다. 그녀는 딸 사후 가끔 만날 때마다 한 달에 한 살씩 나이를 먹는 듯 부쩍부쩍 빠르게 늙어 갔다. 그렇게도 자연스레 입가에 떠돌던 미소는커녕 그녀의 얼굴에는 물에 기름방울이 떠돌듯 어두운 수심이 가득한 가운데 여기저기 검버섯이 마구 솟아나고 있었다.

그녀는 좀처럼 밖으로 잘 나오지도 않았고 마찬가지로 동창회에도 발길을 뚝 끊고 말았다. 내가 몇 번이나 간청하듯 전화를 해야 겨우 못 이기는 체하며 한 번씩 집 바깥으로 나왔다. 나를 만나도 그녀는 늘 침묵으로 일관했는데 입을 꼭 닫아버린 그녀의 입에서는 역한 구린내가 나는 것 같았다.

딸의 죽음이 그녀의 건강은 물론 영혼까지 심하게 갉아먹고 있었다. 그녀는 삶의 재미와 희망까지 몽땅 잃어버린 듯 했다. 교수인 남편과의 관계는 잘 모르겠으나 그녀는 그녀의 외분이란 이름처럼 지금 홀로 핀 외로운 한 송이의 꽃과 같은 여자가 분명했다. 거기에 더하여 그녀는 늘 우울해보였다.

그러더니 그녀의 딸을 따라서 결국 다니던 학교에서도 명예퇴직을 신청했다. 내 눈에 그건 적어도 그녀의 치명적인 실수인 것 같았다. 그녀처럼 머리가 복잡한 사람에게는 억지춘향이라도 늘 쉬지 않고 가야할 곳과 해야 할 일이 있어야 한다는 것을 나는 복지공무원의 오랜 경험으로 자주 보아왔기 때문이었다.

외분은 요즘 몸과 마음이 하루가 다르게 빨리 변해갔다. 말하자면 이건 지나치게 빠른 쇠약이라고 아니할 수 없었다. 내가 보는 그녀의 모든 면에서 그런 현상이 두드러지게 드러나고 있었다. 그녀는 할머니라는 고지를 향해서 급하게 달음박질하고 있었다.

"우리 가계는 저주를 받은 것이 분명해. 말하자면 가문의 저주야."

급기야 신중하던 그녀의 무거운 입에서 이런 뜬금없는 말이 서

습없이 튀어나와 나를 깜짝 놀라게 만들고 있었다. 어릴 적 겪은 어머니의 자살로 인한 깊은 트라우마가 나의 가슴속에도 그대로 고스란히 잠재하고 있었기 때문이었다.

"뭐야? 저주라고? 그런 험한 말을 함부로 하다니? 이 세상에 저주란 없어. 다만 일이 잘 풀리지 않는 사람들이 얼렁뚱땅 그렇게 둘러대고 있기는 하지만……. 못난 사람들이 자신의 운명을 개척하다 궁지에 몰리면 궁여지책으로 그 어려움을 저주라는 이름의 탓으로 돌릴 뿐이야. 좋지 못한 사건들의 우연의 일치, 그게 바로 일종의 저주인 셈이기는 하지만……"

그녀는 오늘 따라 너무 심각했다. 그런데다가 더 없이 진지하기도 했다. 그런 그녀가 드디어 작심이라도 한 듯이 힘주어 말했다.

"너도 알다시피 나는 너를 좋아했어. 많이 사랑했지. 꼭 너와 맺어져야할 운명이었어. 그런데 너무나 교양 있던 야멸친 엄마가 반대를 했어. 단지 네가 자살을 한 어머니의 아들이라는 이유로 말이야. 그래서 그 자살의 저주가 우리 집으로 옮겨오고 만 거야."

나는 그녀의 뒤늦은 사랑 고백에 아연실색하지 않을 수 없었다. 정말 제 정신으로 하는 말인지 얼떨떨하기만 할 뿐이었다. 그녀는 언제나 깊은 속마음을 잘 내비치지 않고 깊게 침묵하던 여자였기 때문이다. 게다가 그렇게도 마음속 깊이 나를 사랑했었다니? 이거야말로 나로서는 오래 묵은 첫사랑의 재발견이었다. 나는 그녀가 나를 바라보던 그윽한 눈길을 자주 느끼면서도 첫사랑인 그

녀를 나 혼자서만 짝사랑하고 있다고 자주 생각을 했었기 때문이
다. 나는 갑자기 몸 둘 바를 모르고 당황하기 시작했다. 당황, 그
야말로 황홀한 당황이었다.

그런 중에도 그녀는 구름 위를 걷는 듯 어쩔 줄 모르는 나를 쳐
다보지도 않은 채 눈을 지그시 감고 오래 품었던 말들을 주섬주섬
이어나갔다.

"너와 결혼했더라면 할아버지도 그렇게 비명에 가시지는 않았
을 거야. 너를 좋아하셨고 너와는 대화가 잘 통했으니까. 터놓고
말을 할 사람이 있으면 고민이 반으로 줄어드는 법이잖아. 너도
알다시피 바늘 하나 꽂을 틈도 없이 완벽한 우리 엄마는 얼음장처
럼 차갑고 소름이 끼치도록 냉정했지. 아내도 없이 그런 며느리와
의 변화 없는 생활이 다정다감했던 할아버지에게 살얼음을 딛듯
이 얼마나 조심스럽고 또 지겨웠겠어?

그리고 이제는 죽은 아이 불알 만지기나 마찬가지지만 나금이
도 너와 같은 자상한 아빠와의 대화가 있었다면 그런 무모한 짓을
할 리도 없었을 것이고……"

오늘 그녀의 진한 후회는 정말 끝이 없었다. 막혔던 봇물이 터
지듯 엉켰던 실타래가 술술 풀리듯 끊임없이 마구 흘러나왔다.

"너무 그렇게 자책하지 마. 확실한 이론도 아니면서. 할아버지
나 아버지나 나금이나 그들은 모두 우연하게 자살의 조건이 무르
익었을 뿐이야. 마치 말없이 모든 사람에게 다가오는 운명이나 사

주팔자처럼 말이야……"

"뭐라고? 자살의 조건이라고? 그럼 지금의 나야말로 그 조건이 꽉 차고도 넘치겠네? 필요충분조건을 고루 갖추었어. 나에게 딱 맞는 조건이야. 암, 그렇고말고. 호호호……"

그녀가 모처럼 눈을 반짝반짝 빛내며 반문했다. 확신에 찬 감탄조의 발언이었다. 마치 오랫동안 속을 썩이던 오래 묵은 과제나 골치 아픈 수수께끼라도 확 풀린 것 같았다. 나는 아차! 하고 말의 실수를 후회했지만 이미 내 말은 그녀의 열린 귀로 쏙 들어간 뒤였다.

나는 그녀와 헤어진 후 며칠이 지나도록 일이 손에 잡히지 않았다. 밤에는 악몽이 나를 괴롭혀 자주 가위에 눌렸고 낮은 낮대로 무슨 긴한 말을 하려는 듯이 다가오던 실루엣과 같은 그녀의 희미한 모습이 온통 나의 뇌리를 점령한 채 놓아주지 않고 있었다. 이렇게 사랑을 고백한 그녀로 인한 초조한 날들은 서서히 아주 느리게 지나가고 있었다.

그런데 아니나 다를까? 그로부터 어느 가까운 가을날이었다. 젊어서부터 가을을 심하게 타던 나는 유독 올해는 더욱 허전해진 가슴에 뻥하고 뚫린 여러 개의 큰 구멍을 메울 길이 없었다. 짙은 허무가 불안과 초조와 함께 몰려와 광야에 부는 거친 바람처럼 나의 전신을 말리며 얼려대고 있었다.

그러던 차에 기다리지 않던 외분이의 소식이 때늦은 가을바람을 타고 들려왔다. 이미 지나가버린 그녀의 사망 소식이었다. 벌써 죽은 지 달포가 지난 뒤였다. 당사자가 죽었으니 나에게나 동창들에게도 연락이 올 턱이 없었다.

나 역시 공연히 그녀에게 전화를 걸기가 두려웠었다. 자녀 한 명 없이 홀아비가 된 남편과 매우 연로하신 친정어머니, 즉 장모와 사위가 딸이자 아내의 빈소를 지키는 장례식장 풍경은 쓸쓸하기 이루 말할 수 없었다고 했다.

더욱이 그녀는 약간의 당뇨병을 앓고 있었는데 그날따라 보름치에 해당하는 엄청나게 많은 인슐린 주사량의 지나친 과다 투여로 급격한 저혈당 증세에 빠져 손을 쓸 여가도 없이 사망했다는 것이었다. 나는 단번에 그녀의 자살을 직감할 수 있었다. 자살이 가문의 저주라던 그녀의 말이 결국 현실로 나타난 것이었다.

잦은 이혼과 가난의 저주

저주의 시작

이건 우리 옆 마을에 살던 우리 아버지의 형님 즉, 나의 백부인 큰집의 자녀 5남매에 얽힌 마치 형제자매가 하나같이 참으로 기이할 만큼 기구한 인생을 살아온 가문의 저주에 따른 이혼과 가난으로 얼룩진 일화이다.

처음에는 나의 사촌들인 이들의 결코 우연이랄 수 없는 잦은 가정파탄과 이혼이 가뭄에 콩 나듯이 띄엄띄엄 평생을 두고 이어지더니 세월이 많이 흘러 나이가 들어서 돌이켜 생각하니 이건 틀림없이 이들에게 미리 정해진 일종의 운명이었으며, 그들의 그 진한 고통의 연속을 보고도 그 실체를 깨닫지 못하고 본체만체 그대로 흘러 넘긴 후회와 아쉬움이 지금에 와서야 강하게 내 가슴을 치던 것이었다.

163

우리 동네 옆집의 나의 첫사랑 외분이네처럼 마치 매우 교묘한 술수로 우연을 가장한 것처럼 이어진 식구들의 자살이 결국 지독한 가문의 저주로서, 마을에서 가장 많이 배우고 부유하게 살아가던 일가—家의 문을 통째로 닫아버렸듯이 나의 큰집 사촌 5남매의 이혼과 가난 역시 가문의 저주에 따른 결과임을 뒤늦게 알게 된 것이었다.

우리 백부는 계급이 제법 높은 장교로서 직업 군인이었고 우리 집안의 장남이라 남들처럼 일용할 양식을 위한 유산으로 받은 토지도 많아서 남부럽지 않은 생활을 하고 있었다. 어머니가 자살하는 바람에 새 아내를 얻은 그 동생집인 우리와는 그야말로 하늘과 땅의 차이만큼이나 비교할 수 없이 윤택한 생활을 하고 있었다.

3남 2녀의 5남매 중 맏이인 준영 형, 그 아래 영실이 누나와 준수 형은 나보다 나이가 위였고 준식이와 막내 영자는 나의 동생들이었다. 우리는 같은 초등학교를 다녔는데, 그들 사촌들은 모두 내가 신고 있던 검정고무신과 손에 들거나 겨드랑이에 끼고 다니던 책보자기 대신에 운동화를 신고 번쩍거리는 가방을 두 어깨에 버젓이 메고 학교에 다녔다. 도시락도 싸가지고 올 형편이 못되어 점심시간이면 일찍 밖으로 뛰어나가 주린 배를 움켜잡고 플라타너스 나무그늘에서 시간을 보내던 나에 비해서는 그들은 가히 귀족의 자녀에 가까웠다.

모두들 나이가 들자, 이 집의 혼사는 다섯 남매 중 둘째인 영실이 누나가 제일 먼저 시작했다. 살림이 넉넉하여 동네에서 제법 인심을 쓰며 큰소리를 잘 치던 큰어머니가 손으로 입을 막으며 쉬쉬하는 바람에 크게 소문은 나지 않았지만, 아마도 영실이 누나가 부산의 신발공장에 다니다가 남자를 알게 되었고 갑자기 임신을 하게 되어 배가 봉긋하게 불러오자 급작스레 서둘러 부랴부랴 결혼식을 올리는 모양이었다.

어쨌든 부잣집이라 결혼식은 내가 생전 처음 보듯 매우 성대했다. 이 집의 개혼이기도 하여 근래 보기 드문 많은 손님들이 몰려와 긴 줄을 섰다. 초등학교도 마치지 못하고 남의 집 식모살이를 하다가 쫓기듯 일찍 시집을 간 나의 누나 결혼식과는 천양지차, 매우 대조적이었다. 이들 신혼부부는 사위인 신랑의 직장도 부산에 있고 하여 살림집을 부산에 차린다고 했다. 얼마 후 누나가 아들을 낳았다는 소식이 들려왔다.

맏형 준영은 대구에서 부동산업을 하고 있었는데 나와 자주 만나 저녁 겸 술잔을 나누었다. 형은 어릴 때부터 말이 너무 앞선다고나 할까? 말에 과장과 포장이 너무 심하다고나 할까? 만날 때마다 늘어놓는 자랑이 너무 심했다.

"준호야, 너도 그따위 공무원 집어치우고 부동산업을 해라. 요즘 달성군과 칠곡군 신개발예정지에는 서울에서 손님들이 구름처럼 몰려들어 이건 돈이 돈이 아니고 가랑잎이다⋯⋯"

"그럼 큰형님은 요새 돈 엄청 많이 벌었겠네요? 부러워요. 나는 내성적이고 늘푼수(늘품)가 없어 사업은 꿈도 못 꿔요. 밑천도 없는 내게는 적게 벌어도 안정된 공무원 생활이 딱 제격입니다."

"야, 이 사람아, 사람은 수시로 형편에 따라 변하는 거야. 너도 배우면 돼. 너는 공부도 잘 했잖아? 어디 쥐꼬리보다 적은 공무원 월급에 비하려고?"

"요즘 형수님이 무척 좋아하시겠군요? 아니 그래도 부잣집 장남에다가 또 뭉칫돈을 버니 살림 밑천이 든든하시겠어요?"

큰형은 몇 년 전 장가를 들어 딸 하나를 낳았으며, 형의 허장성세의 화려한 말과는 달리 형수가 어린 딸을 등에 업고 이웃집의 가내공업에서 옷에 붙이는 라벨을 만드는 재봉틀 일을 하고 있다고 들은 기억이 났다. 이날도 역시 돈을 빗자루로 검불을 쓸어 담듯이 엄청나게 많이 벌고 있다는 자랑과는 달리 형은 저녁 술값을 낼 시늉도 하지 않았다. 형이 만날 때마다 번번이 그랬기에 나는 애당초 기대도 하지 않았고 크게 개의치도 않았다.

그런데 나중에 알고 보니 형은 부동산중개사 시험에 수차례 떨어져서 자격증도 없이 단지 중개사사무소에서 직원으로 일을 하고 있다는 것이었고, 그런 쪽에서 일을 하다 보니 토지와 아파트 관련 거짓말이 점점 능숙하여지고 있어, 자칫 잘못하면 공무원으로 있는 나도 깜빡 속아 넘어갈 정도였다. 형은 나를 비롯한 주위 사람들에게 그런 거짓말을 마구 늘어놓아도 아무런 실익이 없는데도 불구하고 입만 열면 당연한 듯 실제로 큰 자랑거리라도 있는 것처럼 날조된 거짓말을 되풀이하여 늘어놓고 있었다.

속궁합의 신비

그리고 셋째인 작은 형 준수도 최근에 결혼을 했는데, 준수 형이 결혼을 할 마음을 두고 오랫동안 사랑하며 사귀어온 아가씨를 집안이 너무 가난하다는 이유를 빌미로 성격이 남자처럼 괄괄하신 백모님이 적극 반대하여 내쳐버리고, 대신 이웃마을의 부잣집 딸과 급히 주선하여 혼례를 치렀는데, 이런 큰어머니의 반 강제적인 우격다짐의 결과로 준수 형은 애초부터 이혼의 씨앗을 가진 채 살고 있었다.

이때 백부님도 오랜 군의 장교생활에 따른 여러 곳의 근무지 이동을 끝내고 제대하여 집에 와 계셨으나 어쩐 일인지 큰어머니에게 무슨 큰 실책이라도 잡힌 듯이 도무지 할 말도 못하고 가사에 대하여 도통 아무런 주장도 하시지 못하고 계신다는 평이었다. 전장의 용맹한 용사가 집에서는 오히려 숙맥처럼 산다는 말이 있기는 하지만 이건 마치 꿔다놓은 보릿자루처럼 혹은 온순한 양처럼 아내에게 비실거리며 순종한다는 것이었다. 과거의 자기주장이 남달리 강한 면모는 완전히 센바람에 풀이 꺾이듯 사라지고 없다는 것이었다.

큰어머니는 아들에 대한 일말의 죄책감으로 작은 아들 준수에게 많은 살림을 차려주고 자주 다니며 많은 것을 가져다 날랐다. 먹고 남는 양식이 수북하게 쌓여서 시장에 내다가 팔아야할 지경이라는 소문이었다. 하지만 어머니의 잦은 독려는 무척 애잔했으나 부부의 정은 어머니의 마음대로 그렇게 쉽게 호락호락 깊이 쌓이지 않고 있었다.

그런데다가 신혼이 벌써 한참 지나고 구름에 달 가듯이 어색한 부부에게도 무심코 세월이 흘러갔으나 이 부부에겐 그 사이가 가깝지 않은 것만큼이나 태기가 없었다. 몹시도 급하게 흐르는 세월은 애타게 아기를 기다리는 신부에게만 지나치도록 빠를 뿐이었다.

궁지에 몰려 참다못한 신부는 드디어 산부인과의 문을 두드렸으나 돌아온 답변은 아이를 낳지 못할 아무런 이상이 그녀에게 없다는 것이었다. 그 사실을 알게 된 준수는 오히려 더 느긋할 수밖에 없었다. 결혼 전에 사귀던 아가씨가 여러 번 혼전 임신을 하여 임신중절수술을 해야 하는 바람에 졸지에 병원에서 남편의 역할을 해내며 임신을 시키는 일에는 크게 자신이 있었던 것이다.

"여보, 단 한 번만 나와 같이 병원에 가줘요. 이건 처음 드리는 제 간절한 소원이에요."

"뭣이? 내가 병원에 같이 가는 것이 소원이라고? 알았어. 그까짓 소원도 못 들어주면 정말 남편이랄 수도 없겠지."

형은 자신감이 넘치는 가벼운 마음으로 형수를 따라 병원에 갔는데, 아뿔싸! 너무나 의외의 검사결과가 그만 그를 경악케 하며 큰 충격에 빠뜨리고 말았다.

"정충의 수가 이 정도면 자연 임신은 결코 불가능해요."

그 후 형은 기가 꺾이고 잔뜩 풀이 죽어 형수가 시키는 대로 병원에 자주 가서 인공수정을 시도했다. 남자에게 후손을 이을 씨가 부족하다는 사실은 크나큰 충격이었다.

"나는 알맹이는 없는 빈 쭉정이 인생이야. 흐흐흐……"

이렇게 자신을 한껏 비하하면서 실시한 잦은 인공수정의 시도는 번번이 실패만을 거듭했다.

나는 복지 공무원으로서 아기 갖기를 너무나 간절히 소원하는 형수를 위해 낳은 지 겨우 한 달밖에 안 된 사내아이의 입양을 주선해 주었다. 여대생이 유부남인 교수와 짙은 사랑에 빠져 실수로 낳은 아이였다. 형수의 입장을 고려해서 나는 입양기관인 모성원에 부탁하여 아기를 낳을 때를 미리 알려달라고 하여 형수는 몇 개월간 진짜로 임신을 한 것처럼 배를 봉긋하게 높여가던 다음이었다.

그러나 우리나라 사람은 외국인과는 자녀에 대한 인식이 매우 달랐다. 자기의 핏줄에 집착하는 경향이 너무 강했다. 선진 외국인들은 우리나라 아이를 입양하여 실제 자기 몸으로 직접 낳은 아이만큼이나 사랑하며 잘 키워서 요즘도 입양아들이 세계의 무대에서 크게 활약하며 엄마의 나라인 조국을 찾아오곤 하지만,

우리나라 사람들은 아이를 간절히 원하던 바로 그때뿐, 시간이 지날수록 사랑은 얼음장처럼 차갑게 온도를 내려놓고 대신 미움은 빠르게 커가며, 아이의 잘못에 대한 부모로서의 너그러움은 온데간데없이 사라지고 아이에 대한 불평과 불만은 한겨울에 눈 위에 다시 눈이 쌓이듯 수북하게 불어났다.

바로 준수 형의 경우가 그랬다. 곧 아이의 재롱과 어리광은 짜증이 되고 때로는 보채기도 하며 무럭무럭 자라는 것이 지겨움이 되더니 부부는 늘 아이를 중간에 두고 험담을 일삼다가 티격태격 부부싸움을 벌이기 일쑤였다.

만약 이때 형수가 자기 아이라도 실제로 하나 낳았다면 입양한 아이는 곧바로 다시 돌려주었을 것이 뻔한 상황이었다. 입양한 아이에 대한 나의 자식이라는 생각은 점점 엷어지며 공연히 남의 자식을 데려다가 밤잠을 설치며 진탕 고생만 한다는 불평이 준수 형의 입에 넝쿨에 달린 오이처럼 주렁주렁 달리더니, 결국 그것을 빌미로 두 사람은 어이없이 헤어지고 말았다. 이때 아직도 어린 아이는 그래도 모성애가 강한 형수가 맡았다.

"아무리 내가 아이를 더 원했다고는 해도 우리 둘의 자식인데 정말 이럴 수는 없어요. 걔가 어디 내 배로 낳은 나 혼자만의 아들인가요? 어차피 고아가 아니었나요? 당신은 그 고아 때문에 나를 또 과부로 만드는군요? 옛말에도 고아와 과부를 괄시하고 박대하면 천벌을 받는다고 했어요. 천벌. 하늘이 내리는 큰 벌을……"

형수는 남편과 헤어지면서 이런 모진 말로 저주를 퍼부어댔다는 후문이었다.

　그런데 참으로 이해하기 힘든 묘하고도 아주 묘한 일이 또다시 발생하고 말았다.

　준수 형이 형수와 이혼하고 곧 다른 여자를 사귀었을 때였다. 그는 본래 소년시절부터 여자 없이 홀로서는 살아갈 수 없을 정도로 여자를 좋아하며 주위에 사랑하는 여자가 없으면 그만큼 짙은 외로움을 타며 삶의 의욕을 잃고 마는 남자였다. 어쩌면 그만큼 가슴이 따뜻하고 사랑이 많은 남자였다.

　그래서 새 연인과 곧 함께 살기로 의견을 모아가고 있었다. 그런데 새로 사귄 여인이 최근에 임신을 했다는 것이었다. 그는 깜짝 놀라 사랑하는 연인에 대한 의심을 잔뜩 품은 채 이런 중요한 일을 생판 남과는 도저히 의논을 할 수가 없다며 나를 찾아왔다.

　"준호야, 이건 참으로 해괴하여 어처구니가 없구나. 사내의 씨가 없다고 이미 오래 전에 판정을 받았는데, 곧 네 형수가 될 사람은 아기를 가졌다고 하고……"

　그는 심사가 몹시 괴로운 듯 한숨을 푹푹 쉬어댔다. 이건 내가 생각해도 참으로 묘한 일이 아닐 수 없었다. 인간이 그야말로 만능이라고 생각하던 과학과 의학의 법칙을 훌쩍 뛰어넘는 현상이었기 때문이다. 아기를 입양해 줄 때까지 형수와 형이 인공으로 수태를 하기 위해 숱하게 애를 쓰며 고생을 하던 것을 두 눈으로 똑똑히 보아왔던 나였다.

그러나 천만 다행스럽게도 바로 이때 복지업무를 하면서 노인들로부터 들었던 이야기가 전광석화처럼 퍼뜩 뇌리에 떠오르던 것이었다. 간접경험도 때로는 큰 힘이 될 때가 있었다.

"형님, 속궁합이라는 말을 들어보셨지요? 일반적으로 부부의 연이 있다는 것을 궁합이 잘 맞는다고 하는 것은 벌써 잘 아실 테고……"

형은 처음 들어보는 금시초문의 말이라는 듯 갑자기 이런 뚱딴지 같이 새로운 말이 왜 나오는지 눈을 크게 뜨고 고개를 절레절레 저었다.

"남녀가 속궁합이 맞으면 비록 어느 한 쪽이 약간 부실해도 아기를 가질 수가 있어요. 형님이 총각 시절 사귀던 연인도 여러 번 임신을 했다고 했잖아요? 그게 바로 그 여성분과 속궁합이 맞는다는 증거예요. 옛날부터 아기를 낳지 못하던 여인이 절간에 가서 백일기도를 드리고 수태를 하여 출산을 하였다는 기록이 수도 없이 많잖아요? 그게 바로 자신의 몸의 변화를 통해 속궁합을 맞춘 것입니다."

"속궁합, 속궁합, 속궁합이라……"

갑자기 형의 얼굴에 흑암의 구름처럼 떠있던 의심이 가득 배인 어두운 수심이 안개가 걷히듯 말끔히 사라지고 평소처럼 잔잔한 미소가 떠돌며 이제는 안심이라는 듯 속궁합이란 처음으로 들어본다는 낯선 단어를 되풀이하여 되뇌고 있었다.

가문의 저주의 실체

이렇게 뜬구름 사이로 달이 지나가듯이 아무런 말도 없이 인생의 시계는 서둘러 가고 삶의 달력이 빠르게 한 장씩 넘겨지며 세월이 전개되고 있을 때였다.

때마침 큰집의 넷째이자 막둥이 아들인 준식이가 결혼 날짜를 잡고 양가에서 서로 분주하게 오가며 순탄하게 혼사가 착착 진행되어 가던 중에, 그들의 운명에 어깃장이라도 놓듯이 갑자기 큰아버지가 돌아가셨다. 그건 누구나 한 번은 반드시 가야할 길이었지만 백부님은 아직 그렇게 갑작스레 그 길로 떠나갈 많은 연세는 결코 아니었다.

이럴 때, 발 없는 소문이 천리를 간다고 백부님 사후, 마을에 떠돌아다니던 말에 의하면 백부님이 평소에 바람을 많이 피웠으며, 오래전부터 지독한 성병을 앓아왔다는 것이었다. 소문의 당사자들이 모두 촌사람들인데다가 정작 본인이 입으로는 직접 말을 하지 않았으니 정확한 병명은 잘 몰랐지만, 무더운 한여름이 되어도 절대로 남들 앞에서 옷을 벗지 않았고, 소변을 볼 때도 주위를 철저하게 경계하며 혼자 몰래 으슥한 곳에 숨어서 볼일을 보고, 때

때로 한 움큼씩 많은 약을 먹는데다가 수시로 대구의 큰 병원에 다니던 걸로 미루어 불치의 성병이 틀림없다는 것이었다.

꼬리에 꼬리를 물고 퍼지던 소문 중에는 백부님이 군에서 다른 군부대로 전근을 할 때마다 가정부를 가장한 영화배우보다 더 어여쁜 첩을 두고 있었는데 아마도 그녀에게서 병을 옮았다고 주장하는 사람도 있었다. 시골 사람들은 지나친 미인을 무조건 경계하는 버릇이 있었다.

'아무튼 그토록 성격이 억세고 자존심이 남다른 백부님이 말년에 퇴직하여 아내 앞에서 강아지풀이 흔들리듯 쩔쩔 매며 잔뜩 기가 죽어 꼼짝을 못하던 것으로 보아 큰어머니에게 무슨 큰 약점이 잡힌 것은 분명했어……'

어려서부터 두 분의 성격과 평소 부부 사이의 서열을 잘 알던 나도 이런 생각이 들지 않을 수 없었다.

그런데다가 넷째의 혼사를 며칠 앞두고 갑작스레 이런 불상사가 일어나니 식구들이 도통 갈피를 잡지 못하고 있었다. 인간의 길흉사 중 장례는 언제나 갑작스럽게 닥쳐 식구들의 마음을 우왕좌왕하게 만들며 진한 슬픔으로 가슴부터 갈가리 찢어놓기 일쑤였다.

이때는 맏이인 큰형 준영은 외동딸만 하나 달랑 낳은 채 여전히 부동산업에 종사하고 있었고 형수도 쉬지 않고 가내공업의 작은 공장에서 돈벌이를 하고 있었다. 가끔 만나면 최근에는 자랑거리가 하나 더 늘어 이미 도시계획이 확정된 개발의 요지에다가 일천 평 이상 되는 토지를 사두었다며 곧 큰돈이 될 것이라고 가슴 뿌듯해 했다. 이밖에도 형님 자신의 많은 재산에 대한 구체적 증거와 자세한 설명을 곁들인 포장과 허장성세는 가히 끝이 없었다. 하지만 역시 그토록 많은 돈을 벌어들인다고 자랑을 하면서도 그건 말뿐이었고 단 한 번도 술값이나 밥값을 치를 생각은 아예 없어보였다.

그리고 큰집 다섯 남매 중 가장 먼저 결혼을 한 영실이 누나 역시 외동아들 하나만을 낳고 남편의 벌이가 시원찮은지 누나 역시 아직도 신발공장에서 한 달에 셋째 일요일의 단 하루만 공휴일로 쉬면서 힘들게 돈벌이를 하고 있다고 했다. 그러면서 남편의 잦은 음주와 그때마다 부려대는 술주정 때문에 아들과 함께 큰 곤욕을 치르고 있다는 것이었다.

셋째 준수 형은 입양한 아들을 자신의 아들이 아니라며 마치 길에서 주워온 아이처럼 부인에게 내팽개치듯 떠맡기고 이혼하여 곧 다시 결혼식을 올릴 새 연인과 만나서 함께 살며, 거기다가 사내의 씨가 부실하여 도저히 자녀의 생산이 불가능하다는 몸으로 곧 아내가 될 연인에게서 딸을 낳아 한창 아내와 어린 딸에 대한 사랑이 움터서 점점 짙어지고 게다가 남자로서의 자신감이 펄펄 흘러넘치고 있을 때였다.

드디어 장례식 당일 날,

여느 사람의 장례식과 별다른 점은 결코 조금도 없이 순조롭게 절차가 진행되고 있었다. 특별히 눈에 띄는 것은 이번에 결혼을 앞둔 넷째 준식의 아가씨가 겨우 한두 번쯤 보았을 생전의 시아버지가 몹시도 그리운지 톤이 높은 소리로 아버님, 아버님, 우리 아버님……, 라고 상여의 뒤를 따라가며 애절하게 불러대며 하도 많이 울어서 얼굴이 온통 눈물범벅이 되어 있었다.

또 하나 영실의 남편 강 서방은 벌써 아침부터 얼굴에 불그레하게 취기가 올라 한껏 기분이 고조된 듯 초상집이란 사실도 잊은 듯 이 사람 저 사람을 가리지 않고 가까이 다가가 마치 오래 묵은 친구처럼 먼저 말을 걸어대고 있었다.

하지만 마을 뒷산의 우리 가문 선산의 할아버지와 할머니 산소(묘) 바로 아래 양지바른 곳에 자리한 백부님의 묘는 예전과 달리 페로다가 앞서서 올라가며 새로 길을 다듬고, 예전에는 여러 사람이 달려들어 삽과 괭이로 힘들여 파던 묏자리도 기계가 쑥쑥 파내니 일이 순식간에 이루어져 수월하기 그지없었다.

상주들은 이웃의 여러 마을에서 찾아온 문상객과 그들이 저마다 나가서 살고 있는 도시에서 제법 멀리 찾아온 몇 안 되는 지인들을 개별적으로 맞이하느라고 약간 분주했지만, 이 집의 중심이었던 큰아버지 본인이 운명을 하고 보니 과거 자식들의 혼사 때처럼 찾아온 사람들은 그리 많지 않았다.

이때 가장 바쁜 사람은 단연 큰어머니였다. 성격이 남달리 남자처럼 괄괄하여 남편을 잃은 슬픔 따위는 애초부터 온데간데없고 찾아온 손님을 맞기보다는 아들딸들과 며느리와 사위를 단속하느라고 바빴다.

이윽고 해거름쯤 장례식이 모두 끝나고 손님들도 모두 돌아가고 큰집의 넓은 앞마당에는 여러 장의 멍석을 깔아놓고 가까운 친척들이 모여앉아 저녁 겸 한잔 술을 마시며 돌아가신 백부님에 대한 그리움을 토로하며 장례식의 뒷이야기를 나누느라 결코 초상집답지 않은 제법 화기애애한 분위기였다.

이때 단 한사람, 나의 사촌 매부인 영실이 누나의 남편 강 서방만은 웬일인지 낮의 즐거움은 어디로 말끔하게 가버리고 잔뜩 화가 나서 불만이 가득했다. 그의 취한 입에서는 주위 담지 못할 정도로 험한 욕지거리가 마치 시궁창의 오물처럼 쉴 새 없이 마구 흘러나오고 있었다.

"어이, 이 썹팔 더러운 놈들아. 니들이 우리 장인을 죽인거야……"

"야, 이년들, 너희들이 사람이냐? 개만도 못한 것들……"

그의 눈에 들어오는 사람마다 이런 욕지거리를 하는 것을 참다 못한 준영 형이 그를 따로 불러서 주의를 주었으나 들은 체도 않고 더욱 막무가내였다. 그러자 그의 장모인 우리 백모님이 그를 방으로 끌다시피 하여 데려가 헛소리를 내뱉을 때마다 제발 정신

좀 차리라며 사위의 뺨을 때리며 추궁을 하였다.

"강 서방, 도대체 왜 이러는가? 안 그래도 장인을 산에 묻고 와서 가슴이 찢어지는데……"

"무슨 소리요? 가슴이 아프다니요? 죽은 사람은 썩은 나무토막보다 쓸모가 없어요. 나무토막은 군불이라도 때지만 죽은 사람은 아무짝에도 쓸모가 없어요. 피는 더러운 물이 되고 살과 뼈는 흙이 될 뿐이지요……"

그런데 이건 또 웬일?

방금 땅속에 묻고 온 장인에 대해서 장모에게 이런 황당한 악다구니 막말을 마구 지껄여대더니 강 서방은 무슨 생각이 들었는지 갑자기 옷을 훌훌 벗어던지고. 달랑 속옷 바람으로 밖으로 나가 자신이 몰고 온 자동차에 오르더니 그만 차를 몰고 동네의 좁은 골목길을 이리저리 나무둥치와 이웃집 담벼락에 받히며 자동차조차도 취한 듯 비틀거리며 급하게 내달려갔다.

"안 돼! 저 사람 좀 잡아요. 빨리요……"

영실이 누나가 비명을 질러대고 거기에 있던 사람들이 그를 소리쳐 부르고 뒤를 쫓아가는 등 난리법석을 피워댔으나 그는 고의인지 실수인지 푸른 물이 넘실대던 마을 앞 가까이 있던 저수지로 차를 몰고 그대로 뛰어들고 말았다. 나의 어머니가 쌍둥이 동생들을 겨드랑이에 하나씩 끼고 뛰어든 바로 그 저수지에서 가까운 곳이었다.

혼비백산한 사람들이 밧줄을 가지고 나와서 물속으로 헤엄쳐 들어가 물속의 차를 묶고 여러 사람들이 마치 줄다리기 시합을 하듯 겨우 끌어냈으나 이미 강 서방은 온몸이 시퍼렇게 퉁퉁 불은 채 숨져있었다. 술이 취해 자동차 밖으로 도망갈 최소한의 노력도 하지 않은 것 같았다. 심한 술주정의 비참한 최후였다. 결국 그는 순식간에 그가 조금 전에 장모에게 내뱉던 썩은 나무토막보다도 더 못한 존재가 되어버렸다.

생각해 보면 강 서방은 평소 마음씨가 너무 착하다 못해 매우 어린이처럼 나약하고 여린 사람이었다. 남에게 싫은 소리는커녕 남들의 자신에 대한 험담까지 모두 가슴속에 수용하고 항의는 물론 밖으로 내색조차도 하지 못하고 조용히 혼자서 속으로 삭이는 사람이었다. 자연적으로 세상살이에 많은 갈등을 느끼고 심한 스트레스가 쌓였을 것인데 그는 그것을 술이 취할 때마다 술주정으로 풀어내고 있었던 것이 분명했다.

씨받이와 의처증

졸지에 영실이 누나는 아버지에 이어 남편까지 줄초상을 치르게 된 것이었다. 하지만 문제는 남편이 없는 집안의 생활고였다. 이건 몹쓸 가난의 저주가 분명했다. 그간 모아둔 재산은 눈곱만큼도 없었고 여전히 단칸의 셋방살이에서 벗어나지 못하고 있었다.

요즘처럼 수급자나 편모가정의 복지제도가 없던 시절이었다. 아들을 공부시키고 함께 살아가려면 신발공장의 벌이로는 어림도 없었다.

이때 때마침 배고픈 누나에게 귀에 솔깃한 이야기가 솔솔 부는 바람처럼 들려왔다. 친구의 아는 사람이 자식이 없는데 아들을 낳아주면 제법 큰돈을 준다는 내용이었다. 이른바 아무런 밑천도 없이 몸뚱이 하나만 있으면 족한 대리모代理母 역할이었다.

누나는 할 수 없이 아들을 친정 엄마에게 맡기고 비밀리에 그 집으로 들어갔다. 다행히 아이를 낳지 못하는 여자는 당초의 생각보다 누나에게 아주 친절하여 두 사람은 자매처럼 본처와 첩으로 사이좋게 살았다. 누나가 자기의 남자 주인과 잠자리를 함께 하며 가끔 그 방에서 짙은 신음소리가 흘러나와도 그녀는 돌부처처럼 아무런 내색도 하지 않았다.

당시는 여자가 시집을 가서 그 집에 아들을 낳아주지 못하는 것을 칠거지악의 하나라 하여 큰 죄로 여기던 풍습이 아직 약간 남아 있을 때였다.

그러다가 누나가 곧 임신하여 아이를 낳았는데 아쉽게도 딸이었다. 대를 이을 아들이 필요한 그 집에서는 씨받이로 낳은 딸은 키우느라 힘만 들 뿐 아무런 소용이 없었다. 또 한 해가 지나 이번에는 큰 기대를 하고 아기를 낳았는데 또 딸이었다. 연이어 허탕을 치고 이제 그만 그 집에서 나오려는데, 때마침 그 집의 안주인이 대신 좋은 태몽을 꾸었다며 이번에는 틀림없이 아들을 낳을 것이라고 간곡히 붙잡는 바람에 또 한 해를 더 있어 아기를 가졌는데, 큰 기대와는 달리 역시 또 딸을 낳고 말았다.

'하늘도 무심하시지. 어쩌면 세 번의 씨받이가 모두 딸이라니? 이거야말로 입에 겨우 풀칠이나 하며 가난하게 살아가라는 나의 운명이 분명하구나!'

누나는 그 집의 나이가 많은 주인 남자와 자주 마치 새로 결혼한 아내처럼 몸을 섞으며 세 딸을 낳아주고 다년간 하녀처럼 집안일을 도와주었으나, 그들이 원하던 아들을 낳지 못하는 바람에 충분한 보상을 받지 못하고 쫓겨나듯 그 집에서 나와야 했다. 만 5년만이었다. 이건 말하자면 씨받이란 마치 그 남자의 몸종처럼 아무것도 주장할 권리가 없는 계약서도 한 장 없는 일종의 서글픈 이혼이었다.

그 후 누나는 친정에서 기다리던 아들과 함께 대구로 나와 새 생활을 시작했다. 얼마 후 너무나 외로웠던지 택시기사를 하는 나이가 많은 노총각과 동거를 시작했는데, 그 사람의 성격은 너무나 어질고 좋았지만 전 남편처럼 술을 너무 좋아해서 운전 일을 자주 쉬었는데 다만 주정은 부리지 않아서 다행이라고 했다. 그러나 지독한 가난이 늘 맹수처럼 입을 벌리고 누나의 뒤를 바짝 쫓아오고 있었다.

이번 백부님의 장례식이 지난 한달 가량 뒤 혼사 날을 연기하여 어렵게 식을 올린 막둥이 아들 준식이는 아내가 초등학교 앞에서 문방구점을 운영하고 있었다. 아내의 친정이 있는 대명동 근처 동네였다. 준식의 아내가 붙임성이 좋고 명랑하여 학교 앞의 여러 개의 문방구 중 유독 그 집에만 아이들이 바글바글 북적거렸다. 준식은 직장에 다니면서 점심시간이면 아내도 보고 싶고 장사가 잘 되나 궁금하여 일부러 바쁜 시간을 내어 밥을 먹으러 문방구에 붙어 있던 집으로 오곤 했다.

　그러다가 준식이 아들을 낳자 근처에 살던 장모님이 문방구가 딸린 집으로 와서 아이를 돌보아 주다가 저녁에 준식이 퇴근하면 아이를 사위에게 인계하고 집으로 돌아가곤 했다.

　아이를 낳은 신혼부부의 단란한 생활은 서로 몹시 바쁘지만 남들이 부러워할 정도로 퍽 정겹고 사랑이 넘치는 가정으로 빠르게 자리를 잡아가고 있었다. 맞벌이를 하여 제법 저축도 하여 가계가 탄탄하게 안정되어 가고 있었다.

　그런데 이건 또 어찌된 일인가? 도대체 이 가정에 어찌 이런 기막힌 일이?

　준식의 가득차서 흘러넘칠 듯이 행복한 생활에 얄궂은 운명이 시샘이라도 하듯 공연히 사랑하는 아내에 대한 뜬금없는 의심이 밑도 끝도 없이 자주 일던 것이었다. 그가 점심을 먹으러 집으로 오면 흔히 문방구에 물건을 대어주는 작은 트럭이 문 앞에 서있고, 아내와 물건 판매원은 속삭이듯 긴한 얘기를 나누고 있기 일쑤였다.

그런데 이런 장면이 여러 번 겹치자 난데없이 아내에 대한 의심과 질투가 타는 불꽃처럼 이는 것을 어찌할 수가 없었다. 의심이란 하면 할수록 일거수일투족이 모두 의심투성이가 되며 그 의심은 눈에 보이지 않는 이상한 생각이 자꾸 겹치며 마치 구르는 눈덩이처럼 마구 불어나기 마련이었다.

"아니? 외간 남자와 무슨 속삭일 거리가 저렇게도 많지? 이건 아무래도 뭔가 수상해……"

밥을 기다리던 그가 무척 초조한 듯 문방구의 구석 어두운데서 속살이듯 작은 소리로 흥정을 하며 소곤소곤 이야기를 하는 두 사람을 보고 이렇게 불평을 하면,

"남 서방은 남자가 융통성이 없이 왜 그리도 쪼쫀한가? 문방구란 것이 자잘한 물건이 저리도 많은데 셈을 하고 흥정을 할 것이 어디 한두 가지인가? 쓸데없는 걱정 말고 이리 와서 어서 점심이나 들게."

등에 아이를 들쳐 업은 장모가 참으로 어처구니가 없다는 듯 핀잔을 주며 서둘러 점심을 차려주었지만, 준식은 마음속에는 잔뜩 의심을 품으며 셈을 하고 이야기를 계속하는 두 남녀를 흘낏흘낏 지켜보다가 결국 차려준 밥도 먹지 않고 쉴 새 없이 신경질을 툭툭 뱉어내며 횡하니 나가버리고 말았다.

이런 일이 잦아지자 보다 못한 장모는 살아오면서 이웃에서 가끔 경험한 남자의 의처증의 잔인함을 떠올리며, 심히 걱정이 되어 딸에게 아무래도 남 서방이 공연히 너를 의심하는 의처증의 중세가 있는 것 같다고 이야기를 했지만,

　아직은 남편과의 사이가 매우 좋은 딸은 별 대수롭지 않다는 듯 뒷귀로 흘려들었고, 문방구의 영업을 계속하는 한 남편이 의심할 이런 일은 하루에도 몇 번씩 일어날 수밖에 없었다.

　그러던 어느 날, 아내의 불륜에 대한 의심이 주체 못할 만큼 불어난 준식이 아내를 감시할 겸 점심을 먹으러 왔다가 다시 전에 보았던 그 사람과 함께 다정하게 어두침침한 구석진 곳으로 다니는 똑같은 그 장면을 목격하고 화가 머리끝까지 치밀어 그만 눈이 허옇게 뒤집히더니 아무런 영문도 모르는 아내를 심하게 폭행하는 사건이 벌어지고 말았다. 아이를 업은 장모가 비명을 지르고 주위에서 여러 사람이 달려와서 겨우 그를 잡아 뜯어말리긴 했지만 아내의 상처는 매우 크고 심했다.

　"이 화냥년이 멀건 대낮에 그따위 짓거리를 벌여? 그것도 한두 번도 아니고……"

　준식은 그런 후에 회사에도 가지 않고 잔뜩 술이 취해 집에 돌아와서 젖먹이 어린아이가 자지러지게 울고 있는 가운데 또 싸움을 벌였다. 이번에는 난데없이 죄를 뒤집어쓴 너무나 억울한 아내도 결코 지지 않고 달려들었다. 하지만 힘이 약한 아내는 비명만

질러댔지 더 심하게 맞기만 했을 뿐이었다. 이때 어머니의 여러 번 남편에 대한 귀띔이 생각났지만 이미 죽은 아이 불알 만지기였다.

"요즘이 어떤 세상인데 이렇게 죄도 없이 맞고는 도저히 더 같이 살 수는 없어요."

"뭐라고? 죄가 없다고? 외간 남자와의 간통이 보통 죄야? 더러운 년……"

그길로 둘은 각자의 길로 가자고 합의를 봤다. 아이는 당연히 엄마가 맡기로 했다. 소식을 들은 백모님이 귀한 우리 손자라며 빼앗듯이 데려가 며칠을 돌보았으나 밤낮을 가리지 않고 엄마를 찾으며 너무나 심하게 울어대는 아이에게 질려서 그만 두 손을 들고 이혼한 며느리에게 다시 넘겨주었다.

이혼 후 준식은 늘 폐인처럼 밤낮으로 술을 마시며 정처 없이 방황하며 떠돌아다니고 있었다. 이혼의 상처는 아내와 마찬가지로 남편도 결코 얕지 않았다. 그러나 너무나 신기하게도 이혼한 처에 대한 미련이나 다른 남자와 사귄다는 질투나 의심 따위의 감정 때문은 절대 아니었다. 아내에 대해 짙게 불타던 성적 불륜의 의혹은 이혼과 동시에 이미 말끔하게 지워지고 없었다.

그건 참으로 별난 증세의 병이 아닐 수 없었다. 의처증(의부증)은 아내나 남편을 의심하여 그 의심이 심하고 집요하기가 이를 데 없어 옛날부터 흔히 이 병은 한 번 발병하면 무덤에 들어가서야 겨우 멈춘다고 할 정도였다.

"당신 지금 눈길을 어디에 두고 있는 거야. 다른 놈을 보고 있지?"

노부부가 곁에 가까이 앉아서 의처증이 있는 허리가 기역자로 꼬부라진 할아버지가 같이 늙어서 어린아이처럼 온몸이 쪼그라든 할머니를 의심하여 자주 내뱉던 말이 이 정도였다.

그러나 그건 옛날이야기가 된지 오래다. 부부의 이혼이 마치 개구쟁이들의 소꿉장난처럼 잦아진 요즘은 곧바로 목을 비틀어 죽이고 싶을 정도로 의심이 강렬하다가도 그 당사자와 법적으로 이혼을 하여 서로가 남남이 되는 바로 그 순간, 상대에 대한 그 지독한 의심덩어리가 씻은 듯이 지워져버리고 말던 것이었다.

그건 준식이라고 해서 결코 예외는 아니었다. 그는 홀로된 가벼움과 개운함보다는 따뜻한 가정과 아내와 아들을 한꺼번에 잃은 쓸쓸함과 외로움에 젖어 무한정으로 엄습하는 허무함을 피하려고 술독에 빠진 채 여러 달 동안 길을 잃은 나그네처럼 헤매고 다니며 방황하고 있었다.

그러던 어느 날, 한 낯선 술집에서 자기 자리 가까이 앉은 역시 술이 취해 혼자 외롭게 앉아있던 한 여인이 빨리듯이 급하게 그의 눈 안으로 들어오던 것이었다. 모르는 여자에게 도저히 먼저 말을 걸어볼 용기가 전혀 없는 매우 내성적인 그였지만, 인연이 닿았는지 아니면 술의 묘한 힘이었는지 그녀와 합석을 하게 되었고 곧 서로 오래 묵은 연인처럼 깊이 사귀게 되었다.

그녀는 때마침 제법 오랫동안 함께 살던 남편과 이혼을 앞둔 여자였다. 나이도 내 동생 준식보다 몇 살 위였다. 그녀도 남편과 많은 갈등을 겪으며 외로움에 떨고 있었다. 그런데 엉뚱하게도 아내를 심하게 괴롭히던 남편은 이혼의 암묵적 합의가 다 끝난 아내를 외간 남자와 사귄다는 이유로 간통죄로 경찰에 고소를 하고 말았다.

때마침 내가 그 소식을 듣고 그 남편을 만나 약간의 돈을 주고 합의를 하여 준식과 그의 아내가 될 여인은 곧 석방되었다. 다행하게도 부부의 한쪽이 간통죄로 고소를 하자 모든 법적 절차가 생략되고 곧 바로 이혼이 완료되었다.

준식은 그 이혼녀와 결혼식을 따로 올리지는 않았지만 곧 집을 얻어 살림을 차리고 고향 어머니에게도 여러 번 데리고 다니며 어엿한 부부가 되었다. 아내는 그들의 집 근처에 있던 식당에서 일을 하고 준식도 곧 취직을 하여 단란한 가정은 날로 안정되어 가고 있었다.

아하, 의처증의 묘한 신비라니?

그런데 이건 또 참으로 묘한 일이었다. 가정이 안정되고 부부의 사랑이 점점 짙어지자 다시 슬며시 준식의 의처증이 대밭의 죽순처럼 삐죽이 고개를 내밀던 것이었다. 아내의 사랑이 듬뿍 밴 말과 행동은 물론 옷매무새와 헤어스타일……, 등등 모든 것이 자기를 위한 것이 아니고 몰래 사귀는 다른 남자를 위한 것이라는 짙은 의혹이 그를 사로잡고 점점 더 강한 질투와 의심을 불러일으키고 있었다.

때로 정신이 맑을 때는 이건 절대로 그게 아니라고 머리를 세차게 흔들어댔으나 폭풍처럼 몰아치는 의심의 병마에는 아무런 소용이 없었다. 이런 건 사람의 강한 의지나 높은 학식과 교양과는 아무런 관련이 없는 순전히 여러 가지 복합적인 두뇌의 오류와 감정의 요란한 변화에서 일어나는 정신병이었다. 옛말로 귀신이 들린 것이었다.

이때 이미 남편의 의처증 전력을 미리 들어서 알고 있던 아내는 식당에서 손님들에게 극도의 신경을 쓰며 걸어오는 잡담과 농담을 피하며 가능한 한 행동과 말을 조신하게 삼갔으나, 그런 살뜰한 주의쯤은 병이 짙은 환자 앞에 큰 효력이 없었다. 직장에도 가지 않고 어느새 슬그머니 도둑고양이처럼 부인이 근무하는 식당으로 몰래 들어온 남편은 공연히 잔뜩 화가 나서 근거도 없는 트집을 잡으며 아내에게 시비를 걸기 일쑤였다.

그러다가 아내가 절대로 그런 것이 아니라고 항의 겸 변명이라도 할라치면 곧 바로 험한 쌍욕이 마구 터져 나오고 손찌검이 시작되어 순식간에 식당을 난장판으로 만들었다. 싸움을 뜯어말리던 손님들도 오해를 받자 발뺌을 하며 모두 도망치듯 밖으로 나가고 말았다.

결국 두 사람은 채 3년을 채우지 못하고 남남이 되어 각자의 길로 돌아서고 말았다. 옛날 같으면 이런 경우에도 아내가 온갖 수모를 겪으며 남편을 자극하지 않기 위해 자숙을 하고 견뎌내며 자식들을 위해 계속 참고 살았지만, 지금은 그러기엔 시대의 변화가 무척 빨랐다.

어느 누가 보기에도 틀림없는 이런 의처증의 비극이 쉬지 않고 연출되고 있었지만 정작 당사자인 준식은 아직도 바람난 아내만을 탓하고 의심하며 남들이 하는 충고를 비웃으며 여전히 정신과 병원에 치료를 받으러 갈 생각은 추호도 없었다.

이혼과 가난의 굴레 1

그간 자식들이 하나같이 잦은 이혼과 여러 가지 사고를 거듭하며 제 밥벌이도 제대로 못하는 가운데 티끌이 모여 태산을 이룬다는 말과는 정반대로 그 많던 큰집의 전답도 해마다 한 다랑이씩 팔더니 이제는 결국 일용할 양식을 얻을 땅도 몽땅 없어지고, 오직 크고 낡은 주택에 딸린 여러 그루의 큰 감나무가 있는 제법 넓은 텃밭에서 잡곡과 채소를 심어서 반찬이나 하고 그 밭에서 거둔 콩이나 팥을 밥에 섞어 먹는 형편이었다.

그래도 퍽 다행스러운 것은 돌아가신 백부님의 군인 연금이 사후 큰어머니에게 유족 연금이란 이름으로 달마다 여지없이 월급처럼 꼬박꼬박 지급되어 큰어머니가 그것에 의존하여 자식들에게 기대지 않고 생활하고 있었는데, 요즘은 그것마저도 가뜩이나 생활이 어려운 자녀들이 수시로 들락날락하며 아쉬운 소리를 하는 바람에 이리저리 나눠주고, 뜯기고 나면 백모님의 생활은 너무 빠듯하여 전혀 여유라고는 없었다.

이런 중에 이 집의 막내인 영자는 정식으로 고등학교 진학도 하지 못하고 대구의 섬유공장에 다니며 겨우 회사 부설 야간상업고등학교를 졸업하였다. 영자는 몸이 뚱뚱한 편인데 그 몸처럼 마음씨가 서글서글하니 성격이 매우 밝고 좋았다.

영자는 어려운 집안의 형편을 고려하여 스스로 공부하며 자기의 길을 개척하려고 무척 노력했다. 그러나 그때나 지금이나 어린 소녀가 아무런 배경도 없이 출세를 하기는 무척 어려웠다. 그러다가 나이가 들어 한 청년을 만났는데 그는 뚱뚱한 자신의 몸뚱이와는 달리 호리호리하고 날렵하며 대학은 다니지 못했지만 일류 공업고등학교를 졸업했다는 점이 너무나 마음에 쏙 들었다.

겨우 야간 고등학교를 나온 그녀에겐 일류 공고는 마치 말만 들어도 자랑스럽고 믿음직스럽기 그지없었다. 게다가 건설업체의 간부로 있다는 그는 만날 때마다 아직 그녀가 가보지 못한 고급 식당으로 들어가 좋은 음식을 사주며 제법 돈도 잘 썼다. 그녀는 그 청년이야말로 자기에게 과분한 상대라고 생각되어 오래지 않아 그 청년에게 푹 빠졌고 먼저 결혼을 해달라고 청혼까지 하게 되었다. 이 혼사가 바로 나의 큰집의 마지막 정식 혼인이었다.

그런데 늘 자신이 아들 중 셋째여서 부모를 모실 걱정도 없이 매우 홀가분하다고 입버릇처럼 말하던 남편은 신혼여행에서 돌아오며 미리 마련해 두었다던 집으로 가지 않고 자신의 부모님이 계시던 작고 낡은 산꼭대기의 집으로 아내를 데려가던 것이었다.

'음, 아무래도 신혼집인 우리 새 집이 아직 준비가 덜 된 모양이로구나.'

영자는 이렇게 생각하며 정성껏 시부모님을 모시며 어렵게 생활을 해나가는데, 어느 날 엉뚱하게도 맏이인 큰 시숙이라며 마치 길모퉁이에 앉아 구걸을 하던 거지보다 더 행색이 초라하고 더러운 남자가 역겨운 냄새를 마구 풍기며 집으로 오더니 오자마자 안주도 없이 술병을 그대로 들이마시고 있었다.

"형님은 오랫동안 노숙자 생활을 했는데 병이 여러 가지야. 아주 불쌍해……"

시부모들은 시숙의 그런 모습이 무척 눈에 익었다는 듯 물끄러미 바라보며 아무런 말이 없는 가운데 남편이 미안한 듯 이렇게 말하던 것이었다.

이런 상황에서 영자는 고스란히 속아서 결혼을 하였다는 생각 외에는 억장이 무너지며 아무런 말도, 생각도 나지 않았다. 오로지 답답해 숨이 콱콱 막히며 오직 두려움과 떨림이 온몸을 전율시키며 뼈마디까지 마구 떨려서 지독한 가난에 점령당한 이 기막힌 집구석을 한시바삐 뛰쳐나가야겠다는 생각뿐이었다.

　바로 이 순간,

　갑작스런 이혼과 젊은 죽음이 난무하던 언니와 오빠들의 기구한 삶들이 주마등처럼 떠오르며 고향의 연로하신 친정어머니가 생각났다. 동시에 볼록한 뱃속에서 뛰노는 태아의 움직임이 손끝으로 전해져왔다.

　순간, 영자는 언니와 올케들처럼 갑자기 지독히도 가난한 삶의 나락으로 전락해버린 자신의 운명과 처지를 새로 느끼지 않을 수 없었다. 이건 갓 시집온 젊은 아낙이 도무지 감당 못할 너무나 큰 시련임이 분명했다.

　그렇다고 이런 처지를 비관만 하고 무턱대고 가만히 앉아있을 처지는 더욱 아니었다. 영자는 어려서부터 모질도록 열심히 일을 하는 강단이 있었다. 불룩해진 배를 안고 인근의 공장으로 나가서 일을 하기 시작했다. 최소한 집안의 여러 식구가 입에 거미줄이 치지 많도록 일용할 양식과 반찬값이라도 벌 요량이었다. 이에 남편도 따라나섰다. 남편이 건설회사의 간부라던 말은 순전히 헛말이었고 일류 공고는커녕 찾아보니 남편의 학력은 초등학교 졸업이 최종이었다.

　영자는 알아갈수록 습관화된 남편의 지나친 거짓말과 남편 집안의 기막힌 사연들을 보고 들으며 순진하게 그 모든 것을 액면 그대로 고스란히 믿고 가벼이 행동에 옮겼던 자산의 소홀한 결행이 자신을 덫에 걸리게 하며, 올가미처럼 목을 조이는 오늘의 이상한 현실을 자신의 잔인한 운명으로 돌리며 옆도 돌아보지 않고 열심히 일했다. 이에 죄책감에 깊숙이 잠겼던 남편도 쉬지 않고 힘든 노동일로 아내의 뒤를 따랐다.

부지런한 이들 부부에게 세월은 베틀의 북보다 빠르게 흐르기를 3년 쯤, 심한 당뇨에 이어 혈액투석까지 받으면서도 밤낮으로 술을 퍼마시며 공연히 집안에 평지풍파를 마치 자기의 의무처럼 일으키며 불평과 불만에 젖어서 겨우 하루하루의 목숨을 연명하던 시숙이 사망했다. 그의 인생을 돌아볼라치면 너무나 안타깝고 너무나 불쌍한, 희망이라고는 눈곱만큼도 없던 지겨운 삶이었지만 일단 집안사람들은 한숨을 놓게 되었다.

"세상에 어쩌면 저런 노숙자 이하의 비참한 삶도 있을 수 있을까? 이건 참으로 예전에 집에서 기르던 소나 돼지보다도 더 못한 생활이 분명해……"

영자는 늘 회사에서 늦게 퇴근하여 잔뜩 술이 취해 횡설수설 끝없이 궁시렁거리는 시숙의 의미 없는 생활을 지켜보며 이런 저주의 말이 튀어나오지 않을 수 없었다. 온종일 길가에 앉은 듯 집에서 자신을 돌보지도 않고 자신을 제대로 추스르지도 못하는 이런 식구가 있으므로 집안이 자주 쑥대밭이 되었기 때문이었다.

그런데 정말 그래서였을까?

시숙의 장례식 날이었다. 나라에서 보호를 받던 기초수급자로 있던 시숙에게 구청에서 장례비가 조금 나왔다. 빈소를 차릴 필요도 없이 극히 간단하게 염습을 끝내고 곧 화장장으로 갔는데, 그런데 얼굴도 모르는 한 가족이 초등학생쯤 되는 두 아이와 함께 몇 안 되는 문상객들 틈에 끼어서 그 가족의 가장인 듯 한 남자가 크게 울며 눈물을 쏟아내고 있었다. 그제야 남편이 말했다.

"둘째 형이야. 그간 소식이 끊겼었는데 어찌 알고 때맞춰 찾아왔네?"

영자는 깜짝 놀랐으나 곧 가족과 단절한 작은 시숙의 처지기 이해가 되었다. 아무런 대책도 없는 찢어지게 가난한 부모와 구걸을 하듯이 자주 찾아오는 형을 피해서 숨어 살며 아내와 자식들을 지켜낸 작은 시숙이 얄밉다기보다는 너무나 현명했다는 생각이 들던 것이었다.

그로부터 한참 후의 일이지만, 영자는 쥐뿔도 없는 집에서 남매를 낳아 키우며 부모님을 모시고 모진 고생을 하며 억척스레 살아갔다. 그 덕분으로 차츰 재산도 늘어났고 아이들이 고등학교를 다닐 때에 부모님도 이어서 세상을 떠났다. 이제 부부는 과거의 모진 고난을 이겨내고 어쩌면 행복의 길로 들어설 참이었다.

그런데 이건 또 운명의 어깃장일까? 뿌리 깊은 나의 큰집 가문의 저주의 일환일까?

크게 부유하지는 않았지만 부부의 이어진 고된 노동의 결실이 차츰 여물어 가을의 단 햇볕에 익어가는 과일처럼 살림살이가 제법 알차게 영글어 갈 무렵이었다.

갑자기 남편이 하던 일을 내팽개치듯이 그만두더니 게으름을 피우며 도무지 일을 하지 않던 것이었다. 어르고 달래면 아침에 밖으로 나가면 잔뜩 술이 취해서 들어오는 남편의 행태는 도저히 참고 용서할 수가 없었다. 이에는 그토록 어려운 가정에 속아서 시집을 와서 너무나 모질게 고생했던 과거가 영화의 화면을 되돌리듯 더욱 생생하게 재생되던 또렷한 기억도 단단히 한몫을 했다.

'이건 도저히 참고 넘길 수가 없어. 너무 억울해. 그간 내가 시집을 위해 얼마나 뼈가 바스라지도록 일을 했는데……. 아이들이 대학에 들어가면 생활이 더 어려워질 게 뻔한데……. 남편은 정말 사람이 아니야……'

영자는 아이들과 자신을 위해 게을러빠지고 술독에 빠진 남편과 헤어지기로 굳게 결심을 했다. 일터에서 기술이 늘어 월급이 제법 많아진 것도 그녀의 결심을 도왔다.

"여보, 나와 이혼해 줘요. 아이들을 봐서라도. 이렇게 더는 못 살겠어요. 내가 당신 몰래 가출을 하는 것보다야 낫지 않겠어요?"

술 취한 남편은 묵묵부답이었으나 그래도 일은 하지 않고 마시던 술도 줄이지 않았다. 집안은 한마디의 대화도 없는 사람이 살지 않는 텅텅 빈 집 같이 변해갔다. 한창 기운이 솟는 젊은 아들딸도 집에만 오면 각자 제 방으로 들어가 집안은 온통 적막이 흐르고 있었다.

영자는 갓 시집을 왔을 때와 비슷한 이런 상태가 바로 지옥이라는 생각이 들었다. 벙어리가 된 가족들, 서로의 눈을 마주치지 않는 가족들, 가능한 밖에서 식사를 해결하고 들어오는 가족들……, 서로 먼저 얼굴을 피하려고 애쓰는 이건 가족이랄 수도 없었다.

그러나 그녀의 이혼을 향한 끈질긴 집념은 추호의 흔들림도 없이 이어졌다. 남편의 배반에 대한 억울함 때문이었다. 거의 2년 만에 견디다 못한 남편이 먼저 손을 들었다. 남편이 스스로 그녀를 따라서 법원으로 가서 이혼장에 도장을 찍었던 것이다.

그녀는 환희에 젖어 그 집에 남편만을 홀로 남겨둔 채 그간 모아둔 돈으로 새 집을 얻어 아들딸을 데리고 살림을 나왔다. 지독한 게으름뱅이 남편의 올무에서 풀려나자 새 세상을 얻은 듯, 날아갈 듯 홀가분함과 무한한 자유가 그녀의 앞에 새로 난 대로처럼 펼쳐지던 것이었다.

곧 이어 아직 나이가 적은 아들이 아가씨를 만나 살림을 나가고 또 뒤이어 딸도 남자를 사귀어 살림을 시작하니 영자는 졸지에 혼자뿐인 외로운 가정이 되고 말았다. 직장에서 돌아오면 쓸쓸함과 허전함이 온몸을 감싸고 적막이 집안을 무겁게 누르고 있었다. 크게 음악을 틀고 텔레비전의 소리를 높였으나 시끄럽기만 할 뿐 사람의 온기는 느껴지지 않았다.

영자는 가끔 다니던 술집으로 가서 혼자서 혹은 아는 사람을 만나면 그들과 함께 술이 취해서 집으로 돌아와 겨우 잠을 이루곤 했다. 그러다가 한 남자를 만났는데 자기보다 몇 살 위였지만 많이 배우고 매우 점잖은 좋은 사람이었다. 둘은 급히 가까워졌는데 공통점은 모두가 술을 좋아한다는 것이었다.

두 사람은 서로 사랑하며 만날 때마다 그의 친한 친구들을 불러 함께 세상사는 이야기를 나누며 즐거운 시간을 보냈다. 영자는 지금까지 알지 못했던 세상사의 수준 높은 많은 것들을 배워나갔다. 그러다가 모두가 술이 거나하면 여지없이 남자가 그녀를 집까지 데려다주고 자기 집으로 돌아가곤 했다.

영자는 늘 그게 불만이었다. 그는 사랑하는 아내가 집에서 기다리고 있었다. 그래서 좀처럼 술이 만취하지도 않았고 어느 정해진 선을 넘지도 않았다. 영자는 그것을 그 남자가 자기를 깊이 사랑하지 않기 때문이라고 나름대로 해석했다.

그래서 사랑하던 그 사람 몰래 이혼해서 행동이 자유로운 다른 남자를 사귀기 시작했다. 그는 그녀와 같이 젊었고 한두 번 잠자리를 같이 하였더니 역시 힘이 있었다.

지금 그녀에게 괜찮은 남자를 구하기 위해서는 정조 따위는 정말 아무것도 아니었다. 다른 더 좋은 남자가 그녀 앞에 나타나면 당연한 듯 몸을 바쳐 그를 시험해 볼 작정이었다. 외로웠던 새 남자는 금세 그녀를 사랑한다고 말했고 서슴없이 그녀의 집으로 따라와서 같이 살자고 졸라댔다.

　그런데 문제는 전 연인이었다. 그는 밤낮으로 전화를 걸어 사랑한다고 말하며 요즘 그녀의 이상한 행동 때문에 괴로워하며 진한 고통을 호소했다. 영자는 그와의 오랜 사랑이 안타까웠고 그의 진실하고 간절한 사랑이 그립기는 했으나 우선 새로 사귄 남자는 더욱 좋았다. 그는 돈을 잘 쓰고 항상 사랑한다며 그녀의 곁을 떠나지 않았다. 할 수 없이 간절하게 애원하던 전 남자와의 전화를 불통으로 만들어 소식을 완전히 끊고 말았다.

　그러고 나서 꿈만 같은 즐거운 세월이 흘러가고 있었다. 그와의 급히 익어가는 사랑이 꿀 송이보다 더 달다고 생각했다. 영자는 그에게서 진정한 사랑을 느끼며 과연 나에게도 이런 뒤늦은 행운이 있음을 감사하고 있었다. 이 남자는 이혼한 전 남편과는 비교할 수 없이 친절했고 또 방금 헤어진 전 연인보다는 인격적으로는 비교할 수 없는 보통 남자였으나 어쩐지 그녀의 아주 오래 묵은 남편이라도 되는 듯 살갑게 느껴졌다. 아마도 비슷한 수준이었기 때문일 것이었다. 영자는 오랜만에 정신과 육신의 행복을 느끼고 있었다.

　아하! 사람은 오래 같이 지내봐야 안다는 말이 바로 그거였구나.

　영자는 그런 진한 행복의 아스라함 속에서 곧 그게 아니라는 느낌은 더 빨리 다가옴을 느꼈다. 나무는 그 열매로 좋고 나쁜 나무임을 판단할 수 있듯이 사람은 오래 겪어봐야 그 진면목을 알 수가 있는 것이 분명했다. 장차 남편이 될 사람은 더욱 신중하게 판단해야 하는 것이었다. 순간적 평가는 십중팔구 빗나가기 마련이었다. 지나치게 친절하고 정도가 넘는 애절한 사랑을 호소할수록 가장되고 허위가 많은 사람일 수가 많은 법이었다.

새로 만난 이 사람의 경우가 바로 그랬다. 채 반년도 못 되어 나이가 적잖은 두 사람 모두 진한 육체적 사랑이 점점 차갑게 식어갔다. 그토록 갈망했던 육체적 관계는 이제 배부른 자가 꿀이라도 싫어하듯 곧 서로 간에 별 의미가 없어졌다. 서로에게서 관심은 사라지고 변하지 않을 것 같았던 짙은 사랑도 급히 그 온도를 내려놓고 있었다.

먼저 사랑한다는 언어가 그의 입술을 떠나고 이어서 괜한 일에도 트집을 잡으며 마구 버럭버럭 화를 내더니 어쩌다 그의 의견에 대꾸를 하면 곧 주먹이 날아왔다.

이혼을 한 사람은 대부분 그런 흠이나 단점을 가진 경우가 많았다. 알고 보니 그는 분노조절을 못하는 약간의 정신질환자였고 그의 진한 사랑과 지나친 친절은 순간적으로 그녀에게 환심을 사려는 과장되고 의도적인 거짓이었던 것이 나날의 행동을 통해 드러나고 있었다.

영자는 지금 그와의 생활을 계속할지를 두고 큰 고민에 빠졌다. 그럴수록 전에 사귀다가 이 남자와 바람이 나는 바람에 매몰차게 배신을 하고 떠나온 그 어진 사람은 눈을 감아도 눈앞에 웃는 모습으로 다가와 그에게로 다시 돌아가서 위로를 받고 싶은 생각이 하루에도 여러 번씩 굴뚝에서 솟는 연기처럼 강하게 일었다. 그렇지만 그에게 다시 다가가 용서를 빌 용기는 쉬 나지 않았다.

하지만 시간이 갈수록 지금 옆에 있는 이 남자는 정나미가 떨어지며 결코 계속 함께 할 사람이 아니라는 생각이 점점 더 강하게 그녀를 지배해 가고 있어 그녀를 슬프게 만들고 있었다.

이혼과 가난의 굴레 2

늘 지나친 허위와 과장과 허장성세로 입만 열면 허풍과 거짓말을 일삼던 준영이 형으로부터 급히 만나자는 전화가 왔다. 요즘 한동안 만남이 뜸하던 차였다.

"동생아, 내가 사업을 잘못하여 순식간에 쫄딱 망하고 말았다. 전에 말하던 달성군의 땅은 아직 그대로 남아 있는데 지금은 수중에 돈이 한 푼도 없어. 내일부터 식구들이 여인숙에 가서 살아야 한다네……"

형이 한껏 풀이 죽어 내 앞에서 고개도 똑바로 쳐들지 못하고 목구멍으로 다시 기어들어가는 구차한 소리로 이렇게 말했다.

"아니? 형님, 아무리 그래도 형과 형수님은 그렇다 쳐도 다 큰

아가씨인 질녀를 데리고 남자들이 우글거리는 여인숙 생활이라니요?"

내가 깜짝 놀라고 너무 기가차서 그건 도저히 용납할 수 없는 어불성설이라며 이렇게 크게 소리를 질러대자,

"그럼 어찌 하겠는가? 살고 있는 집에서 쫓겨나 집을 얻어 이사를 가려면 아무리 월세방이라도 약간의 보증금이 필요한데 지금 그런 돈이 내게 없으니……"

"형님, 그 보증금이 최소한 얼마나 필요한데요?"

"자네 형수가 오늘 종일토록 다니며 여러 군데를 알아봤더니 최소한 한 이백만 원쯤은 필요하다고 하더군."

그때 마침 나에겐 아들 정빈이의 대학 이번 학기 등록금인 이백만 원을 은행에서 찾아서 서울로 보내려고 가지고 있던 참이었다. 온 식구가 보증금이 없어 집을 구하지 못하고 다 큰 처녀를 데리고 여인숙으로 간다는 바람에 내 마음이 급히 동하고 말았다.

"형님, 여기 정빈이 대학 등록금 이백만 원입니다. 다음에 땅 팔리면 돌려주세요."

"아이고, 고맙네. 당연히 갚아야지. 어쩌다가 동생에게 이런 큰 신세까지 지는구먼."

형은 말은 그렇게 했지만 이건 퍽 다행스러운 공짜 돈이라는 듯 재빨리 속주머니에 감추듯이 집어넣었다.

이렇게 어렵게 겨우 작은 단칸 셋방으로 이사를 마친 형은 그토

록 발등에 떨어진 불처럼 쫓기던 이사가 끝나자 금방 다시 본래의 모습으로 되돌아가 만나는 사람마다 과도한 자랑을 실타래같이 늘어놓기 시작했다. 그러면서 달성군의 땅을 미끼로 몇몇 아는 사람들을 찾아다니며 적잖은 돈을 또 빌렸다는 소문도 내 귀로 들어왔다.

"허허허……, 이건 뭐 가문의 저주인지, 각자의 운명인지, 동생들이 하나같이 왜 이 꼴 이 모양인지 모르겠군. 모두 혼자 살아갈 귀신에 쎈 모양이야. 몇 번씩 이혼하고 사별하고……. 그래도 우리 집안에서 이혼을 하지 않은 사람은 나 하나뿐이야. 장남으로서 집안 체면은 지켰지 뭔가? 그까짓 돈 몇 푼쯤이야 땅만 팔리면 후딱 갚아버리고 말고……"

형은 남들 앞에서 늘 땅 자랑을 하며 이혼하지 않은 것을 자랑하며 매우 자신만만해 했다. 그러나 늘 주머니는 텅텅 비어 형수가 매일 아침 출근 전에 작은 용돈이라도 주어야 겨우 차비와 담뱃값을 하여 밖으로 나올 수가 있었다. 딸도 우여곡절 끝에 전문대학을 졸업하고 취직을 앞두고 있었다.

우리 형은 참으로 이상했다.

형은 친척과 친구의 돈을 미사여구와 거짓말을 총동원하여 일단 빌리기만 하면 그 순간 그것은 곧바로 자신의 돈이 되었고, 혹시 돈이 생겨도 그 돈을 갚기는커녕 그것으로 그와는 만남을 단절하며 줄곧 그를 피하다가 그만 그와는 아주 인연을 끊어버린다는 소문이 자자했다.

그러던 차에 달성의 땅이 팔렸다고 나에게 전화가 왔다. 나는 이제야 빌려준 돈을 돌려받게 되었다고 기분이 좋았는데 형의 말은 그게 아니었다.

"준호야, 드디어 땅이 팔렸어. 그런데 그 값을 10억짜리 어음으로 받아서 당장 쓸 돈이 한 푼도 없는데 돈 좀 빌려주게."

"그래요? 형님, 걱정하지 마세요. 내가 그 어음을 우리 시청 사이트에 올려서 곧 할인하여 팔아줄게요. 저녁에 그걸 가지고 나와 만나요."

"그래? 동생, 고맙네. 역시 공무원은 발이 넓고 여러 갈래의 길을 알고 있군."

그런데 형은 약속 장소에 나오지 않았다. 한 시간 이상을 기다려도 아무런 소식이 없었다.

'그 참으로 이상하군. 형이 아무리 허풍쟁이라도 이런 중요한 일에 실수를 할 리가 없는데? 하긴 애초부터 뭔가 좀 이상하긴 했어. 세상에 땅을 팔면서 그 값을 그 가치가 시시때때로 들쭉날쭉 유동적인 어음으로 받는 사람이 어디 있겠어?'

나는 이렇게 의심하며 전화를 걸었다. 역시 예상했던 대로 전화는 꺼져있었다. 할 수 없이 집으로 전화를 했다. 형수가 받더니 형이 술에 만취해서 자고 있다고 했다.

"형수님, 형이 땅값으로 받은 어음을 현금으로 바꿔주려고 약

203

속을 했는데요."

"그래요? 삼촌 고마워요. 형이 잠에서 깨면 내가 그 어음을 가지고 곧 삼촌에게 가라고 말할게요. 아니면 전화라도 하라고 할게요."

그런데 결국 알고 보니 땅의 존재는 애초부터 형의 오랜 거짓말이었다. 상대와 관계없이 아무렇지도 않게 거짓말을 일삼는 것도 일종의 정신병이었다. 실제는 아무런 자랑거리도 없는 자신을 포장하여 마치 뭔가 대단한 것이 있는 체 위장하여 자랑하는 것은 그 마음이 너무나 나약하고 허하기 때문인 경우가 대부분이었다.

이 거짓말 사건으로 결국 형도 이때까지 속은 것이 너무 억울하고 분해서 도저히 못 참겠다는 형수와 할 수 없이 이혼하고, 딸도 늘 거짓말을 일삼는 아버지가 밉고 역겹다며 엄마와 함께 집을 나가버리고 말았다.

아무런 재산도 약간의 벌이도 못하는 형은 갈 곳도, 오라는 곳도 단 한 명의 친구도 없이 결국 거리의 노숙자가 되고 말았다. 그리고 사흘이 멀다 하고 우리 구청으로 나를 찾아왔다. 예나 지금이나 모임이 많은 나는 숟가락을 하나 더 놓는다는 생각으로 찾아온 형을 우리 일행에게 데리고 다녔는데, 저녁과 술을 마시고 나면 꼭 담뱃값과 차비를 달라고 요구했다. 이를 몇 번 경험한 나의 일행들도 하나같이 형을 꺼리며 함께 하기를 싫어했다.

형이 노숙자가 된지 3년째 해에 형수가 딸의 결혼 소식을 알려왔다.

"삼촌, 형에게는 절대로 알리면 안 돼요. 아시겠지요?……"

형수가 혼주인 신부의 아빠에게는 절대 알리지 말라고 신신당부를 했는데, 결혼식에 참석해 보니 형을 제외하고는 우리 쪽 친지들이 모두 참석해 있었다. 나는 형을 생각하며 매우 슬픈 결혼식이라는 생각이 절로 들었다.

그 후 나는 노숙자로 사회의 변두리로 밀려난 이방인처럼 먹을 것을 찾아 아무런 정처 없이 방랑하며 살던 형에게 수급자가 되는 길을 알려주었다.

"병원의 정신과에 가서 머리가 계속 매우 아프며, 아무것도 먹기가 싫고, 누우면 일어나기도 힘들어 계속 빨리 죽고 싶은 생각뿐이라고 말하면 약을 지어줄 것인데, 그 약은 먹지 말고 그냥 버리세요. 그리고 그 병원에 몇 번 더 다니면 정신질환으로 너무 아파서 노동을 할 수 없다는 진단서를 발급해 줍니다. 그걸 동사무소에 제출하세요."

드디어 형은 재산도 없고, 도와줄 부모나 자식도 없고, 아무런 수입도 없는데다가 아파서 노동도 할 수 없다는 판정이 나와서 결국 자기의 힘으로는 도저히 목숨을 유지해 갈 수 없어 국가가 생계와 주거와 의료……, 모든 기본적인 것을 책임지는 기초수급자가 되었다.

그런데 세 살 버릇이 여든까지 간다는 말처럼 형은 요즘 수급자로 입에 겨우 풀칠을 할 만큼 가까스로 호구지책이 해결되자마자 사람을 만나는 날이면 또 자랑이 쉴 새도 없이 무진장하게 한껏 늘어지고 있었다.

"좋은 대학을 나온 내 딸이 재벌 2세에게 시집을 가서 엄청 잘 살고 있어요. 손자와 손녀도 여러 명 낳고……"

실제로 딸이 잘 살게 되면 자동적으로 자신의 기초수급이 해지 된다는 기본적인 것을 아는지 모르는지 형은 상대방의 눈치도 보 지 않고 오로지 자랑에만 혈안이 되어 있었다.

영실이 누나는 새로 만난 택시 기사와 결혼식은 올리지 않았으 나 다 큰 아들은 다른 데서 직장생활을 하며 따로 살고, 둘이서 비 교적 단란한 가정을 꾸리고 재미나게 살고 있었다. 택시의 휴일 날이면 둘이서 그 택시를 타고 친정어머니도 자주 찾아보고, 신랑 이 서방은 성격이 온유하여 자기 친가에는 형제와 친척이 없다며 처가의 형제들에게 매우 살갑게 대하고 붙임성이 있어 사랑을 받 았다.

그런데 술을 매우 좋아하던 그는 술 때문인지는 모르나 위암에 걸렸고 정성껏 치료를 받았으나 채 1년을 넘기지 못하고 사망하고 말았다. 영실이 누나가 그를 만난 지 10년이 되지 못했을 무렵이 었다. 또 다시 홀로된 누나는 이제 다시 시집을 갈 생각이나 남자 를 구할 생각을 접고 장가를 든 아들이 살고 있는 옆집의 근처 식당에서 일을 하며 휴일이면 손자손녀들의 재롱을 지켜보는 재미로 살고 있었다.

셋째 준수 형은 새로 만난 형수와 첫 딸을 낳은데 이어 계속 속궁합이 잘 맞았던지 연이어 아들 둘을 낳아 3남매를 키우며 오순도순 제법 재미나게 살고 있었다. 전 부인이 입양한 아이를 안고 헤어지면서 모진 저주를 마구 퍼부어댔으나 아마도 속궁합이 잘 맞는 이들 부부의 금실에는 큰 영향을 미치지 않는 모양이었다.

넷째 준식이는 두 번에 걸친 아내의 폭행에 따른 의처증이 매우 심하다는 소문이 그를 아는 모든 사람에게 바닷가에 밀물이 밀려오듯 쫙 퍼져서 새로운 여자를 구할 엄두도 못 내고 홀아비로 하루하루를 외롭고 쓸쓸하게 살아가고 있었다. 그의 생활은 누구의 눈에도 형언할 수 없을 정도로 한 올의 빛도 비치지 않는 듯 삭막하기만 했다. 이런 깊은 고질병이 있는 사람일수록 삶은 더욱 피폐하고 약간의 희망도 없을 수밖에 없었다.

게다가 막내 영자도 졸지에 세 명의 남자를 갈아치우면서 그 마지막 남자에게 당한 모진 충격으로 새로운 남자를 찾아야겠다는 의욕마저 상실하고 실의에 빠져 삶의 의욕을 상실한 채 청춘이랄 수는 없었지만 아직은 그래도 젊은 나이의 나날을 허탈하게 보내고 있었다.

마을에서 가장 큰 부자로 윤택하게 살던 큰집의 5남매가 모두 이런 구차한 형편이어서 모두들 큰어머니가 타서 생활하는 백부의 군인가족 유족연금에 눈독을 들이는 참으로 웃지 못 할 상황이라 아무리 우둔하고 현대의 문명시대를 살아가는 나였지만 이건 필시 큰집의 가문에 무슨 곡절이 있다고 생각하지 않을 수 없었다.

그러나 나의 깨달음은 무척 늦었다.

그런 잦은 이혼과 모진 가난과 죽음에 이르는 질병과 가정불화……, 등 모든 것들이 내가 젊음을 앞세워 수많은 음란의 죄를 많이 지어 당사자인 나뿐만이 아니라 자식들까지 고통을 당하듯 가문의 저주로 인한 것이라는 생각까지 미치는 데에는 아직까지 더 많은 시일과 고난이 필요한 모양이었다.

흔히 잘되면 내 덕이요 잘못되면 조상 탓이라고 하듯 날이 갈수록 환하게 빛나던 큰집의 밝은 빛은 빠르게 그 화려한 빛을 잃어가고 등불을 밝혀도 집안은 마치 짙은 안개가 낀 듯 어둡기만 할 뿐이었다.

소망 없는 생활은 너무나 참혹했다.

나의 4촌들 5남매는 물론 이제는 그들의 자녀들까지 삶에 진한 피곤을 느끼며, 새로운 각오로 시도하는 일마다 모두가 스스로의 꾀에 빠져서 이어지는 실패로 허우적대며, 새로 내딛는 발길마다 마치 우연처럼 모두 생활의 촘촘한 그물에 걸려서 옴짝달싹도 못하고, 그들의 발뒤꿈치는 덫에 치이고 목은 올가미에 걸려 점점

가문의 저주에서 행복으로

조여들어 결국 이제는 하려는 일마다 의기소침하여 혹시라도 세상의 깊은 함정에 빠질까 두려워하며 엄두조차 내지를 못하고 있는 실정이었다.

하루가 다르게 급변하는 이토록 살기 좋은 세상에서도 이들은 모두 하나같이 자신감과 용기를 깡그리 잊은 채 깊은 실의에 빠져 깨알같이 다가오는 수많은 날들의 지겨운 삶을 차마 죽지 못해 가난과 고통 속에서 허우적대며 겨우겨우 유지해 가고 있을 뿐이었으니,

이건 분명히 윗대부터 가문에 흐르는 저주로 인한 조상 탓이 분명하였으니, 조상 탓으로 돌려버리려는 생각이 들지 않을 수 없었다.

그럼에도 불구하고 우리는 참으로 너무나 무지했다.

조상 대대로 내려오는 가난, 조상의 음란과 지나친 술버릇으로 인한 패가망신, 가정의 유전처럼 내려오는 혈기와 폭력과 잔인함, 습관적인 도벽과 거짓말, 대대로 물려받고 있는 심장병, 암, 폐결핵, 정신질환……, 등등의 유전병 앞에서도 우리는 이거야말로 나의 어쩔 수 없는 팔자요 운명이라고 체념하고 있었던 것이다.

저주를 잘라낸 동생

그런데 이런 중에도 단 한 사람의 예외가 있었으니 참으로 신

기한 일이 아닐 수 없었다. 바로 동생 준식의 경우가 그랬다. 그는 남편과 이혼한 두 번째의 아내와 살면서 맞벌이를 하여 마치 볶은 참깨에서 깨소금이 쏟아지듯 재미나는 생활이 계속되고 있었다. 아직 둘 사이에는 자녀는 없었다. 이렇게 살림이 모이고 차츰 생활의 여유가 생기자 그만 고질병인 바로 그 의처증이 심하게 도져서 채 3년도 못되어 잦은 부부싸움과 그에 따른 아내에 대한 폭언과 폭행이 밥 먹듯이 수시로 이어지며 결국 이혼을 할 수밖에 없었다. 아이가 없으니 두 사람이 술집에서 쉽게 만났듯이 이혼 역시 매우 간단하고 너무 허무하기까지 했다.

그런 후 그는 어쩔 수 없이 직장생활을 계속하며 혼자서 상당기간을 외로운 눈물을 물같이 마시며 살아야 했다. 그런데 정말 너무나 희한하게도 아내를 의심하여 마치 죽일 듯이 괴롭히던 그토록 심한 의처증도 바로 그 대상인 아내가 없어지면 그만 씻은 듯이 말끔하게 사라지고 말던 것이었다.

의처증이 있는 사람은 일반 다른 사람과의 관계는 지극히 정상적이었다. 이건 본인과 아내 사이에 긴 성적 의심만을 극도로 자극하는 정신병이었다. 공연히 자기와 아무런 상관이 없는 남의 여자가 무슨 짓을 하던 의심할 필요는 없기 때문이었다.

그의 됨됨이가 성실하여 혼자서 밥을 해먹고 빨래를 하는 외로운 생활을 주의 깊게 살펴보던 그의 이웃에 있던 사람이 그의 준수한 인물과 직장에서의 솔선수범하는 충실함을 보고 안타까워하다가 남편이 교통사고로 사망하여 사별한 여인을 소개했다. 생김새부터가 매우 정숙해 보이고 성격이 너무나 깔끔한 여자였다.

그러나 의처증은 너무나 교묘했다.

준식의 고질병은 이제 그에게서 아주 영원히 사라진 듯 어딘가에 깊숙이 몸을 도사리고 흔적도 없이 숨어 있다가 또 귀여운 딸을 낳고 부부가 아기의 그 귀여운 재롱에 푹 빠져서 아기자기한 생활이 차츰 안정되자 슬그머니 고개를 내밀기 시작했다.

아내가 하는 말끝마다 불쑥불쑥 화를 내고 공연한 신경질과 억지를 부리는가하면 아내의 눈길이 약간만 다른 남자에게로 향하는 날이면 집으로 끌고 가 집안의 살림살이를 부수고 손찌검까지 서슴지 않아 집안에는 늘 불안과 긴장이 아침 안개처럼 감돌고 있었다.

그런 난동 후에 제 정신이 돌아오면 싹싹 잘못을 빌기는 했으나 지나친 걱정에 싸인 아내는 밤에도 잠을 못 이루고 자주 심한 가위에 눌려 잠꼬대처럼 소리를 질러댔는데 준식은 그것마저 또 아내가 몰래 다른 남자와 불륜을 저지를 때 내던 교성이라고 윽박질렀다.

하루는 아내가 아주 오랜만에 휴일을 맞아 아이를 남편에게 맡기고 초등학교 동창들과 함께 서문진나루터로 나들이를 갔을 때였다. 한창 재미있던 어린 시절에 있었던 이야기를 나누며 놀고 있는데, 갑자기 나타난 남편이 안고 온 어린아이를 길바닥에 버려

두고, 눈이 허옇게 뒤집혀서 아이가 자지러질 듯 울어대는 소리를 응원가 삼아 아내의 작은 자동차를 몽둥이로 마구 두들겨 찌그러 뜨리더니 마치 원수를 징벌하듯 완전히 박살을 내고 말던 것이었다.

아내는 놀라서 그길로 곧바로 도망을 쳐서 자취를 감추었고, 준식은 젖먹이 어린아이를 키우면서 풍비박산이 난 집안에서 진한 후회의 눈물을 물처럼 마셔대며 죽을 고생을 하고 있었다. 도망간 아내를 찾기만 하면 정성을 다해 싹싹 빌고 용서를 구하려고 했으나 아내는 땅속에 숨었는지 아니면 하늘로 올라갔는지 흔적조차도 찾을 수가 없었다.

그러기를 3년, 이제 아내를 잊고 찾기를 포기할 즈음, 그토록 찾아 헤매며 그리워하던 아내가 불쑥 집으로 돌아왔다. 아이가 제법 커서 뛰어다니며 놀 때였다. 아내는 남편보다 딸이 보고 싶어 왔겠지만 이제는 남편의 의처증에 대한 두려움 같은 것은 전혀 없이 매우 당당해 보였다. 준식이가 제 발로 돌아온 아내가 너무 반가워서,

"여보, 그때 내가 너무 미안했소. 보고 싶어 얼마나 애타게 기다리며 찾아서 헤맸는지 모른다오, 이제라도 용서하시오……"

"오히려 내가 미안했어요. 제가 밴댕이 소갈딱지의 못된 성질을 가졌었지요. 저 어린 것을 두고 무서워서 도망을 갔으니 제가 어미노릇도 못한 죽일 년이지요. 하지만 이제부터는 당신을 사랑

하며 아이를 잘 키우겠어요······"

그녀의 말은 믿음직스럽고 자신감에 차 있었다. 단번에 3년 전의 무서움에 떨던 나약한 그녀가 아니라는 감이 왔다. 뚫어질 듯이 남편의 눈을 똑바로 응시하는 자체가 그랬다. 오히려 준식이 아내의 밝은 전지처럼 강렬한 빛이 뿜어져 나오는 눈길을 피할 정도였다.

"여보, 우리 교회, 저기 있는 교회로 나가요. 딸과 함께······"

그녀가 도착한 첫 일요일, 준식은 아무 말 없이 아이를 데리고 앞서간 아내를 따라 집 근처에 있던 교회로 나갈 수밖에 없었다. 아내는 도망친 그간 직장에 다니며 돈을 벌며 독실한 교인이 되어서 돌아왔던 것이다.

몇 번 아내를 따라 교회에 다니다 보니 준식도 곧 교인이 되었다. 시간이 지날수록 더욱 믿음이 좋은 교인으로 변해갔다. 본래 약간의 정신질환이 있는 사람은 그 정신이 매우 외골수라 믿음이 더욱 강한 신자가 되는 경우가 많았다.

그는 요즘은 교회의 장로까지 되어 많은 봉사와 교회 일을 하며 꿋꿋한 아내에 대한 의심 따위는 생각할 여유도 없었다. 어느 사이에 너무나 지긋지긋하여 한 번 발병하면 결국 무덤까지 가져간다던 골치병인 의처증이 감쪽같이 사라져버린 것이었다. 이런 신기한 일을 보고 사람들은 기적이라고 말했다.

욥의 저주를 통해 깨닫다

음란귀신의 출현

그런데 그와 비슷한 신기한 일이 며칠 후에 또 일어나고 말았다.

나와 함께 만나면 너무나 급하게 이기적이고 각박해지고 있는 세상인심을 걱정하며 때로는 주위에 널려있는 수급자와 장애인 등 지독히 어려운 사람을 방문하여 격려하며 조금씩 도우기도 하며 자원봉사를 하던, 나와 매우 절친하게 지내다가 쉰 살이 가까워서 뒤늦게 신학을 공부하여 목사가 된 친구가 있었다.

그는 너무나 급하게 목회자가 되고 싶은 강한 열망에 사로잡혀 정식으로 신학대학과 대학원의 과정을 거치지는 못했지만, 어쨌든 여러 대학을 기웃거리며 청강생으로 겨우 학점을 짜서 맞추듯이 이수하여 드디어 목사 안수를 받고 정식으로 목사가 되었다.

스님들이 불교대학을 정식으로 졸업하지 않아도 여러 가지 편법적인 방법으로 스님이 되듯 목사들도 마찬가지였다.

그런데 내 친구 목사는 목회에 대한 열정을 타고나기라도 한 듯, 자신의 때늦은 목회의 시작을 벌충이라도 하듯 간절한 오랜 기도를 통하여 성령이 임했다며 영력靈力이 남달리 강하여 멋진 설교를 잘 한다는 소문이 자자하게 차츰 널리 퍼져나갔다. 나도 몇 번인가 친구로서 그의 교회를 방문하여 그의 설교를 들을 수가 있었는데, 설교를 하는 강대상 위에 높이 선 그는 평소 내가 알던 평범한 친구에서 완전 탈피하여 개과천선이라도 한 듯 하나님의 은혜에 대하여 거의 아무것도 모르던 나를 크게 감동시키곤 했었다.

그런 결과로 신도들이 점점 많이 모여들어 물 붓듯이 불어나며 처음 시작한 교회가 너무 좁게 되었고, 그러면 또 주위의 가옥을 사들여 개조해 교회로 사용하는 것을 되풀이하다가 그리 오랜 세월이 흐르지 않았는데도 제법 큰 교회를 이루어 요즘은 거의 쉴 틈도 없이 열심히 목회와 순방을 하며 그 보람에 바쁘게 살아가고 있었다.

얼마 뒤에 또 그 교회에 다니는 신도의 말을 들으니 목사보다는 사모님의 어려운 신도들에 대한 베풂이 교회를 성장시키는데 더 중요한 역할을 하였다고 했다. 그의 아내는 지금까지 수십 년 동안 해오던 칼국수 집을 그만두고 가난한 노인과 장애인들에게 쌀과 반찬을 쉬지 않고 가져다주어 많은 사람들을 크게 감동시키고 있다는 것이었다.

"모든 것이 주님의 은혜야. 사람은 한갓 미물에 불과해. 전능자에 비해 개미나 벌레 같은 미물인 사람이 뭘 알며 무슨 능력이 있겠어?……"

그는 요즘 늘 나를 만날 때마다 은혜와 감사라는 말을 입에 달고 있었다. 그의 행동 역시 그 말을 따라 빠르게 변해갔다.

하지만 아직도 나와의 남달랐던 옛정을 잊지 못하여 나를 만나는 날이면 큰 물컵에 물 대신 소주를 부어놓고 남이 보기엔 물처럼 마시며 옛날의 추억을 이야기하기를 좋아했다.

이 친구 역시 요즘 나의 연인과의 석연치 않은 헤어짐과 그에 따른 이상하리만치 모질게 겪고 있는 고통에 대한 소식을 들어서 그 내용을 소상하게 잘 알고 있었다. 나도 너무나 어지러운 마음을 믿음직한 그에게 쏟아놓으며 그 해결책을 묻기도 했었다.

그날도 그와 만나서 몇 순배 나의 술잔과 그의 물잔을 나누며 나는 여전히 아직도 해결하지 못한 배신한 연인에 대한 원망과 고통스런 하소연을 해대며 괴로워했다.

"아, 나의 영혼아, 네가 어찌하여 아직도 이토록 낙심하며, 내 속에서 어찌하여 불안에 불안을 거듭하며 괴로움에 괴로움을 더하며 더욱 괴로워하느냐?……"

바로 이때, 그가 갑자기 나의 말을 무 자르듯이 가로막으며 큰

소리로 나를 힐난하며 크게 나무라기 시작했다. 좀처럼 없던 그의 엄한 태도였다. 그의 꾸지람은 나에게 추상과 같은 호령으로 들려왔다.

"어이, 준호 친구야, 자네는 이미 그 답을 훤히 알고 있으면서 왜 그런 말을 쓸데없이 자꾸 되풀이 하고 있는 거야? 말에는 나름대로의 권세가 있어서 좋지 않은 말은 상황을 더욱 악화시킬 뿐이야. 지금 자네가 겪고 있는 고통은 극히 미미한 작은 것이고 그렇게 작게 받는 건 바로 하나님의 배려이자 큰 은혜야.

만약 그 여인과의 관계가 이쯤에서 끝나지 않고 좀 더 순탄하게 오래 진행되었다고 가정을 해보게. 발 없는 소문이 자네의 가까운 주위를 맴돌 것이고, 당연히 자네의 아내도 알게 될 것이고……, 그 후의 일은 상상만 해도 지금보다 몇 곱절 더 끔찍하지 않겠는가? 자네는 지금 주님이 가장 싫어하시는 불륜과 음란을 저지른 그 일의 결과에 대하여 그 여인을 원망하며 고통을 느끼기보다는 오히려 사람을 행복으로 이끄시는 주님께 큰 감사를 해야 옳다네……"

그는 역시 목사답게 주님에 대한 감사와 은혜를 강조하며, 평소에 교만할 정도로 인생을 겉으로는 화려하고 멋지게 살며 자신감이 펄펄 흘러넘쳤지만, 양심에 꺼리고 정당하지 못했으며 더욱이 신의 뜻에 맞는 참된 인생을 전혀 살지 못함으로 인해 촉발된 고개를 떨어뜨린 채 잔뜩 풀 죽은 나의 요즘 모습을 바라보니 너무나 안타깝다는 듯이, 최근 나에게서 느낀 자신의 목사로서의 생각을 값진 충고처럼 강조하며 줄줄 늘어놓기 시작했다.

"자네는 지금 음란 귀신에 씌인 것이 분명하다네. 자네가 겪고 있는 음란한 마음을 일으키는 음란귀신 즉 음란마귀는 그 본래의 특성이 남녀의 성을 통해 갖은 방법을 동원하여 거짓말을 일삼고 배신과 배반을 밥 먹듯이 거듭하여 아무것도 모르는 애꿎은 선한 사람의 속을 뒤집어 한탄과 절망으로 몰아넣는 법이야.

일반적인 보통 사람의 윤리에 어긋난 간통이나 간음행위도 죄악이지만 음란마귀는 그보다 더 유별난 사건을 만들어 보통사람도 죄의식을 느끼지 않고 무의식중에도 음란죄를 자꾸만 저지르게 만들지.

가끔 언론에도 등장하는 시아버지와 며느리의 통정이 그렇고, 자기 형제의 아내와 간음하는 행위, 아버지의 첩과의 통정, 가까이 지내던 이웃의 여성과 정을 통하는 등등……, 이런 모든 기이한 행위들은 본인들이 죄의식에 빠져서도 헤어나지 못하고 계속 그 짓을 지속하게 유도하여 그것을 듣는 모든 사람에게 처음에는 강한 분노를 일으키게 하지만 결국은 보통사람들도 그런 비슷한 짓을 아무런 거리낌이나 죄의식도 없이 하도록 교모하게 유도하는 음란귀신의 술책이고 저주야.

요즘은 그런 해괴망측한 불륜행위들이 동영상을 통하여 무차별적으로 마구 유포되기 때문에 사람들은 음란행위에 대해 더욱 죄의식을 가지지 않게 되는 것이라네. 이게 바로 세상의 올바르지 못한 풍조를 퍼뜨리고 그것을 이용하여 보통사람들까지 불행의 나락으로 빠뜨려 제 편을 만들려는 마귀들의 술책이야.

저주라는 것이 무엇인가? 이렇게 자네와 같은 보통사람에게서 평화와 행복을 깨고, 나아가서는 사람을 살해하는 극단적 행위까지 저지르게 하고, 그런 오랜 행위들이 결국 자녀와 가정과 가문에까지 점점 더 심한 죄악의 구렁텅이로 몰아넣는 것이 아니겠는가? 이 절호의 기회에 바짝 정신을 차리고 심신의 안정을 찾아 신앙을 돈독히 하도록 하게나. 방법은 그길 뿐이야."

과연 그의 확신에 찬 충고는 힘이 있었다. 나는 친구 목사의 그 말에 온몸이 감전된 듯 전율이 일며 지나간 나의 젊음을 발판으로 일삼던 오랜 술 취한 방탕과 자랑스럽게 마구 저질러대던 음란의 일들이 주마등처럼 뇌리를 꽉 채우며 떠올라 나의 생각을 후회와 반성으로 크게 변화시키고 있었음을 느꼈다. 동시에 목사의 말을 듣기 전보다 마음에 약간의 차분한 안정이 오는 듯도 했다.

이렇게 되자 요즘 나는 아내가 가까이 다가올 때마다 마치 도둑이 경찰을 만난 듯, 소가 도수장으로 끌려가는 듯 깜짝깜짝 놀라고 말았다. 아, 저토록 착하고 성실한 아내를 두고 옆길로 빠졌다가 자식을 병들게 하고 결국 이런 모진 고통을 당하고 있는 자신의 꼬락서니가 한없이 어리석고 한심스럽게 보이며 아내에게 미안한 마음이 들어 눈길과 몸과 마음을 둘 데가 없었다.

나의 저주를 알다

친구 목사가 일러준 내가 죄의식도 없이 너무나 당연한 듯 또 너무나 자랑스럽게 마치 나의 일생 중 가장 젊고 싱싱한 날이 바로 오늘 하루뿐이라며, 그 튼튼한 몸뚱이를 굴리며 마구 노는 것이 젊음의 특권이라도 되듯 수도 없이, 기회를 만들어 저지른 것들이 바로 나의 음란의 죄와 가계의 저주라는 생소한 단어에 대하여 나는 지금 깊이 고민하지 않을 수 없었다.

'죄와 저주는 도대체 어떤 관계가 있는가? 죄의 개념은 시기와 장소에 따라 변하는 것이 아닌가? 같은 살생이라도 이웃사람을 죽이면 살인이 되고 전쟁터에서는 많은 적군을 죽일수록 영웅이 아닌가? 저주는 죄를 지어서 받는 벌칙이라면 인과응보의 법칙이란 말인가?'

그런데 이럴 때 오래 묵은 친구야말로 참으로 좋았다. 오랜 친구일수록 형제간보다 나의 사정을 훤히 잘 알고, 나의 처지를 이해하며, 나를 위해줄 좋은 방법을 늘 생각하기 때문이다.

이러던 중에 때마침 나의 생각을 읽기라도 한 듯 친구 목사로부터 다시 전화가 왔던 것이다. 그의 확신에 찬 목소리에 나는 갑자기 천군만마의 우군을 얻은 듯이 든든해져 마음이 놓이며 짙게 잠겼던 고민거리들이 뇌리에서 급히 도망을 치는 것 같았다.

"준호 친구야. 며칠 전에는 내가 정확한 답을 주지 못한 것 같아서 여간 찜찜하지 않았다네. 그런데 그 다음 날 믿음이 꽤 좋은 40대 초반의 여성 신도 한 분이 상담이라기보다는 이미 자신의 마음속에 확정한 자신의 거취를 통보하려고 나를 찾아왔어. 우리는 그런 보통 신도들을 집사라는 명칭으로 부른다네."

"교회에서는 신도들이 자신의 신상을 일일이 목사와 사전 의논을 하는 모양이군요? 성당에서 신도들이 신부에게 일일이 고해성사를 하듯이 말이오?"

내가 요즘 같은 이기적인 개인주의 시대에 참으로 신기하다며 이렇게 묻자, 친구는 거기에는 답하지 않고 자신의 이야기를 계속했다.

"목사님, 이제 남편과 더는 못 살겠어요. 성격도 맞지 않고 또 저 몰래 바람도 피우고……. 곧 이혼을 하고 남편과 낳은 아이는 남편에게 주고 전 남편들과 낳은 아이는 내가 데리고 나와서 키우려고 해요."

"집사님, 아주 어려운 결정을 하셨군요? 그렇다면 전 남편들의 아이라고 하셨는데 이번의 이혼이 몇 번째인가요? 키우고 있는 아이는 몇 명이나 되죠?"

내가 평소 그녀의 남달리 좋은 신앙을 생각하며 마땅한 직장도 없는 그녀의 섣부른 판단이 너무 걱정이 되어서 단도직입적으로

이렇게 물었더니,

"세 번째요. 하지만 이제는 이 남편과는 더 이상 살지를 못하겠어요. 사사건건 마음이 너무 맞지를 않아요. 저도 참을 만큼 인내하며 기다려 주었어요. 아이는 네 명인데 모두 딸이에요. 전 두 남편에게서 하나씩 낳았고 지금의 남편에게서 두 명을 낳았어요. 남편이 아기들을 너무 좋아하고 사랑하니까 아마도 잘 키울 거예요."

그녀가 이미 마음의 결정이 끝난 듯 당연하다는 듯이 마치 남의 일처럼 스스럼없이 말을 하더군. 그래서 내가 다시 더 자세히 물어 볼 수밖에 없었지.

"혹시 집사님의 친정어머니도 이혼을 하셨나요? 집사님의 형제 자매는 몇 명이나 되나요?"

그러자 그녀가 아픈 치부를 드러내기 싫은 듯 많이 쭈뼛거리며 고개를 아래로 떨어뜨리고 한참을 망설이더니 겨우 기어들어가는 작은 목소리로 억지로 답을 했어.

"엄마는 세 번을 이혼했어요. 우린 아들이 둘에다가 딸이 셋이었어요. 저는 막내여서 마지막에 이혼한 아빠의 딸이었어요. 우린 모두 아버지 없는 어려운 어린 시절을 보냈어요. 그 덕분에 신앙을 가지게 된 것은 무척 다행이었지만……"

당당했던 그녀가 햇볕에 던져진 해파리처럼 한껏 풀이 죽어 말 끝을 흐리고 말았어. 나는 그런 그녀가 무척 안타까웠지만 더욱 직설적 화법으로 내가 믿고 있던 확실한 사실을 그녀에게 분명하고 강하게 말해주지 않을 수 없었다네.

"집사님은 알고 계십니까? 집사님이 낳은 네 명의 딸도 자라서 앞으로 결혼하게 되고, 모두들 세 번 이상 이혼하게 되고, 그래서 집사님의 마음을 아프다 못해 완전히 무너지게 할 것입니다. 그건 바로 집사님의 어머니가 조상으로부터 가계의 저주를 물려받았듯이 그 결과로 집사님이 물려받은 것을 연쇄반응처럼 따님들도 물려받게 되기 때문입니다. 집사님과 연관된 조상의 더 윗대 아니면 어머니가 여러 사람들과 난잡한 성적 관계를 즐기며 자행해 왔을 것입니다. 이건 바로 예부터 우리가 흔히 보아왔듯이 무당의 딸이 이어서 무당이 되고 창녀의 딸이 이어서 창녀가 되는 것과 같은 이치입니다."

너무나 놀라고 놀라서 눈과 귀가 함께 나의 입을 향해 위로 번쩍 들리듯이 크게 열리더니 집사님의 얼굴이 몽둥이에 여러 차례 얻어맞은 듯이 새파랗게 변하여 어쩔 줄을 모르고 비실거리기 시작했어. 나는 그런 그녀에게 마음을 차돌처럼 더욱 단단하게 다잡을 수 있도록 몇 마디의 말로 충격을 더했지.

"집사님의 딸들이 축복을 받아 행복하기를 원하시죠? 집사님에게 네 명의 딸들만큼 중요한 존재가 또 있는가요? 또한 집시님에게 딸들의 존재만큼 크게 고통을 줄 수 있는 존재도 없을 것입니다. 방법은 집사님이 믿고 있는 하나님께 집사님의 자리를 내어드려서 끈질기게 이어져 내려온 지긋지긋한 가문의 저주를 끊어버리는 길뿐입니다."

그랬는데 그날 밤 늦게 그 여자 집사님으로부터 전화가 와서 진정으로 하나님을 두고 맹세한다며 굳은 약속의 약속을 하더군.

"앞으로 어떤 일이 있어도 저 자신을 더욱 낮추고 희생 또 희생하며 사랑하고 사랑하는 딸들의 행복을 위해서 절대로 이혼 같은 것은 하지 않을 것이에요. 미국의 힐러리 여사가 바람피운 남편 클린턴을 끝까지 용서하며 이혼을 하지 않은 것처럼, 제가 남편에게 무던히 참고 기다리며 하나님께 간절히 간구하여 우리 가문의 저주를 가위로 자르듯 싹둑 잘라버리고, 끊어버리고, 소멸시키고 말겠어요. 그래서 내 몸으로 낳은 사랑하는 딸들을 행복하게 만들고 말겠어요. 목사님, 저희 가정을 위해 기도해 주세요."

친구 목사는 그녀와 나눴던 일련의 과정을 긴 시간에 걸쳐 소상하게 이야기 했고, 나는 그의 신비한 이야기를 들으며, 우리 큰집의 사촌 5남매의 이어지던 잦은 이혼과 끊임없는 구차한 가난이 생각났으며, 나와 맺어질 뻔 했던 사랑했던 첫사랑 우리 마을 외분이네의 일가를 폐쇄하게 만든 이어진 자살사건이 연이어 생각났다.

그리고 단지 나처럼 술을 좋아하시던 아버지에 대해서는 별다른 기억이 없었지만, 당사자인 바로 내가 아무런 깊은 죄의식도 없이 오히려 당연한 나의 권리이며 자랑거리라도 되는 듯이 오만과 교만한 마음으로 마구 저지른 나의 지나친 음주와 음란의 죄로 인해 나와 우리 집에 미치게 된 지독하고 지긋지긋한 가계의 저주를 불을 보듯 훤하게 저절로 깨달을 수가 있었다.

내 가계의 저주

그러면서 친구 목사는 그 여 집사에게처럼 나에게도 긴한 주문을 했다.

"준호 친구야, 자네의 집안도 어느 조상으로부터 시작이 되었는지는 모르겠지만, 혹시 바로 자네로부터일 수도 있고……,

분명한 것은 자네 집이 가계의 저주 아래 놓인 것이 분명하다네. 자네 아들이 어릴 때부터 전자오락게임에 빠져 그것에서 지금까지도 탈피하지 못하고 줄곧 그것을 탐닉하다가 결국 꽃다운 대학생시절부터 지금까지 여러 가지 정신질환으로 무진 고생을 하며 더욱이 너무나 괴로운 나머지 자주 자살을 시도하는 것도,

자네가 술에 집착하며 여러 여인들과 너무나 지나치게 음란의 행위를 계속하다가 결국 오늘의 범상치 않은 연인과의 헤어짐으로 극단의 생각까지 하며 방황하며 고생하는 것도,

조금만 깊이 헤아려 보면 모든 것이 서로 연결되는 마치 쌍둥이처럼 흡사하게 닮은꼴로 모두 인생을 깊은 불행의 구렁텅이로 빠뜨리는 가계의 저주 때문이야……"

아, 어찌 이럴 수가?

이건 절대로 친구 목사의 평소의 훈계가 아니었다. 충고 따위도 아니었다. 물론 가끔 술이 취하면 늘어놓던 궤변은 더욱 아니었다.

지금 그의 목소리는 너무나 강렬하여 전화선을 녹이고 있었으며, 너무나 엄숙하여 마치 선지자의 예언이나 신의 계시처럼 활짝 열어놓은 내 귀로 날아와 귓속 깊이 파고들어 녹슨 머리는 물론 굳어버린 심장을 마구 휘젓고 있었다.

분명 그랬다. 이건 나를 향한 전능자의 충고가 담긴 훈계가 분명했다. 내 내면의 양심이 다시 살아서 소리치는 것이고, 말없이 순종하며 지켜보던 가족들의 외침이요, 나를 아는 모든 세상 사람들이 한꺼번에 손가락질하며 크게 비웃는 비난의 소리였다. 그리고 모든 것을 아시고 계신 영이신 하나님이 불쌍한 나와 우리 가족을 위해 베푸시는 가히 없는 큰 사랑이란 생각이었다.

지금 나 역시 그 여자 집사님과 한 점도 다름없이 너무나 큰 충격으로 온몸이 전류에 감전된 듯 부들부들 떨리며 아랫도리에 힘이 쭉 빠져나간 듯 후들거렸다.

그리고 뚜렷이 떠오르는 나의 과거의 회상,

엄마가 정신병으로 오랜 불면의 나날을 보내다가 쌍둥이 동생들을 양 겨드랑이에 하나씩 껴안고 마을 앞 저수지의 푸른 물속으로 뛰어들어 세상을 떠나고, 새엄마를 맞이한 아버지였지만 시골에서 평생을 사시면서 단지 술을 좋아한 것 외에는 아버지에 대한 별다른 것은 아무것도 모르고 있었지만 분명히 아버지는 결백했다.

술을 많이 좋아하시던 아버지가 술심부름을 시키면 나는 가게에서 술을 받아오다가 주전자의 꼭지를 빨아 술을 맛있게 먹었던 기억, 그 외에는 온 가족이 지독하게 모진 가난의 저주를 받아 그 굴레를 뒤집어쓰고 있었다는 것 외에는……

아하, 맞아. 그랬었구나.

친구 목사의 지적대로 우리 가계의 저주는 바로 나에게서 비롯되어 아들에게로 전해진 것이 분명하다는 자괴감이 마구 엄습하며, 나도 그 여자 집사님의 굳은 결심처럼 나의 현재의 이상스러운 고통은 물론이고 사랑하는 아들이 오랜 세월동안 당하고 있는 정신병의 올무에서 놓임을 받아 앞으로의 행복한 생활을 영위토록 하기 위해서는 어떤 어려운 일이라도 해내야겠다는 각오가 굳어지고 있었다.

아들은 정신분열병이라는 조현병과 공황장애, 우울증, 불면, 두통, 눈에 헛것이 보이는 환시, 이상한 이야기가 들리는 환청 등 여러 가지 복합된 정신질환들이 그를 괴롭히고, 거기다가 정신병의 악화로 인한 오랜 가출의 떠돌이 생활과 영양실조, 한 번 입원하여 들어가면 두세 달 이상을 갇혀있어야 하는 수차례의 폐쇄병동 생활 등으로 인하여 진한 정신병 외에도 척추 협착증, 목뼈 이상, 팔다리의 통증, 무릎관절염, 발목뼈 이상, 당뇨와 위장장애 등 온몸에 아프지 않은 곳이 없을 정도로 육체적 질병도 심하여 수시로 삶보다 차라리 죽음이 낫다며 자살을 시도하는 등 보는 사람들로 하여금 애처로움과 안타까움을 금하지 못하게 하고 있었다.

하지만 나는 지독히도 무정한 사람이었다.

이번 나에게 닥친 모진 이상한 고통이 있기 전까지는 그건 절대로 나와는 아무런 상관도 없는 단지 아들의 개인적인 고질병일 뿐이라고 생각했던 저토록 골치 아픈 병들이 모두 나의 잘못과 함부로 저질러댄 죄에서 비롯된 것이었다니? 이제까지는 꿈에도 상상하지 못했던 가계의 저주라는 것이 참으로 질기고 무서운 것이란 생각이 절로 들었다.

생각할수록 저주를 자초하여 집안으로 끌어들인 나의 지나간 과거의 죄 많은 생활이 아들딸의 고통과 불행과 사건사고와 마치 약간의 오차나 한 치의 어긋남도 없이 빠듯하게 물려 돌아가는 톱니바퀴처럼 맞물려지며 나는 친구 목사의 말에 더욱 굳건한 신뢰가 갔다.

이에 나는 아연실색하며 큰 죄책감에 몸서리를 치지 않을 수 없었다.

"아, 나는 저주를 받아 마땅한 죄인이로소이다. 수많은 죄악을 밥 먹듯이 저질러대면서도 너무나 무지몽매한 철면피의 죄인이었소이다. 나는 어찌하여야 죄에서 놓여나며 용서를 받을 수 있을까? 그래서 나 자신은 물론 사랑하는 아들딸을 질병의 올무에서 놓임 받게 하고 행복으로 인도할 수 있을까?"

이렇게 자식들이 당하는 고통에 가슴이 새카맣게 불타며 입에서는 진한 후회와 깊은 탄식이 절로 흘러나왔다.

오호라, 그렇구나. 그러면 그 방법은?

"그러면 어찌해야 가문의 저주를 싹둑 잘라내고 그래서 하루라도 더 빨리 축복을 받으며 행복해질 수 있는가요? 나는 그간의 나의 작은 고통에도 그만 질려버리고 말았어요. 나도 어서 가족과 함께 영혼과 몸의 무한한 자유를 함께 누리고 싶어요."

나는 더욱 조급증이 일며 점점 커져가는 죄책감으로 어찌해야 할지 고민이 커지며 특히 아들이 현재 겪고 있는 너무나 큰 고통이 안타까워 애가 타서 입속이 바싹바싹 말라왔다. 그럴수록 더욱 믿음직스러워진 친구 목사에게 이렇게 간청을 하지 않을 수 없었다.

그러나 그의 답은 너무나 평범한 교과서 적이어서 나의 타는 갈증을 냉수처럼 시원하게 해갈시켜 주지 못하고 있었다. 내가 평소의 그에게서는 물론 가끔 주일이면 식구들을 따라 나가던 교회에서 듣던 목사의 설교와 크게 다르지 않았다.

"비록 무늬만 교인이긴 하지만 자네도 교회를 다녀서 웬만큼은 알겠지만 이 세상에 유일한 방법은 자네와 나와 이 세상을 만드신 전능하신 하나님의 은혜를 입는 것뿐일세. 석가도, 공자도, 마호메트도……, 모두들 신이 아닌 좀 더 많이 깨달은 사람일 뿐이야.

그래서 절간의 스님이나 무당이나 점쟁이나 사주팔자를 보는 역술인이나 모두 사람들이 어려워서 도움을 구하러 가면 붉은 색깔의 부적을 써주지 않던가? 그게 바로 자기나 자신이 믿는 대상의 힘으로는 감당하지 못하니 일종의 귀신의 힘을 빌리는 것일세."

"아, 맞아요. 역시 그랬었군요?"

내가 얼마 전에도 역술가를 찾아가서 지금 겪고 있던 고통이 하도 답답하고 막연하여 도움을 구했더니 그가 붉은 색깔의 부적을 주면서 지갑 속에 항상 넣어 지니고 다니라고 하며 그 대가로 적잖은 돈을 요구하여 할 수 없이 그것을 샀으나 도무지 믿음이 가지 않아 곧 그 집을 나오자마자 찢어버린 것을 기억하며 그의 전화 설교에 감탄해서 말했다.

"성경은 수천 년에 걸쳐 여러 사람의 기자가 하나님의 영에 감응되어서 쓴 바로 하나님의 말씀이라네. 그래서 읽기만 해도 힘이 생기고 그 말씀대로 순종하여 실천하면 더욱 하나님의 자비와 은혜를 받아 저주를 물리치고 축복을 받을 수 있는 것이라네."

그가 마치 교회에서 많은 신도들을 앞에 두고 설교를 하듯이 힘주어 말하는 바람에 전화기가 쩌렁쩌렁 울려서 귀가 아플 지경이었다. 그러나 나는 몇 번이나 읽으려고 시도를 했다가 몇 장을 넘기면 지루하여 곧 포기를 하고 말았던 기억이 떠올라 친구 목사에게 항의하듯 이렇게 물어보지 않을 수 없었다.

"하지만 성경의 그 방대한 양을 시간이 오래 걸려 읽기는 하더라도 어찌 그 많은 내용대로 모두 순종하며 실천을 할 수가 있는가요?"

"천릿길도 한걸음부터라네. 주님은 항상 사람의 마음 중심을 보시니 욕심내지 말고 서서히 시작하되 꾸준히 하도록 하게.

성경에 '욥기'라는 글이 있는데 가문의 저주에 대해서 너무나 적나라하게 쓰여 있네. 우선 그곳부터 시작해보게. '욥기'를 읽고 난 후에 주인공 '욥'은 하나님으로부터 의로운 사람이라고 인간 최고의 평을 받았으니 그의 마음처럼 자네도 같은 마음을 가지도록 노력해보게."

나는 그길로 당장 욥기를 소리 내어 읽기 시작했다. 아내와 아들이 갑자기 소리를 내어 성경을 읽어나가는 나를 슬쩍슬쩍 훔쳐보고 웃으며 즐거워했다. 직접 말은 하지 않았으나 두 사람은 발자국 소리를 죽이고 내 방 가까이 와서 읽는 소리에 귀를 기울이곤 했다.

그런데 이건 뭔가 다르다는 느낌이 당장 나의 뇌리를 살포시 적

서왔다. 성경은 읽을수록 전에는 모르던 재미를 느낄 수 있었다. 마음의 초조와 혼란스러움이 차분하게 마치 웅덩이에 돌이 가라 앉듯 마음 깊숙이 점점 아래로 내려가는 것 같았다. 그래서 자꾸 더 읽고 싶은 마음이 일게 했다.

드디어 일독이 끝나고 다시 읽었다. 글줄 사이에 숨었던 새로운 내용의 의미가 새록새록 마음에 다시 새겨졌다. 게다가 긴장을 한 탓인지 전에처럼 결코 지루하지도 않았다.

게다가 읽을수록 점점 더 전에는 느끼지 못했던 마음의 안정이 오는 것 같았다. 나는 글에 대한 오랜만의 집중으로 세상일을 잊어서 오는 잠시 동안의 평화라고 생각했다. 하지만 이건 이상스러운 그 사건 이후 오랫동안 단 한 번도 느끼지 못했던 평안함이었다.

나는 너무나 신기하여 친구 목사에게 전화를 걸어 물어보았다.

"허허허⋯⋯. 꽤 효과가 빠르군. 성경의 말씀은 곧 하나님의 말씀일세. 천지만물을 말씀으로 지으시고 만드신 하나님의 말씀. 당연히 읽으며 깨달을수록 그 신비스러운 능력이 읽는 사람에게도 미칠 수밖에⋯⋯. 믿음이 클수록 그 오묘한 신비도 더욱 커진다네."

친구의 답변은 가끔 들어보던 그의 설교처럼 단 한 치의 빈틈도 없이 요지부동이었다. 아무리 흔들어도 꼼짝도 하지 않을 요지부동, 바로 그것이었다.

나는 마음의 평화와 안정을 찾으러 꾸준히 '욥기'를 낭독했고 일주일 남짓 되자 거의 30독쯤을 한 것 같았다. 내 생애에 처음이었다.

'욥' 이야기

옛날 우스 땅에 욥이라는 사람이 살고 있었다. 그는 온전하고 정직하여 하나님을 경외하며 악에서 떠난 자였다. 그에게 아들 일곱과 딸 셋이 있었고, 그의 소유는 양이 칠천 마리요, 낙타가 삼천 마리요, 소가 오백 겨리요, 암나귀가 오백 마리이며 종도 많이 있었으니 동방 사람 중에 가장 훌륭한 자였다.

그런데 갑자기 사탄(마귀)이 저주를 퍼붓기 시작했다. 너무나 격렬한 순식간의 일이었다.

하루는 욥의 사환이 와서 이르되 소는 밭을 갈고 나귀는 그 곁에서 풀을 먹는데 스바 사람이 들이닥쳐 그것들을 빼앗고 칼로 종들을 죽였습니다. 나만 홀로 피하여 알리러 왔습니다.

그가 아직 말하는 동안에 또 한 사람이 와서 아뢰되 하나님의 불이 하늘에서 떨어져서 양과 종들을 살라 버렸습니다. 나만 홀로 피하였으므로 알리러 왔습니다.

그가 아직 말하는 동안에 또 한 종이 와서 말하되 갈대아 사람이 세 무리를 지어 낙타를 빼앗으며 칼로 종들을 죽였습니다. 나만 홀로 피하여 알리러 왔습니다.

그가 아직 말하는 동안에 또 한 종이 와서 주인의 자녀들이 그들의 맏형 집에서 음식을 먹으며 포도주를 마시는데, 거친 들에서 큰 바람이 불어와서 집 네 모퉁이를 치매 그 청년들 위에 무너지므로 그들이 죽었습니다. 나만 홀로 피하였으므로 알리러 왔다고 했다.

이에 욥이 일어나 겉옷을 찢고 머리털을 밀고 땅에 엎드려 예배하며 이르되,

"내가 모태에서 알몸으로 나왔은즉 또한 알몸이 그리로 돌아갈지라. 주신 이도 여호와시요 거두신 이도 여호와시오니 여호와의 이름이 찬송을 받으소서."

이에 사탄이 또 다시 욥을 쳐서 그의 발바닥에서 정수리까지 종기가 나게 하였으므로 욥이 잿더미 가운데 앉아서 질그릇 조각을 가져다가 몸을 긁고 있는데, 그의 아내가 그에게 이르되,

"당신이 그래도 자기의 온전함을 굳게 지키느냐? 차라리 하나님을 욕하고 죽으라."

라고 저주를 퍼부었다. 이에 욥이 말하되,

"그대의 말이 매우 어리석도다. 우리가 하나님께 복을 받았은즉 화도 받지 아니하겠느냐?"

하고 이 모든 일에 욥이 입술로 죄를 범하지 아니하였다.

이에 욥은 갑자기 당한 자신의 기막힌 운명을 탄식하지 않을 수 없었다. 그건 바로 그의 탄생에 대한 고뇌로부터 시작되었다. 하루아침에 자식이 모두 죽고, 아내는 도망가고, 발가벗긴 듯 가진 것을 모두 잃고, 온몸에는 종기가 나서 견딜 수 없이 아프고 가려운 절망적 이 상황에서 이 세상에 태어난 것이 무진장 후회가 되었던 것이다.

"나의 난 날이 멸망하였더라면, 사내아이를 배었다하던 그 밤도 그러하였더라면, 어둠과 죽음의 그늘이 그날을 자기의 것이라 주장하였더라면, 구름이 그 위에 덮였더라면, 흑암이 그날을 덮었더라면, 그 밤이 캄캄한 어둠에 잡혔더라면, 해의 날 수와 달의 수에 들지 않았더라면, 그 밤에 자식을 배지 못하였더라면, 그 밤에 즐거운 소리가 나지 않았더라면, 그 밤이 광명을 바랄지라도 얻지 못하며 동틈을 보지 못하였더라면 좋았을 것을……"

욥은 현재의 처한 참혹한 상황에 더욱 깊이 몰입되며 그가 어찌할 수 없었던 부모에 의해 이 세상에 탄생한 깊은 후회는 실타래처럼 길게 늘어지고 있었다. 누구나 일이 너무 여의치 않을 때, 남탓과 조상 탓을 하듯 욥도 너무나 기막힌 눈에 보이는 현실을 바라보며 자기를 낳아준 부모를 원망하고 있는 것이다.

욥은 이렇게 불평하기 시작했다. 불평이 있으면 진리를 볼 수 없다고 한다. 그러나 믿음이 있는 욥은 그 불평을 모두 남이 아닌 자기에게로 돌리고 있었다.

"그런즉 내가 내 입을 금하지 아니하고 내 마음의 아픔으로 인하여 말하며 내 영혼의 괴로움으로 인하여 말하리이다."

바로 그랬다. 나는 이 대목에서 하나님으로부터 의로운 사람이라고 인정받는 욥의 진실함과 위대함을 발견할 수 있었다.

"이는 내 모태의 문을 닫지 아니하여 내 눈으로 환난을 보게 하였음이로구나. 어찌하여 내가 태에서 죽어 나오지 아니하였던가? 어찌하여 내 어머니가 해산할 때에 내가 숨지지 아니하였던가? 어찌하여 무릎이 나를 받았던가? 어찌하여 내가 젖을 빨았던가? 오, 나는 음식 앞에서도 탄식이 저절로 나며 내가 앓는 소리는 물이 쏟아지는 소리 같구나.

아, 내가 두려워하는 그것이 내게 임하고 내가 무서워하는 그것이 내 몸에 미쳤구나. 나에게는 평온도 없고, 안일도 없고, 휴식도 없고 다만 불안만이 있구나.

아, 나의 괴로움을 달아 보며 나의 파멸을 저울 위에 모두 놓을 수 있다면 바다의 모래보다도 무거울 것이라."

모든 기막힌 현실의 결과를 오로지 자신의 탓으로 돌리는 이런 욥의 훌륭한 태도를 보면서, 정직하게 말해서 내가 만약 욥이었다면 그리고 그가 겪었던 그 모든 고통들을 내가 직접 겪었다면, 아마도 나는 실망하고 주저앉아 남을 탓하며 우리의 주관자인 하나님을 향해 입이 비틀어지도록 원망과 불평을 늘어놓았을 것이라는 생각이 저절로 들었다.

가문의 저주에서 행복으로

저주 받기 전의 '욥'

욥은 의로운 사람이었고 모든 것을 골고루 갖춘 지극히 행복한 사람이었다. 그래서 그는 스스로 많은 선행을 하였으며 그 결과로 주위로부터 많은 존경을 받고 있었다. 욥은 그 좋았던 때를 회상하며 자신을 추스르고 있었다.

"그때에는 하나님이 나와 함께 계셨으므로 나의 젊은이들이 나를 둘러 있었으며, 내가 나가서 성문에 이르면 나를 보고 젊은이들은 숨으며 노인들은 일어나서 서며, 유지들은 말을 삼가고 손으로 입을 가리며, 지도자들은 말소리를 낮추었으니 그들의 혀가 입천장에 붙었었지.

귀가 들은즉 나를 축복하고 눈이 본즉 나를 증언하였나니 이는 부르짖는 빈민과 도와 줄 자 없는 고아를 내가 건졌음이라. 또 망하게 된 자도 나를 위하여 복을 빌었으며 과부의 마음이 나로 말미암아 기뻐 노래하였었지.

내가 의를 옷으로 삼아 입었으며 나는 맹인의 눈도 되고, 다리 저는 사람의 발도 되고, 빈궁한 자의 아버지도 되며, 모르는 사람의 송사를 돌보아 주었으며, 불의한 자의 턱뼈를 부수고 노획한 물건을 그 잇새에서 빼내었었지.

그래서 내가 스스로 말하기를 나는 내 보금자리에서 숨을 거두

237

며 나의 날은 모래알 같이 많으리라 생각했었지……"

욥은 이렇게 정직하고 부지런히 힘써서 모은 재산으로 고아와 과부와 노인 등 어려운 사람들을 위해 베풀고 도우며 선을 행하던 자신의 과거를 회상하며, 그런 선행을 하면서 느꼈던 보람과 만족감을 하나님이 함께 함으로 해서 가능했다며 그 공을 하나님께로 돌리고 있다.

바로 여기에서 우리는 빈자들을 위해 베풀면서도 지극한 겸손으로 임한 보통사람이 아닌 욥의 의로움을 엿볼 수가 있는 것이다.

나 역시 너무나 가소롭고 가증스런 일이지만, 음란행위를 하였지만 그래도 남편이 없는 외로운 여인들만을 골라서 저지르며 큰 죄책감도 없이 마치 그것이 나의 특권이고 모처럼 맞는 절호의 기회인양 자랑스럽게 뽐내던 바람둥이 짓을 일삼으면서도, 일말의 양심은 있어서 딴에는 좋은 일을 한답시고 주위에 늘려있던 가난한 노인, 수급자, 장애인……, 등 어려운 사람들을 돕고자 무던히 노력을 했었기 때문에 지금 욥의 마음을 조금이나마 알 수 있었다.

"고생의 날을 보내는 자를 위하여 내가 울지 아니하였는가? 빈궁한 자를 위하여 내 마음에 근심하지 아니하였는가?

내가 언제 가난한 자의 소원을 막았거나 과부의 눈으로 하여금 실망하게 하였던가? 나만 혼자 내 떡덩이를 먹고 고아에게 그 조각을 먹이지 아니하였던가?

그건 아니야, 절대로……. 실상은 내가 젊었을 때부터 고아 기르기를 그의 아비처럼 하였으며 내가 어렸을 때부터 과부를 살 길로 인도하였었어."

욥은 자신의 행위 중 혹시라도 빈궁한 그들에게 범했을 잘못을 하나하나 다시 짚어나가기 시작했다. 어려움에 떨고 있는 사람을 위해 함께 울어주지 못했는가? 빈궁한 자를 위해 근심하지 않았는가? 과부의 소원을 모르고 실망시키지 않았는가? 배고픈 고아에게 떡을 나눠주지 못했는가?……, 그러다가 결국 자신의 어려운 대상자들에게 베푼 자선과 선행에는 티끌만큼도 잘못이나 사사로운 흠이 없었음을 확신하며 안심한다.

여기서 우리는 하나님으로부터 인정받은 의로운 사람 욥의 빈자들에 대한 그 마음까지 생각하는 보살핌의 자상함에 가슴이 뭉클해지고 온몸에 햇볕을 쬔 듯 따뜻해지는 것이다. 어려운 처지의 사람들에게 존경받는 사람이 역시 거룩하신 하나님으로부터도 사랑을 받는 다는 것을 절로 느끼게 되는 것이다.

저주를 받은 '욥'

하지만, 마귀의 잔인한 저주로 세상에서 가장 행복한 사람에서 일시에 가족과 재산을 깡그리 잃어버리고 순식간에 외톨이의 알거지가 된 욥은 그 재난과 함께 동시에 임한 육신의 지독한 질병으로 신음하며 크게 절망하지 않을 수 없었다.

이 세상에 공연히 절망을 하고 싶은 사람은 아무도 없다. 하지만 지금에 처한 단 한 올의 희망도 보이지 않는 너무나 기막힌 상황이 욥을 절망의 구렁텅이로 몰아넣고 있었다. 그래서 욥은 지금의 상상을 초월하는 기구한 절망에 와르르 무너진 심정을 토로하고 있는 것이다.

"내가 누울 때면 말하기를 언제나 일어날까? 언제나 밤이 갈까? 하며 새벽까지 이리 뒤척 저리 뒤척 하는구나. 내 살에는 구더기와 흙덩이가 의복처럼 입혀졌고 내 피부는 굳어졌다가 터지기를 반복하는구나. 나의 날은 베틀의 북보다 빠르니 희망 없이 보내는구나……"

그래서 욥은 자신의 입을 금하지 아니하고, 자신의 영혼의 아픔 때문에 말하며, 자신의 마음의 괴로움 때문에 불평을 계속하겠다고 말하고 있다. 이러므로 자신의 마음이 뼈를 깎는 고통을 겪으니 차라리 숨이 막히는 것과 죽는 것을 택하겠다고 장담하고 있는 것이다.

욥은 지금 자포자기를 할 만큼 두려워하고 있는 것을 볼 수 있다. 이쯤 되면 세상에 아무리 강철같이 강인한 사람이라도 두려움과 공포에 떨지 않을 수 없는 것이 사실이다.

바로 그랬다. 나는 차라리 죽음을 택하려는 지금의 욥의 두려운 마음을 아들이 지독한 공황장애가 올 때마다 너무나 괴로운 상태가 두려워 자살을 시도하던 것과 비교하며 충분히 이해를 할 수가 있었다.

그런데 이것 또한 마귀의 장난이었다.

욥의 극한 두려움이라는 약점이 이미 마귀에게 노출된 것이 분명했다. 왜냐하면 마귀가 그 약점을 철저히 자살의 충동이라는 악한 일에 이용하고 있는 것을 볼 수 있기 때문이다. 친구 목사의 말대로 사탄과 마귀는 충분히 그럴 수 있는 악한 존재이기 때문이다. 이에 욥은 지금 진한 두려움으로 인해 마귀가 그에게 가져다준 저주의 독성이 증폭되고 있음을 볼 수 있는 것이다.

"사망의 줄이 나를 얽어매고 불의의 창수가 나를 두렵게 하였으며, 내가 잊어버린바 됨이 죽은 자를 마음에 두지 아니함 같고 깨진 그릇과 같으며, 내 상처가 썩어 악취가 나오니 내가 우매한 까닭이며 그래서 내가 피곤하고 심히 상하였으매 마음이 불안하여 신음하고 있음이라."

욥은 지금 갑작스런 절망의 소낙비에 젖어 자신이 처한 현재의 신세를 계속하여 저절로 한탄하며 되뇌지 않을 수 없었다. 나는 욥의 처지와 요즘 내가 당했던 그의 경우와는 비교할 수 없이 작지만 모진 고통이 동감이 되며 이건 분명히 보통사람은 이해하지 못할 마귀가 덮어씌운 올무라는 생각에 그의 탄식에 깊이 공감

하지 않을 수 없었다. 특히 그가 남들의 자신을 향한 근거 없이 퍼붓는 비난의 화살에 아파하는 모습이 나의 마음을 더욱 아리게 했다.

욥의 죽을 것만 같은 현재의 모진 어려움과 그래서 생명이 결코 길지 못할 것이라는 짙은 허무와 아쉬움은 처절한 탄식이 되어 이어지고 있었다.

"나는 썩은 물건의 낡아짐 같으며 좀 먹은 의복 같으니, 여인에게서 난 사람은 누구나 꽃과 같이 자라나서 곧 시들며 생은 그림자 같이 지나가며 머물지 아니하거늘, 하지만 그래도 나무는 희망이 있나니 찍힐지라도 다시 움이 나서 연한 가지가 끊이지 아니하며, 그 뿌리가 땅에서 늙고 줄기가 흙에서 죽을지라도 물 기운에 움이 돋고 가지가 뻗어서 새로 심은 것과 같거니와 장정이라도 죽으면 소멸되나니 인생이 숨을 거두면 그가 어디 있느냐?"

욥은 인생의 덧없음을 자신의 건강과 삶의 몰락에 견주어 아쉬워하면서 자신의 갑작스런 실패를 조소하고 비난하는 사람들 때문에 더욱 괴로워한다. 그 역시 사람들의 눈과 평판을 많이 의식하지 않을 수 없는 인간이란 존재이기 때문이었다.

이때, 나는 특히 열 명의 많은 자녀를 낳고 행복하게 살다가 결국 절망에 빠져 신음하는 사랑하던 남편이었던 욥의 망함과 비참함을 모질게 욕하며 아무런 미련 없이 뒤도 돌아보지 않고 바람처럼 훌쩍 떠나버린 그의 비정한 아내와 나를 사랑한다며 입버릇처럼 되뇌다가 순식간에 배신하고 떠나 전화도 받지 않는 매몰차기 그지없던 연인 정화의 처사가 닮은꼴처럼 동일시되며 나는 그의 괴로움과 부르짖는 탄식에 저절로 동참이 되고 있었다. 이런 여인들이야말로 이미 마귀에게 사로잡혀 마귀의 조종대로 움직이는 마귀의 편에 선 악녀들이라는 생각이었다.

"무리들은 나를 향하여 입을 크게 벌리며 나를 모욕하여 뺨을 치며 함께 모여 나를 대적하는구나. 나의 기운이 쇠하였으며 나의 날이 다하였고 무덤이 나를 위하여 준비되었구나.

내 눈은 근심 때문에 어두워지고 나의 온 지체는 마치 그림자 같구나.

나의 형제들이 나를 멀리 떠나니 나를 아는 모든 사람이 내게 낯선 사람이 되었구나. 내 친척은 나를 버렸으며 가까운 친지들은 나를 잊었구나. 내 아내도 내 숨결을 싫어하여 떠나갔고 어린 아이들까지도 나를 업신여기고 내가 일어나면 나를 조롱하는구나. 나의 가까운 친구들이 나를 미워하며 내가 사랑하는 사람들이 돌이켜 나의 원수가 되었구나."

예나 지금이나 인간은 그랬다. 얻을 것이 있는 자에게는 와글와글 모여들고 베풀어야 할 사람에게서 썰물처럼 떠나는 것이다.

이런 주변의 모두가 그를 멸시하며 돌아서는 와중에도 욥을 더욱 절망시키는 것은 바로 그의 완전히 허물어진 몸의 상태였다.

아무리 다시 보며 생각하고 둘러보고 또 살펴보아도 세월에 묻히고 현실에 갇힌 그의 병들어 누운 너무나 쇠약해진 몸뚱이는 지금의 위기를 좋은 기회로 바꾸기에는 눈곱만큼의 희망도 없었다.

그래서 그는 흑암에 갇힌 어둡고 고통스런 내일이 다시 오지 않기를 바라며, 더 이상 물러설 곳도 없고 더 이상 혼자서 견딜 수도 없는 그야말로 오직 절망만이 흐르는 긴 늪에 빠져 허우적대고 있을 뿐이었다.

이거야말로 작금의 정신과 육신에 빈틈없이 절망이 줄을 잇던 나의 사랑하는 아들이 겪고 있던 너무나 고통스럽던 나날들을 지켜보며 나는 욥의 괴로움에 파묻힌 마음을 약간씩이나마 이해하게 만들고 있었다. 헤아릴 수 없는 고통의 공감이었다.

"아, 내 피부와 살이 뼈에 붙었고 남은 것은 겨우 잇몸뿐이로구나. 내가 기억하기만 하여도 불안하고 두려움이 내 몸을 잡는구나. 이제는 내 생명이 내 속에서 녹으니 환난 날이 나를 사로잡음이라. 밤이 되면 내 뼈가 쑤시니 나의 아픔이 쉬지 아니하는구나.

내가 탄식함으로 피곤하여 밤마다 눈물로 내 침상을 띄우며 내 요를 적시니, 내 마음이 내 속에서 심히 아파하며 사망의 위험이 내게 이르렀도다."

지금 욥은 마귀가 조종하는 공포와 두려움의 올무에 그대로 걸려서 더욱 절망적인 불행의 나락으로 떨어지고 있었다. 나는 그의 지독한 괴로움과 두려움에서 사람을 오직 불행의 늪으로 빠뜨리기를 즐겨하는 마귀의 실체를 느낄 수가 있었다. 이건 몸소 직접 겪어봐야만 정확히 알 수 있는 너무나 고통스런 것이었다. 하나님이 우리를 돕고 있다는 것을 모를 때 이것이 바로 사람이 무턱대고 당해야만 하는 한계였다.

복을 받은 '욥'

사탄(마귀)의 저주는 참으로 참혹하기 이를 데 없었다. 욥이 평생 동안 이룬 재산과 가족까지 단숨에 잃어버리고 몸의 무지무지한 큰 질병이 그를 움직이지도 못하게 결박하고 말았다. 그는 눈깜짝할 사이에 귀인에서 깊은 병이 든 알거지로 인간 이하의 삶의 나락으로 떨어졌다. 마귀가 서슴없이 사람에게 저질러대는 지독한 저주란 바로 이처럼 이를 데 없이 고통스럽고 끝없이 집요한 것이었다.

하지만 욥은 위대했다. 찢어지는 가난과 몹쓸 병으로 고통 받던 욥은 그런 중에도 자기의 본래 성품인 선을 행하며 악인들을 철저히 경계하며 악인들에게서 멀어지려고 무진장 애쓰고 있었다.

악인들이란 의로우신 하나님께 대적하며, 공연히 사람들을 괴롭히는 것을 낙으로 삼으며, 잘못되도록 저주하며, 밥 먹듯이 악을 행하여 보통사람들을 불행에 빠뜨리는 마귀의 편에 서서 일하는 족속들이기 때문이었다.

이때, 나 역시 욥이 정의하는 악인들의 범주에서 배반한 나의 연인 정화를 발견할 수 있었다. 그녀는 자기의 너무 모가 난 이기심만을 따라 사랑한다던 연인을 갑자기 무참하게 배신하고 떠나버리며 전화까지 받지 않는 바람에 나의 생각과 가슴에 아물지 않는 깊은 상처를 남기고 말았다. 생각할수록 그녀 역시 일종의 현대판 악인이 분명하다는 생각을 지울 수 없었다.

욥은 악인에 대해 이렇게 말하고 있었다.

"악인의 빛은 꺼지고 그의 불꽃은 빛나지 않을 것이요, 그의 장막 안의 빛은 어두워지고 그 위의 등불은 꺼질 것이요, 그의 활기찬 걸음이 피곤하여지고 그가 마련한 꾀에 스스로 빠질 것이니 이는 그의 발이 그물에 빠지고 올가미에 걸려들며, 그의 발뒤꿈치는 덫에 치이고 그의 몸은 올무에 얽힐 것이며, 그를 잡을 덫이 항상 땅에 숨겨져 있고, 그를 빠뜨릴 함정이 길목에 있으며, 무서운 것이 사방에서 그를 놀라게 하고 그 뒤를 바짝 쫓아갈 것이며,

그의 힘은 기근으로 말미암아 쇠하고 그 곁에는 재앙이 기다릴 것이며, 질병이 그의 피부를 삼키리니 곧 사망의 장자가 그의 지체를 먹을 것이며……"

욥은 작심한 듯 살아오면서 그가 접하고 겪은 악인들의 행태와 실상과 그런 악에서 떠나지 못하고 계속 악을 행하여 결국 그들이 자신들의 이익만을 위하여 남을 해롭게 하다가 스스로 패망하고 말았던 여러 가지 실제로 체험한 사례들을 줄줄이 나열하기 시작

했다.

"악인은 광명으로부터 흑암으로 쫓겨 들어가며, 세상에서 쫓겨날 것이며, 악인이 이긴다는 자랑도 잠시요 경건하지 못한 자의 즐거움도 잠깐이라. 그가 재물을 삼켰을지라도 토할 것은 하나님이 그의 배에서 도로 나오게 하심이라.

수고하여 얻은 것을 삼키지 못하고 돌려주며 매매하여 얻은 재물로 즐거움을 삼지 못하리니 이는 그가 가난한 자를 학대하고 버렸음이요, 자기가 세우지 않은 집을 빼앗음이니라. 악인이 죄악을 낳음이여 재앙을 배어 거짓을 낳았도다.

고아의 나귀를 몰아가며 과부의 소를 볼모잡으며, 가난한 자를 길에서 몰아내나니 세상에서 학대받는 자가 다 스스로 숨는구나.

그의 입에서 나오는 말은 죄악과 속임이라 그는 지혜와 선행을 그쳤도다. 도둑을 본즉 그와 연합하고, 간음하는 자들과 동료가 되며, 제 입을 악에게 내어주고, 제 혀로 거짓을 꾸미며, 앉아서 제 형제를 공박하며 제 어머니의 아들을 비방하는도다.

악인들이 칼 같이 자기 혀를 연마하며 화살 같이 독한 말로 겨누고, 숨은 곳에서 온전한 자를 쏘며 갑자기 쏘고 두려워하지 아니하는도다……"

그러나 의로운 사람, 욥의 선행과 하나님에 대한 믿음의 각오는 쇳덩이처럼 굳어 절대로 변하지 않았으며, 악인들의 행위를 비난하며 경계하고 그래서 그들에게서 멀어지고자 무던히 애쓰며, 게다가 지금 줄곧 당하고 있는 친구들의 비난과 극심한 고난 속에서도 너무나 꿋꿋하여,

지금 그의 이야기를 읽고 있는 한없이 나약하여 시시때때로 실망하고 좌절하며 마음의 변덕이 죽 끓듯이 마구 변하는 나를 그만 얼굴을 똑바로 쳐들지도 못하도록 부끄럽게 만들고 있었다. 과연 그는 의인이 분명하다는 감탄이 절로 나왔다.

욥은 참으로 위대하도록 꿋꿋했다.

보통 사람은 평탄한 생활 속에서도 조금만 마음이 상하면 불평과 불만이 터져 나오기 일쑤인데 그는 갑작스레 당한 지독한 고통과 서러움 속에서도 전능자를 향한 차돌처럼 단단한 결심이 요동도 하지 않고 있는 것이다.

"결코 내 입술이 불의를 말하지 아니하며 내 혀가 거짓을 말하지 아니하리라. 나는 결코 악인을 옳다 하지 아니하겠고 내가 죽기 전에는 나의 온전함을 버리지 아니할 것이다.

내가 내 공의를 굳게 잡고 놓지 아니하리니 내 마음이 나의 생애를 비웃지 아니할 것이다.

나의 원수는 악인 같이 되고 일어나 나를 치는 자는 불의한 자 같이 되기를 원하노라."

그러면서 욥은 자기의 주위에서 끊임없이 악을 행하여 평온한 세상을 어지럽히고 힘없는 약자들을 괴롭히고 있는 악인들을 향

해서도 경고하기를 절대로 늦추지 않았다.

"네 혀를 악에서 금하며 네 입술을 거짓말에서 금할지어다. 악을 버리고 선을 행하며 화평을 찾아 따를지어다."

그러면서 욥은 죄악이 나를 따라다니며 나를 에워싸는 환난의 날을 절대로 두려워하지 않겠다고 담대한 선언을 하여 그의 결의를 더욱 굳히고 있다.

아울러 욥은 가증스러운 마귀의 저주를 받아 삶과 건강이 인생 최하의 나락으로 떨어졌음에도 불구하고 그의 하나님에 대한 굳건한 믿음에는 추호의 흔들림도 없어서,

읽는 사람으로 하여금 저절로 경외심과 존경심을 자아내고 있었다. 나 역시 이제까지 가끔 일요일이면 못 이기는 체 가족을 따라 교회를 들락거리면서 확신은커녕 엷은 믿음도 없고, 그나마 늘 술에 취했던 행동은 더욱 개차반이어서 무늬만 지극히 형식적인 교인이었던 지금까지의 내 자신이 부끄럽기 그지없었다.

욥의 하나님에 대한 지극한 믿음과 각오를 더 들어보자.

"그러나 내가 가는 길을 그가 아시나니 그가 나를 단련하신 후에는 내가 순금 같이 되어 나오리라. 나는 언제나 내 발이 그의 걸음을 바로 따랐으며, 내가 그의 길을 지켜 치우치지 아니하였고, 내가 그의 입술의 명령을 어기지 아니하고 정한 음식보다 그의 입의 말씀을 귀히 여겼도다.

그런즉 내게 작정하신 것을 그가 이루실 것이라 이런 일이 그에

게 많이 있느니라. 그러므로 내가 그 앞에서 떨며 지각을 얻어 그를 두려워하리라.

내가 언제 나를 미워하는 자의 멸망을 기뻐하고 그가 재난을 당함으로 즐거워하였던가? 실상은 나는 그가 죽기를 구하는 말로 그의 생명을 저주하여 내 입이 결코 죄를 범하게 하지 아니하였노라.

나그네가 거리에서 자지 아니하도록 나는 행인에게 내 문을 열어 주었고, 내가 언제 다른 사람처럼 내 악행을 숨긴 일이 있거나 나의 죄악을 나의 품에 감추었으며, 곧 손이 깨끗하며 마음이 청결하며 뜻을 허탄한 데에 두지 아니하며, 거짓 맹세하지 아니하였노라."

욥이 경외하는 하나님은 과연 지극히 의로우셨다.

이런 충성스럽고 믿음이 강한 사랑하는 욥을 하나님은 결코 사탄(마귀)의 저주 속에 오래 두지 않았다. 하나님은 급히 그에게 임한 사탄의 가계 저주를 끊어버리고 올무에서 놓임 받게 하시며 욥에게 큰 영광을 더하여 주시며 복 위에 또 다시 복을 쌓아 주셨던 것이다.

욥이 믿고 의지하고 있는 여호와 하나님은 바로 이런 분이시기 때문이었다.

'본래부터 스스로 존재하며, 영광과 복되심과 완전하심이 무한

하고, 그래서 자존하시며 영원하시며 불변하시며, 우리의 이해를 초월하시며, 모든 곳에 계시고 전능하시며, 모든 것을 아시고 지극히 지혜로우며 지극히 거룩하시고, 지극히 공의로우시고, 지극히 자비롭고 은혜로우시며, 오래 참으시며 인자하시며 진실하심이 풍성한 분이시다.'

이러하신 하나님이 드디어 욥을 향하여 말씀하셨다.

"너는 위엄과 존귀로 단장하며 영광과 영화를 입을지니라. 모든 교만한 자를 발견하여 낮아지게 하며 악인을 그들의 처소에서 짓밟을지니라."

그리고 하나님은 당장 욥에게 은혜를 베푸셨다. 욥이 그의 친구들을 위하여 기도할 때 여호와께서 욥의 곤경을 돌이키시고 여호와께서 욥에게 이전 모든 소유보다 갑절이나 주신지라,

이에 그의 모든 형제와 자매와 이전에 알던 모든 이들이 다 와서 그와 함께 음식을 먹고 여호와께서 사탄(마귀)을 통하여 그에게 내린 모든 재앙에 관하여 그를 위하여 슬퍼하고 위로하며 각각 케시타 하나씩과 금 고리 하나씩을 주었더라.

또 말년에 하나님께서 욥에게 더 많은 양과 재산을 주시고 아들 일곱과 딸 셋을 주시고, 그 후에 욥은 140년을 살며 손자 4대까지 보았다.

이런 욥이야말로 너무나 모질고 지독한 사탄의 저주를 승리로 이끌며 하나님의 말씀대로 여러 번의 고난이란 뜨거운 풀무 불을

통과하여 빛나는 정금이 되어 나온 하나님께 사랑받는 사람임이 분명했다.

나는 수차례 연이어서 가슴 벅찬 희열 속에서 전혀 지루한 줄도 모르고 욥의 이야기를 읽으면서 너무나 감동한 나머지 욥이야말로 바로 성경의 시편 첫머리에 등장하는 주인공과 하나도 다르지 않다는 감탄이 절로 일었다.

'복 있는 사람은 악인들의 꾀를 따르지 아니하며 죄인들의 길에 서지 아니하며 오만한 자들의 자리에 앉지 아니하고, 시냇가에 심은 나무가 철을 따라 열매를 맺으며 그 잎사귀가 마르지 아니함 같으니 그가 하는 모든 일이 다 형통하리로다.'

마침내 가문의 저주를 끊다

일상의 행복

20년 전 여러 번의 시도에도 결코 끊지 못하던 오래된 담배를 아내를 따라 처음으로 교회에 다니며 어렵게 아주 말끔하게 끊을 수 있었다. 술을 즐겨 마시는 사람의 경우는 담배를 끊기가 더욱 힘들었다. 술이 많이 취하면 무심코 끊었던 담배를 다시 입에 대기 때문이었다.

그날은 참으로 이상했다.

어느 쾌청한 가을날이었다. 구름 한 점 없이 더 높고 파아란 하늘을 바라보며 날씨만큼이나 즐거운 마음으로 출근을 하던 중이었다. 그랬는데 웬일인지 갑자기 기분이 매우 나빠졌다. 순간, 주위를 둘러보니 앞사람이 담배연기를 풀풀 흩날리며 걸어가고 있었고, 그 연기의 약간의 흔적이 나의 코로 날아들고 있었다. 그런데 그 냄새가 무척이나 싫었다.

'이건 이상하군? 어젯밤에도 술을 마시며 즐겨 피우던 담배가 아닌가?'

나는 너무나 이상하여 빠른 걸음으로 그를 앞질러 갔다. 다시 기분이 상쾌해졌다. 그 후로는 다시는 담배를 입에 대지 않았다. 나는 친구들에게 말했다.

"교회가 나의 담배를 끊어버렸어. 허허허……"

그랬는데 요즘 이상한 일이 또 일어나고 있었다.

위에서 얘기한대로 나는 초등학교 5학년 때부터 남의 집 일을 자주 다니며 어른들과 함께 농주農酒를 즐겨마셨다. 힘든 농사일에 농주는 진통제였고 힘을 북돋워 일을 여간 수월하게 만들지 않았다. 나는 일찍부터 신기한 묘약인 술의 위력을 체험하고 있었다.

직장 생활을 하면서 좋은 안주와 술과 담배와 여자가 함께하는 즐거운 자리는 저녁마다 거의 하루도 빠짐없이 수십 년 동안 이어졌다. 나는 무척 질이 잘난 술꾼이 분명했다.

나는 여가가 있으면 교회에 나가고 가끔 성경을 읽기도 했지만, 성경 속에서 자주 보는 하나님의 보좌 앞에서 거룩하다, 거룩하다……, 끊임없이 하나님을 찬양하며 찬송과 기도로 일관하는 지루한 천국생활보다는 차라리 즐거운 술자리가 널려있을 조금은 고통스러운 지옥이 엄청 더 좋다고 생각하고 있을 정도였다.

그런 나에게 요즘 갑작스런 변화가 일어나고 있었다.

먼저 교회에 꼬박꼬박 나가니 전에는 뒷귀로 흘려듣던 목사님의 설교가 마치 나를 두고 미리 준비한 것처럼 놀라우리만큼 귀에 쏙쏙 와 닿았고 찬송과 기도시간이 전에처럼 지루하게 느껴지지 않았다.

"영험이 있다는 어떤 유명 목사의 축사逐邪기도보다 지금 자네에게 필요한 것은 하나님에 대한 산제사야, 즉 평소의 올바르고 성실한 삶으로 드리는 살아있는 제사를 이름이지. 기도는 우리의 숨결이고 성경읽기는 영혼의 양식이며 찬송은 주님께 기쁨을 올려드리는 것이라네. 여기에 하나를 더하라면 범사에 감사하라는 것일세. 범사는 기쁠 때와 슬플 때를 막론하라는 뜻이고……"

친구 목사가 약간의 안정을 찾으며 최근 조금씩 그의 눈에 긍정적으로 변화되고 있는 나의 모습을 그윽한 눈길로 바라보며 이렇게 말했었다. 그의 말대로 내가 요즘 빠르게 바뀌어가며 늘 좀이 쑤시도록 지루했던 예배시간에서 지금은 인생의 참가치를 새롭게 느끼고 그에 따른 보람과 환희를 맛보고 있었다. 이건 내 스스로 생각해도 매우 신기한 일이었다.

그에 따라 술자리가 점점 뜸해지더니 그보다 급히 나에게서 점점 멀어지며 그토록 즐기던 술이 빠르게 그 알싸한 맛을 잃어갔다. 이건 내 평생에는 도저히 있을 줄 몰랐던 최근에 처음 느껴보는 이상한 현상이었다.

이에 비해 나의 바깥세상은 더 빠르게 마치 쏜살같이 문을 닫으며 멀어지고 있었다.

주위에 말을 걸어오고 매우 친한 체하며 한번쯤 사겨보겠다고 추파를 던지던 여인들이 요즘 너무나 바쁜 일이 생겼다며, 갑작스레 관심이 없어졌다며, 자신만의 길을 가겠다며……, 이 핑계 저 핑계를 주저리주저리 늘어놓으며 하나 둘씩 바람이 빠지듯 사라져갔다. 곧 이어 내 주위에는 비슷한 나이 또래의 모든 여성들이 썰물처럼 사라지고, 저음의 굵은 남자들의 큰 목소리만 웅웅거리며 귀에 들려왔다. 그토록 붐비던 여자가 없이 너무나 말갛게 텅 빈 내 주위는 고요하다 못해 적막이 흘렀고 오히려 쓸쓸하고, 허전하고, 외로울 지경이었다. 이건 실제로 경험한 사람만이 느낄 수 있는 진한 감정이었다.

'아, 이건 기도의 효과가 너무 빠르군. 음란의 죄에서 멀어지게 해달라고 기도했는데 먼저 썰물처럼 모든 여자들이 눈앞에서 말갛게 사라지고 말다니?'

이럴 때 남자들이라고 결코 크게 다르지는 않았다.

만나면 늘 함께 술을 즐기던 친구들은 이제 도통 술을 즐기지 않게 된 나를 이상한 눈으로 바라보며 재미없어 했고, 이렇게 밍밍한 맛없는 차나 마시고 밥만 먹는 싱겁고 무미건조한 만남이 몇 번씩 반복되자 서로 간에 저절로 연락이 끊기고 말던 것이었다. 이것 또한 술로 맺어진 친구 관계의 너무나 허무한 일면이었다.

그 대신에 나는 교회에 더욱 충실해지며 교우들과의 관계가 차츰 돈독해지고 있었다. 너무 무미건조하다고 생각했던 그들이었으나, 빠르게 그들에게 물들어가며 차츰 서로 신앙에 대한 토론이 열기를 더해갈수록 점차 나의 겉모습부터 신실한 신앙인으로 여물어가고 있다는 믿음이 왔다. 술을 마실 때는 너무 늘품이 없이 고리타분하다고 생각했던 교우들도 접할수록 겸손하고 이해심이 깊고 가슴이 넓다는 생각이 들었다.

이로 볼 때 나는 결코 겉과 속이 다른 이중인격적인 사람은 아니었으므로 거죽의 바뀜과 마찬가지로 알맹이도 점점 믿음으로 채워지고 있는 것이 분명했다. 그건 너무나 유별난 이방인이었던 나의 경우엔 예상보다 매우 발 빠른 대단한 변화였다.

이뿐만이 아니었다.

남자는 바깥의 술자리에서 멀어지면 가정에 충실해지는 것이 분명했다. 바로 나의 경우가 그랬다. 나는 곧 아내와 아들이 저녁마다 드리던 가정예배에 동참하게 되었다. 가정예배는 물론 하나님께 드리는 예배였지만 가족 간의 깊이 있는 대화가 주를 이루었다. 서로 돌아가며 올리는 기도의 말도 물론 그랬지만 예배가 끝나고 나면 서로의 평소 가슴깊이 쌓였던 서로에게 하고 싶었던 말과 숱한 애로사항이 술술 흘러나왔다. 대부분 지금까지 내가 뒷귀로 흘려들으며 주의를 기울이지 않던 내용들이었다.

그 중에서도 조현병(정신분열병)과 공황장애와 환청과 환시 등 각종 깊은 정신질환에 더하여 허리협착증, 목뼈이상, 관절염 등 여러 가지 육신의 중한 병까지 겹친 아들의 상태는 실로 그 진한 고통이 눈물을 자아내기에 충분했다. 이제까지는 단지 아들의 개인적 병에 따른 문제라고 억지로 외면하던 사항들이었다. 점점 사랑으로 엮여져 나에게로 다가오는 아들의 너무나 모진 괴로움에 지친 나머지 늘 자살을 생각하며 수시로 시도하는 기막힌 상태는 결코 요즘 읽은 욥의 기막힌 상황에 못지않았다.

"전에 자주 듣던 자네 문제에만 집착하여 자네와 헤어진 연인과의 문제와 자네의 심한 속앓이만을 이야기 했지만, 곰곰이 다시 생각해보니 이번의 문제는 자네 집안과 아픈 아들이 굴비처럼 함께 엮여서 연계된 마귀의 장난이 분명하다네. 이건 바로 자네의 오랜 음란의 문제로 촉발된 가문의 저주야⋯⋯"

갈수록 친구 목사가 하던 말이 더욱 가까이, 더욱 강하게 나의 멍한 가슴을 두드려대고 있었다. 동시에 아들의 아픔과 진한 고통이 내가 직접 앓는 병처럼 나에게로 급히 전해져왔다. 나는 가슴속으로 보이지 않는 눈물을 줄줄 흘려야 했다.

그럴 때마다 나는 기도할 수밖에 없었다. 길을 걸을 때도, 일을 할 때도 나의 입에서는 쉬지 않고 기도소리가 흘러나왔다. 아들과 딸을 위해 기도했고, 주위에 여러 가지 짙은 병으로 고통 받는 친구들과 이웃들의 이름을 불러가며 치유를 해달라고 간절히 기도

했다. 기도의 순서나 형식에는 개의치 않았다.

'이와 같이 성령도 우리의 연약함을 도우시나니 우리는 마땅히 기도할 바를 알지 못하나, 오직 성령이 말할 수 없는 탄식으로 우리를 위하여 친히 간구하시느니라.(로마서8:26)'

나는 이 말씀을 마음 속 깊이 새기고 나의 기도가 서툴더라도 마음의 중심만 바르고 간절하다면 결국 주님께 상달될 것이라 믿고 있었기 때문이다.

또 성경읽기도 절대 게을리 하지 않았다. 아침에 일어나면 10장 내외, 저녁에 집에 돌아오면 먼저 10장 내외의 성경을 가능한 또렷한 목소리로 소리 내어 읽었다.

가정예배 때는 물론 걷고 일하면서, 기회가 있을 때마다 찬송을 불렀다. 일단 몇몇 아는 찬송과 요즘 새로 배운 찬송을 서투른 솜씨로 즐겁게 불렀다.

그러면서 하나님의 복음을 친구들이나 친지들에게 전하려고 무던히 애쓰고 있었다. 지금 내가 처한 어려움을 이겨내고 아픈 아들을 건강으로 이끌어내기 위해서는 말씀을 전하는 것이 최상의 방법이라는 생각에 마치 목표한 큰 실적이라도 쌓아가듯 예수님을 믿는 것이 바로 행복의 지름길이라고 힘주어 말했다.

이때, 나는 세상에서 어려운 일 중의 하나가 나의 생각을 바꾸는 일인데 더욱이 남의 생각을 바꾸기란 더욱 어렵다는 것을 실감했고, 전도를 위해 남에게 내 말을 귀담아 듣게 하는 비결은 바로 먼저 상대의 말을 경청하고, 나를 더욱 겸손하게 낮추고 또 여러 가지 방법으로 상대를 이롭게 하는 것이라는 사실을 깊이 체험할 수 있었다.

드디어 깨달음이 왔다.

이렇게 진정한 기도와 함께하는 참신한 삶이 한동안 지속되자 나는 그렇게도 잊지 못하고 생각할 때마다 분노와 미움과 시기와 질투가 마구 솟구치던 너무나 매몰차게 떠나버린 연인이 서서히 이해가 되기 시작했다. 이번 사건은 그녀가 앞장서서 너무나 비인간적으로 저지르긴 했지만, 이건 결코 그녀의 문제가 아닌 바로 나에 대한 저주에서 비롯되었다는 인식이었다. 그녀를 악녀로 만든 것은 바로 나의 음란의 죄에 대한 마귀들의 교묘한 술책임이 분명하다는 생각이었다.

이런 의식의 변화와 함께 나는 차츰 그녀가 불쌍하게 생각되며 실제로 통화가 되지 않아 진노와 막말을 퍼붓지는 못했지만, 속으로는 그녀를 그 이상으로 미워하고 증오했었다. 그러나 한 사람의 신앙인으로서 형식적으로는 늘 그녀의 행복을 기도했었다.

하지만 내 마음의 깊은 내면은 그녀의 불행을 바라는 마음이 더 컸었던 것이 분명했다. 그녀에게 당한 상처가 너무 컸으며 너무나 갑작스럽고 악랄한 헤어짐으로 인해 당한 고통이 너무나 심했기 때문이었다.

그러나 요즘 날이 갈수록 그녀를 증오했던 데에 대한 미안함과 죄책감과 가련한 생각이 자주 들며 이제는 진정으로 그녀의 행복을 비는 기도가 흘러나왔다.

하지만 역시 뿌리가 없이 술집에서 만난 연인은 순간 아무리 서로 좋아했다고 해도 이런 비참한 결과를 당하고 보니 마귀의 저주와 관계없이 인간적으로 뭐가 달라도 많이 다르다는 생각은 변함없이 콘크리트처럼 굳어갔다.

꿈에도 상상조차 못하던 기막힌 사건이 일어나고 날마다 방황하며 잠을 이루지 못해 먹고 있던 수면제와 신경안정제는 기도생활이 시작되면서 조금씩 줄여는 갔으나 여전히 먹지 않고는 잠을 이룰 수가 없었다. 약을 끊어보겠다는 일념으로 때로 약을 먹지 않으면 밤중 내내 신경이 잔뜩 곤두서며 이리저리 뒤척이며 도통 잠이 오지 않아 그 다음날은 머리가 어질어질 아프고 마치 허공을 걷는 것처럼 어지러워 생활이 엉망이 되고 말았다.

'수면제는 내성이 강한 약이라던데 어찌하든지 빨리 끊어야만 해.'

이 생각은 언제나 나를 떠나지 않았고 그럴 때마다 나는 작심하고 약을 줄여나갔다.

드디어 내 딴에는 착실한 기도생활 넉 달째, 신경안정제와 수면제를 각각 한 알씩으로 줄일 수 있었다. 그러면서 약을 완전히 끊을 수 있다는 자신감은 배가 되었다. 하지만 그때부터 약은 좀처럼 더 줄일 수가 없었다.

주위에서 몹시 초조해하며 안타까워하는 나를 향해 약을 먹지 않고 잠을 설치기보다는 약을 먹고 숙면을 취하는 것이 건강에 더 좋다는 충고가 잇따랐다.

'아, 이까짓 단 할 알의 약을 끊지 못하고 안절부절 헤매다니? 나는 의지가 약한 사람이야.'

이때, 마침 신문을 보다가 수면에 좋다는 약, 건강식품, 침구, 차……, 등 여러 가지 다양한 민간요법에 대한 홍보가 너무도 많은 것을 발견했다.

'아하, 세상에는 밤마다 숙면을 취하지 못하고 뒹구는 사람들이 이토록 많은 모양이로구나.'

나는 그 중에서 드림티라는 비교적 값이 싸고, 먹기에 편하고, 인체에 해가 없다는 차를 샀다. 과연 수면제와 함께 잠자기 전에 따뜻한 차를 한 잔 마시고 누우니 이내 잠이 왔고 다음날 일어나니 숙면을 취한 듯 머리와 몸이 무척 개운했다.

며칠 동안 이렇게 병용을 하다가 이번에는 용기를 내어 신경안정제를 끊고 수면제와 차를 마셨고, 또 며칠 후에는 수면제 한 알을 반쪽으로 쪼개어 차와 함께 먹다가 또 며칠 후부터는 차를 마시지 않고 반쪽의 수면제만 먹었다. 그러기를 몇 주일쯤 견디다가 차츰 적응이 되자 결국 그 마지막 반 알의 수면제마저 먹지 않았다.

"사랑과 자비가 풍성하신 하나님 아버지시여, 오늘밤도 저에게 수면제 없이 숙면을 취할 수 있도록 평강의 은혜를 부어주시고 성령님의 임재가 단비처럼 저의 머리와 가슴을 촉촉이 적셔주시옵소서……"

수면제 없는 밤들을 간절한 기도로 이겨내고자 했지만 며칠 동안은 새벽까지 잠이 오지 않아 수면제에 자꾸만 눈길이 가고 손이 갔으나 결국 수면제 없이도 그런대로 잠을 이룰 수 있게 되었다. 거의 7개월쯤 되었을 때였다. 여러 가지 많은 약을 먹는 사람에게도 하나의 작은 알약을 줄이는 것이 이토록 힘들었다. 그만큼 보람도 컸다.

나는 그토록 내성이 강한 그 질긴 수면제를 끊을 수 있도록 나의 소원을 들어주신 하나님께 감사하지 않을 수 없었다. 수면제를 완전히 끊고 나니 더욱 믿음이 새로워지며 내 자신이 자랑스러워지며 매사에 자신감이 무럭무럭 솟아올랐다.

아들의 정신병의 저주

이건 두고두고 너무나 절망적이지 않을 수 없었다.

부모와 자식, 한번 맺은 인연은 목숨이 다하는 영원까지 끊임없이 지속되는 관계가 바로 부모와 자식 간인 것이 분명하다. 그래서 우리는 가장 경외하는 전능자를 하나님 아버지라고 부르며 또

한 그로부터 지극한 사랑을 기대한다. 이런 가장 가까운 가족관계는 육적으로 맺어져 이루어진 우리의 가족관계에서도 중요하기 그지없다. 가족은 평생을 두고 가장 가까이 함께 살아가기 때문이다.

그런 중요하고 사랑하는 아들이 너무나 삶이 괴로운 나머지 지금까지 수십 번의 자살을 시도하여 죽음의 문턱에 이르는 사선死線을 수시로 넘나들며, 오랜 정신없는 가출과 방황 그러다가 구사일생으로 발견되면 곧바로 다시 감옥 같은 정신병원의 그 지긋지긋한 폐쇄병동에 갇히는 생활을 수차례 거듭하고 있었다.

이건 분명히 그랬다.

마치 성실하고 화려하게 살던 욥이 사탄의 저주로 인하여 인생 최하의, 최악의 삶의 고통을 겪으며 죽지 못해 잿더미에 뒹굴며 옹기조각으로 온몸을 긁으며 이어가던 것처럼, 나의 사랑하는 아들 역시 어릴 때부터 전자오락게임에 빠져 날마다 오락에 탐닉하였지만 용케도 공부하는 모든 학생들이 들어가기를 소원하던 최고의 명문대학에 입학은 하였으나,

이내 그 모진 정신병의 덫이 그를 덮쳤고, 할 수 없이 유치원생처럼 엄마의 손에 이끌려 학교에 다녀서 겨우 졸업은 하였지만, 지금까지 하루가 아니라 잠시도 안정되고 평화로운 시간이 없이 차라리 죽는 것보다 못한 고통의 구렁텅이에 빠져서 허우적대는 질고의 나날을 살아가고 있었던 것이다.

대부분의 심한 정신병에 먹는 약이라는 것은 복용하면 토할 것 같이 속이 매우 느끼하고, 매스껍고 또 그 독한 약기운에 오래 취하여 어렴풋이 잠에서 깨어나도 무진장 뒤척이며 잠자리에서 쉬 일어나기가 무척 어려우며, 신체 리듬과 생활 전반에 각종 부작용이 많아서 많은 환자들이 먹기를 꺼려하고 있었다. 그러다가 약을 꾸준히 잘 복용하면 환자는 또 흔히 자기 병이 완전히 치유가 되었다고 착각하고 섣불리 약을 끊어버리기 일쑤였다.

그래서 한동안 약을 먹지 않으면 병은 걷잡을 수 없이 도지고 악화되어 환자는 완전히 다른 사람으로 변해 이상한 행동을 하게 되고, 때로는 자살, 살인 등 다시 돌이킬 수 없는 큰 사고를 저질러서 세상을 깜짝 놀라게 하는데,

아들 정빈이는 이럴 때마다 무턱대고 몰래 가출을 하는 버릇이 있었다.

아무런 준비도 없이 충동적으로 정신없이 집을 뛰쳐나간 아들은 우울증의 조증 증세가 발동하면, 하루 저녁에도 호텔을 여러 곳 전전하며 예약을 하지만 잠은 자지도 못하고, 상습적으로 다니던 오락실에 가서 수백만 원을 주고 연간 사용 예약을 몇 곳에나 하며 이리저리 카드를 마구 남발하고 다녔다.

그러다가 곧 울증 증세가 발동하면 금세 날갯죽지가 꺾인 새처럼 길옆에 거지처럼 쭈그리고 앉아서 옴짝달싹도 하지 못하고 마치 멍 때리기 시합을 하는 사람처럼 멍청하게 하염없이 하늘의 떠

가는 구름과 오가는 사람들을 바라보기 일쑤였다.

그러나 정신병자의 가출은 설사 남에게 피해는 주지 않더라도 이렇게 정신이 없어 잘 먹지도, 잘 자지도 못하면서 마치 악령에 씌어 이끌려 다니는 사람처럼 무진장 방황하며, 집으로 돌아올 줄은 전혀 모르고 밤낮 거리를 마냥 헤매고 다니니 건강이 쉬 무너질 수밖에 없었다.

악령, 분명히 그랬다. 아들은 항상 중얼거리며 마귀의 조종을 받으며 마귀가 시키는 대로 이끌려 다니는 꼭두각시였다. 어느 정도 입원하여 정신이 돌아오면 악몽 같던 그 과정을 그렇게 진술하곤 했다.

이렇게 되면 정신병은 더욱 악화되어 머릿속에서 병 나름대로의 진화를 거듭하여 더럽고 냄새나는 것에 새카맣게 파리가 달라붙고 벌레가 슬듯 여러 가지 유사한 질환이 빠르게 추가되어 환자의 상태는 더욱 급하게 그야말로 엉망진창으로 망가져버리고 말았다. 오랫동안 깊은 병을 앓아온 아들 정빈의 요즘 경우가 바로 이랬다.

처음의 발병 초기에는 약간의 우울증에 조현병이 있다고 했는데, 20년이 지난 지금에는 그 본래의 병이 더욱 심하게 악화된 데다가 공황장애와 강박증, 환청과 환시와 환촉이 겹치고, 거기다가 또다시 이름 모를 이상한 증세의 병들이 추가로 발병하여 정신과 의사도 감당이 어려워 혀를 내두를 정도로 여러 가지 병이 혼합되어, 아들은 그야말로 밤새도록 잠을 못 이루고 온종일 정신과 육신의 온갖 병마가 퍼붓듯이 주는 기막힌 고통 속에서 긴긴 하루를 힘겹게 억지로 견뎌내고 있었다.

여기다가 나의 아들은 너무나 잦은 장기간의 가출과 길거리의 방황 그러나 어머니의 잠을 망각한 간절한 기도로 구사일생으로 겨우 발견되는 즉시 시작되는 정신병원의 폐쇄병동에 갇힌 생활이 수차례 거듭하여 이어졌다. 이런 모질고 험난한 세월이 아들의 나이 마흔이 되도록 오늘도 끊임없이 되풀이 되고 있었던 것이다.

정신이 아프면 당연히 이로 인해 못 먹고, 못 자고, 추위에 떨며 자신의 건강관리에 소홀하여 지금은 정신뿐만 아니라 육체적 병도 너무나 많이 발병하여 과히 자신의 몸을 종합병원이라 부를 정도로 엉망이 된 온몸을 지독한 통증이 벌집처럼 마구 쑤셔대고 있었다.

거기다가 10여 년 전부터 아버지인 내가 대학 때부터 앓아온 당뇨병이 고스란히 아들에게 유전되어 아들도 당뇨병으로 인슐린주사에 의존하고 있었고, 근래에 발병한 척추협착증으로 잘 앉지도 못하는 고통을 겪고 있으며, 목뼈 이상으로 목을 가누기 어렵고 양팔의 사용이 어려우며, 무릎과 발목뼈의 관절염으로 절뚝거리며 심한 통증을 참아가며 겨우 걷고 있었다.

또 위장장애와 역류성식도염이 심하여 자주 토하며 소화가 잘 안되고, 대장질환은 물론 대소변을 보기가 거북하여 배뇨와 배변 시마다 심한 고통을 느끼며, 이밖에도 여러 가지 병들이 이미 만신창이가 된 그의 몸을 초토화시키며 괴롭히고 있었다.

특히 요즘 더욱 심해진 공황장애는 환시와 환촉의 작용을 통해 마귀가 여러 놈 출현하여 아들이 싫어하는 짓만을 골라서 아들의 입을 벌리고 남자의 큰 성기를 강제로 마구 집어넣어 구토를 일으키고, 너는 살아갈 가치가 없는 놈이니 빨리 죽으라고 환청으로 독촉을 하여 아들은 수시로 마귀의 명령을 듣고 고통을 이기지 못하고 자살을 시도하던 것이었다.

다행히 아들은 기도생활이 길어지면서 최근에는 자신에게 달려드는 마귀의 정체를 알아차리게 되었고 그래서 마귀에 대항하여 대적기도를 열심히 하고 있었다. 그러나 마귀는 너무나 지독하고 집요하여 밤낮도 없이 수시로 달려들어 온갖 방법으로 아들의 정신을 혼미하게 만들고 갖가지 술수로 마치 해산이 임박한 여자 같이 다양한 고통을 주어 지겹도록 아들을 괴롭히고 있었다.

중증의 정신병과 잠시도 편할 짬이 없는 육신의 고통으로 아들은 늘 이제 인내의 임계점에 도달하였다며 자포자기의 단말마적 탄식과 함께 쉼 없이 깊은 한숨을 토해내고 있어 함께 살고 있는 가족은 물론이고 주위의 그를 보는 모든 사람들로 하여금 안타까움을 금하지 못하게 하고 있었다.

그럼에도 불구하고 나는 아직까지 아들은 현대의학으로는 도저히 고칠 수 없는 고질병 환자라고 미리 단념하고 멀찍이 서서 마치 사랑하는 아들이 남의 아들이라도 되는 듯 건성으로 걱정하며, 겉으로 마음 아파하는 체하며 방관을 하다시피 하였었다.

뿐만 아니라 이제까지 나는 홀로서 비교적 건강한 몸으로 늘 밤을 새워가며 술 마시고, 담배 피며, 노래하고 춤추며, 아내 외의 많은 여자를 연인으로 거느리고 살아가던 것을 나의 타고난 특별한 복운이라 생각했고 매우 자랑스럽다고 느꼈다.

그러나 다행인지 불행인지 이제야 갑작스런 연인과의 모진 이별의 아픔을 겪으며 도무지 가슴 아픈 지독한 너무나 오랜 후유증에서 놓임을 받지 못해 그야말로 반쯤 미치광이가 되어 이리저리 방황하다가,

이건 필시 눈에 보이지 않는 어떤 영적인 문제가 개입되고 있다는 것을 느끼게 되었는데, 나는 나름대로 남들이 권하는 여러 번의 용하다는 점쟁이와 주술사들에게 그 원인을 알아보다가, 특히 기도의 능력이 탁월하다는 친구 목사를 통해 그것이 바로 음란의 저주라는 것을 알게 되었다.

너무나 놀랍게도 아픈 아들과 병이 난 딸의 문제 역시 가족이란 이름으로 굴비처럼 한 꾸러미에 엮인, 그런 저주를 받을 만큼 많은 일을 저지른 당사자인 다른 누구도 아닌 바로 나로 인하여 발생한 가문의 저주임을 확신하게 되었고, 그런 믿음은 요즘의 충실

한 가정생활과 더욱 간절해진 나의 신앙생활의 기도를 통해서 시간이 갈수록 단단히 굳어지며 구체화되고 있었다.

가문의 저주!

저주는 너무나 다양한 형태로 보통사람에게 임하여 본인은 물론 자식과 손주들에 이르기까지 그 가문을 불행의 구렁텅이로 몰아넣고 쉴 새 없이 이어지는 여러 가지 고통으로 초토화시키는, 그러나 사람의 눈에는 보이지 않는 귀신의 작용이다. 사람들은 그 정체를 모르고 흔히 타고난 운명이니, 팔자니, 나의 우연한 실수와 잘못으로 인한 당연한 결과물이라고 체념하며 돌려버리려고 한다.

그러나 흔히 윗대 조상이나 부모로부터 물려받은 그 저주가 나 한사람만의 불행으로 당대에서 끝나지 않고 사랑하는 자식과 귀여운 손자들에게까지 이어진다는 것을 알게 되면 누구나 그 지독한 저주에 몸서리치며 어찌하든지 그 저주의 올무를 끊어버리려고 어떤 노력이라도 할 것이 분명하다.

더욱이 그 저주의 실체를 제대로 알기만 하면 쉽게 탈피하고 끊어버릴 수 있는 방법이 있음에랴? 두 말할 나위도 없는 것이다.

지독한 가난, 잦은 이혼, 자신도 몰래 자주 내뱉는 습관적인 거짓말, 대를 이어 이어지는 가증한 질병, 상습적인 술주정, 게임과 도박의 탐닉, 마약을 비롯한 각종 중독, 음란한 행위, 배신과 배반, 정도를 넘는 가증한 범죄, 자살, 잦은 폭력……. 어두운 마귀의 세력들이 착하고 선하게 살려고 노력하는 사람들을 불행의 늪에 빠뜨리고 그 행복을 파괴하려는 책동은 가히 끝이 없다.

그러나 영적인 눈이 열린 사람은 그런 음침하고 어두운 악의 세력들의 정체를 훤히 볼 수 있으며, 나와 같이 무지한 보통사람도 참된 신앙의 믿음을 통하여 나를 올가미처럼 옥죄고 있는 저주의 실체를 어렴풋이 느끼다가 믿음이 강해질수록 더욱 확실하게 알게 되던 것이었다. 눈에 보이는 세상보다 더 크고 더 넓은 눈에 보이지 않는 세계는 이처럼 신묘하기 이를 데 없는 것이다.

그러나 그보다 실제로 더 중요한 것은 나의 과거의 교만한 생각과 오만한 행위를 버리고 평소 생활의 꾸준한 개선과 혁신을 통하여, 신앙의 꾸준한 실천과 돈독한 믿음을 실천하여 나에게 임한 지긋지긋한 저주를 말갛게 끊어버려야겠다는 결심이 굳어지게 하던 것이었다.

조상으로부터 물려받은 저주가 아닌 바로 당사자인 내가 큰 죄의식도 없이 오직 육체의 정욕을 따라 그것이 마치 나에게 주어진 사나이의 특권인양 마구 저질러댄 술 취함과 음란이란 나의 큰 죄로 인하여 아무것도 모르는 죄 없는 식구들의 현재 삶이 피폐함은 물론,

내가 사랑하는 아들의 운명까지 행복과는 거리가 먼 진한 고통 속에 신음하는 마치 지옥과 같은 삶으로 뒤바뀌게 하였다는 죄책

감에 대한 참회와 회개가 절로 우러나오게 했다.

나는 누구보다 앞장서서 수많은 죄악을 직접 저지른 현행범이었던 사실을 거울삼아 이제야말로 개과천선을 해야겠다는 결심이 점점 굳어지던 것이었다. 나아가서 나무 한 그루가 백만 개의 성냥개비를 만들지만, 단 한 개의 성냥개비가 백만 그루의 나무를 불사르듯 나도 하나님의 말씀을 전하여 술에 취하고 음란에 빠진 수많은 동지들의 죄를 말끔히 불사를 한 개의 성냥개비가 되고 싶어졌다.

보통사람들이 결코 겪어보지 못한 내 눈에 훤히 보이는 아들의 너무나 큰 고통이 지금 눈에 보이지도 않는 믿음을 통하여 나를 서두르듯 급하게 기도하는 사람으로 변화시키고 있었다.

과연 믿음은 그랬다.

구름에 가려진 태양이 당장 눈에 보이지 않아도 지금 하늘에 있다는 것을 알 듯, 사랑하는 사람 사이에 보이지 않는 사랑이 존재하듯, 눈에 보이지 않는 하나님은 지금도 하늘에서 우리들을 위하여 세상이란 맷돌을 부지런히 돌리고 계시다는 것을 믿는 것이다.

이와 아울러 세상의 보통사람들이 또 수많은 의사들이 또 더욱 많이 배운 사람들일수록 모두가 고개를 흔들며 입을 모아 말하는 내 아들의 정신병은 말 그대로 중증장애이므로 장애는 절대로 개선되거나 더욱 고칠 수는 없다고들 하지만,

나는 지금 온가족이 힘을 합쳐 기도로서 그 불치의 병을 분명

히 고칠 수 있다는 확신이 서서히 마치 스펀지가 물을 빨아들이듯 뇌리를 촉촉이 적시고 있는 것이다. 전능하신 하나님은 능치 못할 일이 전혀 없다는 말씀을 확신하며, 기도에는 보통사람을 희망적이고, 긍정적이며, 강하게 만드는 능력이 잠재되어 있는 것이 분명하다는 생각이었다. 그래서 하루라도 더 빨리 아들을 오랜 고질병의 올무에서 놓임 받을 수 있도록 많은 사람들에게 중보기도를 요청하며 아들과 함께 우리 세 식구는 오늘도 간절하게 기도하고 있는 것이다.

"주님이시여,

언제까지니이까?

저의 기도와 간구가 이루어져

성령께서 임재 하시어

마음의 지극한 평안을 얻고 아들과 저의 깊은 병이

씻은 듯이 떠나는 날은 언제인가요?

주님께서 좋아하신다는 베풂의 생활과 전도는 하고 있습니다만

저는 아직 주님의 음성을 듣지 못하였나이다.

사랑의 주님이시여,

어서 제게로 오셔서 더 큰 은혜를 베풀어 주시옵소서

저를 가득한 희망으로 이끌어 주시옵소서. 아멘. 아멘."

땅 위의 천국에 사는 사람들

나는 하나님의 말씀과 성령의 임재만이 나의 오랜 당뇨병과 그에 따른 고혈압, 고지혈증, 망막증, 신장병, 심장질환 등의 합병증은 차치하고라도 오직 내가 저지른 음란의 저주로 인한 아들의 지독한 정신병을 고칠 수 있다고 믿고 아들에게 그 큰 은혜가 하루빨리 임하기를 간절히 간구하며 또 간구하고 있었다.

이제 아들의 고통은 나의 것이 되었고 아들에게 치유의 은사가 임하는 날, 아들이 아니라 바로 내 자신이 그 진한 고통의 굴레에서 놓임을 받는다는 생각이었다.

"주님, 죄 많은 저의 죄를 용서하시고, 저희들의 죄를 대신 지시고 십자가에 못 박혀 피 흘리며 돌아가신 그 자비심으로 아들의 영육 간에 강건함을 주셔서 하루 속히 아들이 그 모진 병의 올무에서 놓임 받게 하여 주소서……"

나는 밤낮 이 기도를 입에 달고 다니며 아들에게 하나님의 은혜가 임하기를 간구했다. 그러면서 가장 빠르고 효과적인 방법은 일찍이 성령이 임재한 사람들을 찾아서 그의 생각, 그의 행동, 그의 기도 방법과 시간, 그의 복음 전파, 그의 봉사……, 등 그가 꾸는 꿈속까지 알아내서 그의 모든 것을 그대로 베끼듯이 배워서 그대로 실천을 할 요량이었다.

그래서 나는 요즘 열심히 기도를 하면서 어찌하던지 나보다 더욱 열심히 기도하여 하나님의 은혜를 성취한 나를 앞선 기도의 선배들을 찾아다니던 중이었다. 그런데 '구하라, 그러면 네게 주실 것이다……'라던 말씀이 정말로 실현된 것일까? 아니면 우연이랄까? 하나님의 자비와 은혜와 도움이랄까? 실재로 성령의 임재로서 병에서 놓임 받고 지극히 마음의 평정을 얻어서 마치 이 땅 위의 천국생활을 하고 있는 사람들을 의외로 내 주변 가까이서 만날 수 있었다.

바로 이러던 어느 날이었다.

나는 친구 목사가 일러준 대로 욥의 이야기를 여러 번 읽고 나자 드디어 왜 나의 절친한 친구 목사가 나에게 이 글을 읽게 하였는지 그 이유를 알 수가 있었다. 성경의 말씀이 어느 한마디 소홀한 곳이 없겠지만 지금의 나의 경우엔 가계의 저주로 고통 받다가 하나님의 은혜로 기사회생한 욥의 경우가 바로 희망의 가늠자 역할을 했다는 확실한 감이 잡혔다.

며칠 전 나와 친구 목사가 함께 오래 전부터 알고 지내던 명곤이에게서 전화가 왔다.

"형님들, 왜 요즘은 소식도 없고 찾아오지도 않는 거예요? 보고 싶어요……"

그의 목소리는 아직도 역시 굼벵이가 기어가듯 느리고, 혀가 꼬인 듯 발음이 부정확하고, 목구멍으로 다시 기어들어가듯 가늘고 작았으며, 그나마 힘이 하나도 없어서 알아듣기가 여간 거북스럽지 않았다.

그도 그럴 것이 그는 중증장애자였다. 갓난아기 때 그가 장애가 있는 것을 알고 있던 그를 낳은 부모가 그를 남의 집 대문 앞에 버렸고, 가난한 부부가 그를 업둥이라고 데려다가 자기 아이들과 함께 길렀다.

그는 어른이 되어서도 앉기는커녕 비스듬히 누워서 살아야 하는 전신장애자였다. 그래도 두뇌는 보통사람과 같이 명석한 편이어서 불편한 몸으로 학교는 못 다니고, 혼자 누워서 검정고시로 초등학교와 중고등학교의 자격을 갖추었고, 때마침 장애인바우쳐제도가 시행되어 가난한 중증장애자인 그에게 장애인보호사 도우미가 파견되고, 그 도우미의 도움으로 대학의 국문학과를 졸업하고 드디어 신춘문예를 통해 시인으로 등단까지 했다.

그러나 그는 잘 움직일 수조차 없는데다가 늘 갖가지 심한 통증으로 쑤시고 아픈 자신의 비틀어지고 허물어진 불완전한 몸뚱이를 한탄하며 세상의 불공평함과 자기를 그렇게 빚은 전능하신 신神을 원망하며 살고 있었다.

"신이여, 왜 이토록 병신으로 나를 만들었나요? 나를 빚을 때 한눈을 팔았나요? 나를 만들 흙덩이가 부족했나요? 차라리 흙으로 그대로 남아서 이 세상에 나오지 않았더라면 좋았을 것을……. 제발 저의 움직이지 못하는 몸을 고쳐주시던지 아니면 마구 쑤시고 아픈 통증이라도 없애주세요."

하지만 그런 기막힌 세월 속에서 그도 벌써 60세가 되었고, 지

가문의 저주에서 행복으로

는 꽃이 피는 꽃을 만나듯 지난 파도가 오는 파도를 만나듯 그와 우리가 만난 지도 벌써 30년이 가까워지고 있었다.

그의 전화를 받고 나는 아차, 요즘 나의 문제로 너무 무심했구나 싶어 친구 목사에게 전화를 걸었다. 요새 신도가 많이 불어난 그가 함께 명곤을 만나러 가기엔 지금 너무 바쁘다고 너스레를 떨며 은근히 거절을 했다.

"목사님, 생각해 보세요. 우리가 불쌍한 명곤이를 만나 위로한 지가 이번에는 너무 오래 되었어요. 아무리 바빠도 이번에는 꼭 가서 만나 봐야합니다. 만약 예수님 재세 시절 같았으면 우리가 움직이지 못하는 명곤이를 침상에 눕히고 줄로 매달아 많은 군중에게 둘러싸인 예수님 앞으로 인도했을 것이 아니요?"

그제야 그가 마지못해 승낙을 하여 우리는 장애인들과 수급자들이 수북하게 모여 사는 주공아파트로 그를 방문했다. 다행히 심한 중풍이 든 노인을 간호하듯 장애인바우처 아주머니가 정성껏 침대에 비스듬히 누운 그를 정성껏 돌봐주고 있었다. 아주머니는 도우미 겸 그가 다니는 작은 교회의 전도사라고 했다.

그런데 도대체 이게 어찌된 일일까?

그간에 과연 그에게 무슨 일이 일어났던 것일까?

우리를 맞는 명곤의 얼굴과 모습이 완전히 건강한 사람처럼 변해 있었다. 동이 서에서 먼 것 같이 이제까지 보아온 그의 찡그리고 짜증스런 모습은 온데간데없었다. 입가에는 약간의 미소를 머금고 날 때부터 비뚤어진 얼굴은 그 모습 그대로 생글생글 웃고 있었다. 늘 자신의 삶을 저주하며 불평과 불만이 목구멍에 꽉 차 있던 그의 모습은 어디론가 사라져 이젠 그 흔적조차 찾을 수가 없었다. 개과천선이란 바로 이를 두고 하는 말이라는 감탄이 절로 나왔다.

"아무래도 명곤 씨가 그 귀한 하나님의 은혜를 체험한 모양이군. 허허허……"

모두의 눈에 훤히 드러나는 그의 엄청난 변화에 놀란 친구 목사가 이렇게 농담처럼 인사말을 하며 기분 좋게 웃었다.

"맞아요. 명곤 씨가 작심을 한 듯 더듬거리며 성경책을 몇 달째 열심히 읽더니 며칠 동안 눈물을 줄줄 쏟아내기 시작했어요. 그러더니 하루는 하나님의 음성을 들었다고 하더니 그만 저렇게 행복이 넘치는 모습으로 변하더군요. 얼마나 감사한지 몰라요……"

도우미 겸 전도사인 아주머니가 너무나 감사하다며 눈물이 글썽글썽하며 말끝을 잇지 못했다.

"내가 항상 너와 함께 하겠다던 하나님의 음성을 듣고 난 후부터 갑자기 마음에 큰 기쁨이 왔어요. 나는 오직 죄악뿐인 더러운 인간이라는 회개가 나를 떠나지 않아요. 나는 예수님이 이 세상에서 제일 좋아요. 누구에게라도 이 소식을 전하고 싶어 좀이 쑤셔서 견딜 수가 없어요……"

명곤이 예의 그 떠듬거리는 한없이 느린 목소리로 기쁨이 충만한 듯이 웃으며 말했다. 우리는 너무나 놀라고 큰 기쁨과 환희에 젖어 그의 길고 지루한 이야기를 전혀 길게 느끼지 못하며 경청했다. 그의 말은 들을수록 우리에게 힘이 솟게 하였으며 잔잔한 파도와 같은 감동을 주었다.

그를 위로하러 갔던 우리는 오히려 그의 환골탈태하듯 변화된 즐거운 마음과 환한 얼굴 모습과 그의 진솔한 간증에 큰 위로를 받았고, 병든 자와 가난한 자와 고아와 과부 등 어렵고 힘들어 하는 사람과 함께 하신다던 하나님의 거룩하신 사랑을 가슴 가득 체험할 수가 있었다.

그리고 이것 또한 최근에 있었던 일이었다.

내가 늘 운동을 하는 집에서 가까운 자그마한 소공원에는 나무가 우거지고 여러 가지 운동기구가 설치되어 있어서 제법 여러 사람들이 나와서 나무그늘 아래서 쉬며 아는 사람들끼리는 이야기를 나누며, 운동도 하며 놀고 있었다.

그런데 언제부터인가 이곳에 치매와 중풍이 함께 든 할머니를 휠체어에 태우고 밀며 항상 찬송가를 소리 높여 부르는 아주머니가 왔다. 휠체어에 앉은 할머니는 항상 불만이 가득한 목소리로 지나가는 사람들을 보고 공연히 마구 욕을 퍼부어댔다.

"이 병신년아. 저 화냥년 좀 보소. 아이고, 저 못된 놈 꼴 좀 보소. 저놈의 도둑 같은 놈······"

할머니의 시궁창의 오물 같은 험담과 막말은 길가의 모르는 사람들을 향해 끝없이 쏟아지고 있었다. 그러나 돌보는 아주머니는 즐겁게 찬송가를 부르며 할머니의 욕설에 전혀 아랑곳하지 않았다. 나는 자신의 힘든 일에 연연하지 않고 볼 때마다 너무나 즐겁게 찬송을 부르는 아주머니가 너무나 대견스러워 물었다.

"혹시 돌보시는 이 어르신이 친정어머니이신가요?"

"아뇨. 저는 치매노인을 돌보는 요양보호사입니다. 월급을 받아요."

그런데 또 며칠 후부터는 휠체어 옆에 지팡이를 짚은 할머니 한 분이 함께 찬송을 부르며 다니기 시작했다. 거기다가 그들은 휠체어를 밀며 과자나 요구르트를 비닐봉지에 가득 사서 넣고 다니며 그늘에서 쉬고 있는 사람들에게 나눠주며 예수님을 믿으라고 전도를 하고 있었다.

물론 그들은 땀을 흘리며 열심히 운동을 하고 있던 나에게도 다가와 과자봉지를 내밀었다.

"아저씨, 하나님 믿고 소원성취하며 복 많이 받으세요."

"나는 이미 하나님을 믿고 있으니 그 과자는 안 믿는 다른 분에게 주세요."

나의 말을 듣더니 지팡이는 짚었지만 얼굴이 반짝반짝 환하게 빛나는 할머니는 나에게로 다가와 조용히 이야기를 꺼냈다. 할머니의 웃음 띤 얼굴은 기쁨과 자신감으로 꼭 차 있었다.

"교회에 다녀도 참으로 성령을 받은 사람은 많이 없어요. 하나님을 직접 만나야 소원이 성취되고 모든 문제가 술술 해결이 됩니다."

그 말에 나는 귀가 번쩍 뜨이며 아, 이 노인이야말로 바로 요즘 내가 간절히 찾고 있던 분이 분명하다는 생각이 들었다.

"그럼, 할머니는 직접 성령을 체험하셨군요? 어떻게 하면 하나님을 만날 수 있는가요?"

나는 겉모습만 봐도 보통사람과 뭔가 확연하게 다르다는 생각이 절로 드는 할머니가 너무나 반가워 대뜸 이렇게 묻지 않을 수 없었다.

"나는 우연히 왼쪽다리를 못 쓰게 되어 도통 걷지를 못하고 누워서 지내야 했어요. 다리가 너무나 심하게 쑤시고 아프고 속이 답답했으나 병원에서도 원인을 몰라 치료가 어렵다고 했지요. 하여 온종일 성경을 읽으며 기도를 열심히 했어요. 병원에서 못 고치는 내 병은 오직 하나님만이 고칠 수 있다고 믿고 매달렸지요.

그러기를 몇 달째가 되자 성경말씀을 읽을 때도, 기도를 할 때도 마구 눈물이 흘러내려 감당할 수가 없었지요. 그러던 중에 어느 날, 내 눈에 십자가에 매달려 피를 흘리시는 예수님이 보이며 너희들의 죄를 내가 모두 사했다는 말씀을 하시더군요. 그때부터 이제까지 경험하지 못했던 기쁨이 샘물처럼 솟아나며 꿈쩍도 않던 아픈 다리가 번쩍 들리더군요. 호호호……"

"정말 가난한 자와 궁핍한 자와 간구하는 자에게 먼저 임하신 다던 성경 말씀이 할머니에게 기적같이 이루어졌군요. 나도 아들의 여러 가지 난치병을 고치기 위해서 늘 기도하고 있는데 아직 믿음이 약한지 쉽게 잘 안되는군요."

나는 구세주를 만난 듯이 요즘의 우리 가정의 애로사항과 특히 아들의 극심한 고통을 할머니에게 털어놓으며 지도를 구했다.

"교회를 몇 십 년을 다녀도 은혜를 받는 날은 따로 있어요. 누구나 직접 체험을 하기 전에는 불가능하게 느껴져요. 그러나 일단 은혜를 받고 나면 또 그처럼 쉬운 것이 없다는 생각이 들어요. 나는 나의 기도가 당초 원하던 것보다 더욱 크게 이루어지는 것을 자주 경험하고 있어요. 하나님은 침묵하시지만 간구하는 자에게 더욱 좋은 것으로 주신다는 말씀의 체험이지요.

내 생각에는 아들의 병 따위는 성령이 임하면 그리 어려운 문제가 아니라고 생각되는군요. 정신병은 육신이 멀쩡하니 일단 병이 떠나가면 언제 그랬느냐는 듯 말짱해지는 것을 몇 번 봤어요."

할머니가 확신에 차서 말했다. 나는 저 나이에도 자신감과 기쁨이 충만한 할머니가 몹시 부럽게 생각되었다. 성령이 임해 즐거워하는 할머니의 밝은 모습은 아들의 괴로워하며 찡그린 모습과 그야말로 천국과 지옥만큼이나 극명한 대조를 이루었다.

이때 나는 마음의 지극한 평화는 참으로 깊이 묻힌 보배와 같다는 생각이 절로 들었다. 성령의 뜨거운 역사가 할머니를 쾌활하게 움직이는 것 같았으나 나는 그러면서 또 슬며시 의심도 고개를 내밀었다. 아직 나의 얕은 믿음은 바람에 흔들리는 갈대처럼 약하고 아들의 깊은 병은 큰 바위덩이처럼 무겁게 느껴졌기 때문이다.

"할머니, 과일은 남의 손에 든 것이 더 커보이듯 병은 내 것이 더 위중한 병같이 느껴진다던데 혹시 제 아들의 오랜 고질병을 너무 가볍게 생각하시는 것은 아닌지요?"

할머니가 내 말도 일리가 있다는 듯 고개를 끄덕이며 말을 이었다.

"우선 저길 좀 보세요. 내가 기도했는데 우리가 휠체어에 모시고 밀고 다니던 치매 할머니의 입에서 험한 욕설이 말끔히 사라지고 요즘은 우리와 같이 찬송을 따라서 부르고 있잖아요?"

그러고 보니 할머니가 요양보호사와 함께 소리 높여 그간 늘 열린 귀로 많이 들어서 조금 외워진 찬송가를 치매 할머니도 떠듬거리며 따라 부르고 있었다. 거기다가 때로는 신바람이 나사 박수까지 치고 있었다. 한참동안 바라보았지만 할머니의 입에서 욕설은 어디로 도망을 갔는지 단 한마디로 흘러나오지 않았다. 나는 치매 노인의 변화가 너무나 귀하고 신기하게 느껴졌다.

"하나님의 은혜는 그 정도뿐만이 아니었답니다. 늘 힘이 없이 골골거리며 누워서 지내던 나보다 나이가 많은 남편도 내가 성령의 임재로 무거운 병이 감쪽같이 완치되어 찬송가를 입에 달고 기쁘게 사는 것을 보더니, 나를 따라서 함께 열심히 성경을 필사하고 정성을 다해 기도를 하더니 곧 성령을 체험하고 몸이 많이 좋아졌어요. 성령이 임한 사람과는 가까이만 있어도 많은 도움이 되나 봐요.

그래서 요즘은 아침만 먹으면 도시락을 싸달라고 하여 삽과 괭이를 어깨에 메고 앞산에 올라가서 온종일 등산객들이 많이 다니는 산길을 고르게 다듬고 넓히느라 매우 바빠요. 하나님을 만나면 남을 위한 일이 하고 싶어지고 그 좋은 말씀을 전하고 싶어 좀이 쑤신답니다……"

할머니의 확신에 찬 체험담은 자랑을 하듯이 끝없이 이어지고 있었다.

"예수님을 만나기 전에는 교회의 건물을 오가는 단지 형식적인 믿음으로 설마 눈에 보이지도 않는 그런 성령의 존재가 과연 실제로 존재하기는 하는 것일까? 무척 의심하며, 단지 남보다 나은 자신의 돈독한 신앙을 자랑삼아 말하는 한갓 꾸며낸 이야기에 불과하다고 들리지만, 조금만 더 간절한 기도를 꾸준히 드려서 기도의 분량이 차면 누구나 곧 체험을 하게 되지요.

그러고 나면 마치 천지가 새로 개벽을 한 듯 자신의 내부는 어두운 곳에 햇살이 비치듯 환희와 즐거움으로 가득 메워지고, 온 세상이 새 세상이 되어 달은 해같이 빛나고 해는 몇 배의 밝기를 더한 듯 환하게 완전히 달라져 보입니다.

그 놀라운 신기함은 나 같은 노인을 다른 사람들도 나처럼 건강하고 행복한 마치 땅 위의 천국과 같은 생활을 누리도록 하나님의 말씀을 전하지 않고는 좀이 쑤셔서 못 배기게 이토록 한창때의 젊은 이들처럼 즐겁고 활기차게 만들고 만답니다. 호호호……"

나는 할머니가 늘 하던 대로 다른 사람들에게도 야쿠르트를 돌리며 하나님을 믿고 복을 받고 건강 하라는 말씀을 전하기 위해 내 곁을 떠난 뒤에도 할머니의 확신에 찬 체험담이 오랫동안 귀를 쟁쟁 울리며 사라지지 않고 있었다.

이때 또 얼마 전 아픈 아들과 함께 참석한 전광훈 목사가 전국을 순회하며 열던 부흥회에서 들려준 설교도 마치 머릿속에 살아 있는 듯 더욱 생생하게 떠오르며 모조리 이해가 되던 것이었다. 당시는 이야기를 들으면서도 반신반의를 하던 나였다.

그것은 돌아가신 이규성 목사에게 실제로 나타났던 기적을 직접 체험한 이야기였다. 이 목사는 해외 선교를 하면서 심한 기근에 시달리던 배고픈 인도네시아의 보르네오 섬 원주민 사람들과 함께 굶으며 간절하게 그들을 위해 기도를 했더니,

아, 글쎄, 놀랍게도 그 옛날 이스라엘 민족이 애굽(이집트)을 탈출할 때 하늘로부터 매일 눈처럼 내려서 40여 년 동안이나 광야에서 수백만 명이 양식으로 먹었던 갓씨를 닮은 만나가 현재도 실제로 하늘로부터 내려 불쌍한 원주민들의 굶주림을 해결해 주었으며,

하루는 너무나 착하게 자기들의 무리를 위해 기도하며 봉사를 하다가 갑자기 원인도 모르게 죽은 청년을 옛 선지자들처럼 이 목사가 그를 눕혀놓고 사흘간의 간절한 기도로서 살려내었으며,

또 이들 일행에게 날씨가 너무 더우면 하늘 위에 구름기둥이 따라다니며 그 원주민인 헐벗고 어려운 무리들을 무더위로부터 보호했다며,

이것은 바로 '그들이 주리거나 목마르지 아나할 것이요, 더위와 볕이 그들을 상하지 아니하리라'는 성경 말씀이 실제로 응한 것이 틀림없다며,

그것을 그 당시 현지에서 직접 보고 체험한 전 목사가 그때에 함께 있었던 다른 목사와 함께 입을 모아 간증을 했다.

이거야말로 요즘 간절히 기도하는 사람에게 나타나는 하나님의 말씀과 성령의 임재나 이규성 목사의 기도에서처럼 하나님의 은혜를 구하는 사람에게 베푸는 하나님의 역사는 성경에서만 보는 옛날의 이야기가 절대 아니라 지금도 그 당시의 사실을 기록한 그 성경의 말씀 그대로 현실로 계속된다는 실례가 아닐 수 없었다.

기적

우리는 요새 자신의 속마음을 모두 드러내고 오랫동안 말 못하

고 쌓였던 묵은 감정을 서서히 모두 토해내는 대화의 장인 가정예배가 끝나면, 아내와 아들과 함께 셋이서 함께 안아주고, 포옹하며, 얼싸안고 오늘도 수고 했다, 감사하다고 서로의 등을 토닥토닥 두드려주며 서로 사랑한다고 말했다.

"사랑해. 사랑한다. 많이 사랑해. 오늘도 정말 수고 많았다. 곧 잘 될 거야. 힘내자……"

이것이 거듭되니 정말 이제까지 느끼지 못했던 가족 간의 사랑이 새롭게 우러나왔다. 혹은 알고 있으면서도 겉으로 표현하지 않았던 서로의 감정이 사랑의 물길을 튼 듯 새로운 방향으로 흘러서 움이 트고 있었다. 사랑은 먼저 말에서부터 시작된다는 것을 느낄 수 있었다.

이런 예배와 함께 어우러지는 사랑의 표현이 여러 달째 이어지며 우리 가정 매일의 행사로 빠르게 자리를 잡아갔다. 그럴 때마다 단비처럼 평화가 마음을 촉촉이 적시고, 기가 죽고 한껏 기가 꺾이고, 괴로워하고 괴로워하며, 아파하고 아파하며, 찡그리고 무진장 찡그리던 아들의 얼굴에도 잠시나마 얼핏 새로운 용기가 솟아나는 것 같았다. 이에 나는 아들의 그런 약간씩 변화되는 모습이 퍽 다행스럽게 여겨지며 더욱 안도와 함께 행복감을 느끼지 않을 수 없었다.

그래서 아들의 변화를 더욱 앞당기기 위해서는 하나님께 더 열심히 기도를 하는 것이 가장 빠른 방법이라는 것을 깨닫게 되었다. 하나님은 우리를 통하여 승리를 하시는 분이기 때문이다.

우리 식구들은 저녁을 먹고 나면 저마다 생수통 하나씩을 들고 근처에 있던 교회의 지하 예배실로 갔다. 이렇게 약 한 시간 남짓한 기도가 계속되었다. 역시 하나님의 성전인 교회에서 드리는 기도는 마음자세부터가 달랐고, 기도의 집중도는 물론 기도 후의 만족감도 가정에서나 길을 걸으면서 드릴 때보다 크게 달랐다.

그러던 차에 또 놀라운 일이 일어나고 있었다.

우리 가족이 밤중에 몰래 지하 예배실에 와서 열심히 기도를 하는 것이 더러 교인들의 눈에 띄기도 하고 소문도 퍼지더니 나의 아픈 아들을 위해 중보기도를 해주던 사람들이 하나 둘씩 와서 함께 기도를 하던 것이었다.

"아무리 바빠도 착한 정빈 씨를 위한 기도회라면 당연히 내가 빠질 수야 없지……"

이렇게 시간이 지날수록 그 수가 불어나더니 두 달쯤 뒤에는 근 스무 명쯤이 참석을 하던 것이었다. 요즘 밤마다 교회 지하는 우렁찬 기도소리로 뜨겁게 달구어지고 있었다.

참석자 중에는 제법 멀리서 오는 사람들도 있었다. 그들은 기도를 마치면 무척 상기되어 집으로 돌아갈 생각도 않고 여러 가지 안건을 서로 제시하기도 했다.

"차라리 이참에 우리가 정빈이 기도회를 하나 만드는 것이 어때? 병이 나을 때까지 말이야."

"그건 안 돼, 예수님도 기도는 바리세인들처럼 남이 보는 데서 요란하게 하지 말고 골방에서 조용히 하라고 하셨어."

우리 식구들은 교우들의 응원에 큰 힘을 얻었고 아들의 얼굴에도 더욱 밝은 화색이 돌며 입에서는 감사의 인사가 그칠 여가가 없었다. 우리는 가장 믿음직한 우군인 상상 외의 많은 교우들의 합심의 기도가 바로 아들을 병의 올무에서 건져내기 위한 하나님의 은혜라고 생각되며 크게 고무되지 않을 수 없었다.

그래서 나는 아들의 건강을 하루라도 더 빨리 앞당기기 위해 나름대로의 노력을 경주해 나가고 있었다. 나는 교우들의 정성과 도움에 보답하기 위해 남몰래 더욱 열심히 기도하며 아들을 덧씌우고 있는 가문의 저주의 사슬을 이참에 하루 속히, 완전히 끊어버리려고 남다른 노력을 기울이고 있었다.

쇠뿔도 단김에 빼라는 속담처럼 서로가 합심하며 분위기가 한껏 무르익었을 때 더욱 노력의 박차를 가해야겠다는 생각이었다. 이렇게 마음을 굳게 다잡고 간절히 노력할 때 하나님께서도 큰 자비를 베풀어 주시리라고 믿었다.

이와 동시에 아들을 위한 인간적 배려도 결코 소홀히 하지 않았다. 그것은 무엇보다도 정신이 아픈 아들에게 무한정 참아주는 인내심이 제일 순위였다.

나는 집에서 아들과 함께 시간을 보낼 때가 많았지만, 정신이 아픈 아들의 육체적 고통으로 동반되는, 마치 치매에 걸린 노인처럼 자기가 먹은 밥그릇도 치우지 못하고 또 많이 흘리며 먹는 지저분함과 같은 매우 어설픈 행동이나,

갑작스런 공황장애의 발생으로 마귀와 사탄의 범접과 침범이 빚어내는 절망과 실의와 괴로움과 혼란에 빠져 되뇌는 잦은 중얼거림과 정신없는 행동거지, 전혀 성의가 없는 지극히 형식적인 일상생활의 수박 겉핥기식 태도, 자신의 주변을 어지럽히고 정리하지 못하는 심한 부주의,

거기다가 몸의 상태를 악화시키는 인스턴트식품의 과잉 선호, 온종일 누워서 지내는 운동부족, 온몸이 축 늘어져 피우는 게으름, 바깥으로 나감을 꺼림과 사회성 부족, 그런데다가 어릴 때부터 지금까지 평생을 징그럽도록 해온 전자오락게임에의 몰입……, 등 정신질환자들에서 흔히 나타나는 눈에 거슬리는 것들이 많았으나,

그때마다 치미는 화를 삭이고 녹이며 결코 잘못을 꼬집거나 질책하지 않고, 오직 사랑과 칭찬과 격려의 말들만 해주기로 작정하고 무던히 노력하고 있었다. 정신이 많이 아픈 사람일수록 더욱 소심하여 다른 사람의 말, 특히 자기를 나무라고 책잡는 말에 더욱 민감하기 때문이었다. 나는 병이 들기 전의 평상시 성격이 매우 깔끔하고 부지런하던 아들이 저러는 데는 본인에게 얼마나 심한 고통이 따라서일까? 라는 안타까움과 애처로움이 나의 가슴을

적시며 아들에 대한 이해와 사랑이 파도처럼 더욱 거세게 몰려옴을 느꼈다.

이때, 예수님은 사람들의 죄와 저주를 깨뜨리기 위해 십자가에서 피를 흘려주셨다는 믿음도 나의 인내심을 보태는데 크게 한몫을 했다.

믿음, 어떤 사람이 깊은 믿음을 가지는 데는 반드시 계기가 있기 마련이다.

생각해보면, 아들 정빈은 우리 집안 믿음의 고마운 큰 공로자가 분명했다.

그는 전통적 미신에 빠지고, 조상의 제사를 매년 명절 외에도 여섯 번이나 모시고, 이사나 큰일이 있을 때마다 점쟁이의 말에 의존하여 길일을 택하고, 가는 곳마다 사람의 손으로 쇠를 녹여 만들고 바위를 정으로 쪼아 다듬은 헛된 우상에 소원을 빌며, 깊숙이 허리 굽혀 절하던 우리 집안을 거룩한 하나님의 교회로 이끌어낸 장본인이었다.

그가 대학 일학년 때, 정신병의 발발로 다량의 수면제를 모아서 한꺼번에 먹고 첫 자살을 시도하다 입원하여 면회도 못하는 격리 병동에 갇혀서 치료를 받은 지 두 달 만에 우리 부부가 걱정 반, 희망 반으로 첫 면회를 갔을 때였다.

불행 중 다행히도 아들은 희미하나마 웬만큼 대화가 가능할 만큼 정신이 돌아와 있었다.

"정빈아, 네가 객지에서 홀로 고생이 많았던 게로구나. 엄마와 아빠가 아픈 너를 위해 무엇을 해주면 좋겠니?"

많은 약물의 작용으로 얼굴이 부석부석 부은 아들은 두 말할 필요도 없다는 듯이 서슴지 않고 말했다.

"엄마와 아빠가 교회에 다녔으면 좋겠어요. 그것이 저의 제일 큰 소원이에요."

아마도 그는 대학의 기독교 서클에 다녔던 모양이었다. 그는 아픈 중에도 마음속으로는 꾸준히 기도를 하고 있었던 것이 분명했다. 이때부터 우리는 아들의 소원을 따라 교회에 다니기 시작했고, 어쨌든 그 결과 지금까지 많은 세월이 흐르긴 했지만, 우리 집안은 고모도 삼촌도 그리고 그의 외가도 거의 모두 교회에 다니는 그야말로 손색없는 기독교 집안이 되었다. 아들은 모진 고통으로 우리 집안에 한 알의 밀알이 된 것이었다.

이제 친척들끼리 모이는 날이면 대화의 중심은 과거의 술 취함과 싸움질에서 지금은 모두들 신앙체험과 간증을 이야기하며, 상대를 배려하고 서로를 위해주고 걱정해주며 언제나 하나님의 은혜가 온통 모두를 지배하고 있다. 아들이 처음으로 촉매제 역할을 할 당시에는 이건 참으로 상상도 할 수 없던 일이 벌어진 것이다.

나는 이런 이유들로 미루어 최근에 와서야 아들이 20년이 넘도록 여러 가지 정신병을 모질게 앓으며 고통 속에서 지내온 힘든 삶이 오히려 하나님의 그에 대한 축복이 되어 결코 세월을 그냥 헛되이 허비하거나 낭비한 것이 아니라는 믿음의 확신이 새록새록 더해지고 있었다. 그야말로 눈물을 흘리며 씨를 뿌리는 자는 기쁨으로 거두리라든 말씀이 비로소 가슴을 울리던 것이었다.

우리가 차마 상상도 하지 못했던 극한 위기는 당장 그 사람이 완전히 망하거나 죽으라고 찾아오는 것이 아니라 그럴수록 더욱 여유를 가지고 어딘가에 숨겨져 있을 자신을 살리고 전보다 이롭게 만드는 더욱 효과적인 방법을 스스로 찾으라고 주시는 하나님의 은혜라는 깨달음도 내가 지금의 상황을 딛고 굳건한 믿음을 갖는데 톡톡히 한몫을 하고 있었다.

하나님께서는 우리 인간에게 무한정으로 침묵하시면서도 인간은 물론 새 한 마리, 풀잎 한 포기까지도 아끼고 헤아리며 그가 성경에 밝힌 말씀대로 세상이란 큰 맷돌을 쉬지 않고 너무나 정확하게 돌리고 계신다는 믿음에서였다.

서울대학에 합격했다고 온 집안이 떠들썩하며 마치 우리 집의 정빈이처럼 이웃을 초청하여 여러 차례 성대한 잔치를 베풀었다는 아들 정빈의 친구가 당시 데모를 하다가 날아온 돌에 머리를 맞아 헛되이 즉사한 사건이 나에게 그런 믿음을 더해주고 있었다. 산 개가 죽은 사자보다 낫다는 말처럼 아프고 고통스러워도 살아 있는 사람은 언제나 희망이 있는 것이다.

거룩하시고 자비가 풍성하신 하나님은 언제나 사람이 기도로서 구하던 것보다 더 값지고 좋은 것으로 하나님이 원하시는 의롭고 정의로운 길에 서서 자신을 경외하며 믿고 따르는 신앙의 사람들을 축복하시기 때문이었다.

어느 날 늦은 저녁, 수많은 서로의 삶에 깃든 힘든 이야기들이 실타래처럼 길게 늘어지던 가정예배 후 나는 너무나 여러 가지 병의 고통으로 마치 임종을 앞둔 노인처럼 골골거리며 신음하는 아들이 안타까워 용기를 북돋우고자,

"애야, 요즘의 너는 마치 사탄의 저주를 받은 욥과 같이 현재의 삶이 너무나 고통 덩어리로구나. 그러나 조금만 더 참고 우리 다 함께 열심히 기도하자꾸나. 사랑과 자비가 풍성하신 주님은 결코 너무 오랫동안 너를 이대로 그냥 놔두시지는 않을 것이야."

그랬는데 아들의 반응은 너무나 의외였다.

"아버지, 욥이라고요? 절대로 그렇지 않아요. 욥은 가족을 모두 잃고, 재산도 모두 잃고, 친구들도 그를 비판하여 오직 병든 몸뿐이었지만, 저에겐 함께 기도하는 사랑하는 가족들이 이렇게 멀쩡하게 계시고, 주위에 저를 위해 중보기도를 해주시는 고마운 분들도 많으시고, 특히 부모님의 노력으로 일용할 양식과 늘 쓸 재산에 부족함이 없잖아요? 단지 한 가지, 제 몸뚱이가 좀 아프고 불편할 뿐이죠."

늘 죽고 싶다며 한 시간이라도 빨리 천국으로 가는 것이 소원이

며 그렇게 해주시는 것이 바로 하나님의 은혜라고 자주 푸념을 늘어놓던 아들이 최근의 간절한 기도 생활을 통하여 놀랄 만큼 이토록 긍정적으로 바뀌어 있었던 것이다.

또 하루는 아들이 믿지 않는 옛 친구에게 전도를 하려 가는데, 갑자기 공황장애가 일어나 마치 예전에 간질병환자가 입에 거품을 내뿜으며 길 위에 쓰러져 부들부들 온몸을 떨던 것처럼, 아들의 정신을 크게 어지럽게 혼란시키며 매우 당황하게 만들었다고 한다. 공황장애의 발작이 시작되면 보통 두세 시간 이상 마귀들이 나타나 머릿속을 마구 휘젓고 어지럽히며 완전히 초토화시켜 심한 발작을 일으키는 바람에 정신을 가다듬을 수도, 아무런 일도 할 수가 없었다.

'아, 하필이면 이럴 때 발작이 시작되다니? 지독한 마귀들, 이건 정말 너무해.'

이렇게 한탄이 일어나는데, 그런데 이상하게도 공황장애가 일어나 고생하던 보통 때와는 완전히 달리 단지 주님, 주님, 주님……, 마음속으로 몇 번 되뇌었을 뿐인데, 마치 단비가 내려 온몸을 촉촉이 적시듯이 곧 마음에 지극한 평화가 임하며 안정을 주는 바람에 참으로 놀랍도록 평안한 마음으로 그 친구에게 전도의 말씀을 잘 전했다며,

"참으로 하나님이 아무런 말씀도 하시지 않으시지만 나의 일거

수일투족을 꾸준히 지켜보시며 내 마음까지 감찰하시어 나를 보호하고 계시다는 것을 확실히 깨달았어요. 근래 그토록 평안한 마음의 평정을 느껴보지를 못했어요……"

아들은 감격하여 저녁 가정예배가 끝나자 오늘의 간증이라며 얼굴이 무척 상기되어 큰 자랑거리처럼 이야기를 늘어놓았다. 우리 부부는 아들의 놀라운 간증에 완전히 동의하며 때 아닌 즐거움이 마구 솟아올랐다.

그러던 어느 날부터 아들은 늘 어깨에 메고 다니던 가방에 과일이며 채소며 옛날 과자 같은 것들을 가득하게 채워서 가지고 들어오기 시작했다.

우리 부부는 아들의 그런 모습이 너무나 감격스럽고 기쁠 수밖에 없었다. 과거 병이 걸리기 전의 온전하던 시절로 돌아갔다는 생각에서였다.

흔히 정신병을 앓는 사람들은 마음이 너무 여리고 착해 빠졌기 때문일 수가 많았다. 그건 사람들이 나쁜 놈, 못된 놈이라고 욕하는 사람은 정신병에 걸리는 경우가 매우 드문 것과 그 맥을 같이 하고 있었다.

아들은 어릴 때부터 마음이 너무 약하고 여리고 가냘팠다. 그래서 추운 겨울에 헐벗고 추위에 떠는 사람을 보면 그만 자기의 윗도리를 벗어주고 벌벌 떨면서 집으로 돌아오는 일이 잦았고 또 어떤 때는 굶주리며 구걸하는 사람에게 주머니의 돈을 몽땅 탈탈 털어주고 자기는 정작 차비가 없어서 먼 길을 걸어서 오는 경우도 더러 있었다.

그런 습관은 청년이 되어서도 변하지 않아 길을 가다가 밤늦게 할머니들이 길가에 쪼그리고 앉아서 작은 소쿠리에 과일이나 채소를 앞에 놓고 팔고 있는 불쌍한 모습을 보면 도저히 그냥 지나칠 수가 없었다. 몰래 그것을 사서 가방에 넣고 다니곤 했는데, 우리는 한동안 아들이 오랜 깊은 병을 앓으면서 그런 자비심도 깡그리 잊어버렸다고 생각하고 있었는데,

최근에 아들의 옛날 어려운 이웃을 돕던 습관이 다시 되살아나니 나는 아들의 변화가 곧바로 질병에서 회복되는 과정이라 생각되며 기쁘기 한량없었다.

최근 들어 아들은 더욱 긴 시간 동안 열심히 기도하며 간절하게 부르짖고 있었다. 돌파기도라는 하루 7시간 이상의 기도에 도전하여 승리를 하더니 이제 그런 힘든 돌파기도를 그 아픈 몸으로 자주 해내고 있었다. 이건 아직 아버지인 나는 엄두도 못내는 노동에 비할 바가 아닌 매우 어려운 몸과 마음을 함께 혹사시키는 일이었다. 몸과 마음이 모두 매우 아픈 아들이 특히 아픈 허리 때문에 누워서도 이런 기도를 당당하게 해내고 있다는 것은 매우 놀라운 일이 아닐 수 없었다.

그렇지만 간절한 기도에도 불구하고 아들의 병은 여전히 올가

미처럼 목을 조여 대며 여간 아들을 괴롭히고 있지 않았다. 수시로 찾아오는 공황장애는 발작과 함께 여러 놈의 마귀들이 나타나 흉악한 말로서 기도를 방해하며, 교묘한 말로서 아들의 여린 마음을 어지럽히며 끊임없이 매우 괴롭히고 있었다. 마귀는 한 번 떼를 지어 들어오면 '예수의 이름으로 명하노니 나에게서 썩 나갈지어다'라는 대적 기도에도 좀처럼 저희들끼리 농성을 하며 버티며 사람의 마음을 황폐하게 만들고 있었다.

그러던 중 우리 집에서 구역예배가 있었다. 가까운 곳에 사는 신도들 대여섯 가구가 모여서 한 주일에 한 번씩 각 가정을 돌아가며 갖는 예배였다.

이때, 우리 아들이 마귀 때문에 많은 고생을 하고 있다는 이야기를 들은 무척 신앙심이 좋은 권사님 한 분이 말했다.

"정말 너무나 교묘하고 끈질기고 집요한 것이 바로 더러운 마귀란 놈입니다. 그 지독한 놈은 실제로 겪어보지 않으면 상상도 못해요."

권사님은 생각할수록 참으로 가증스러워 치가 떨린다는 듯이 인상을 크게 찡그렸다.

"몇 년 전에 남편이 자꾸 어릴 때 돌아가신 어머니가 나타나서 제사를 지내주지 않아 배가 고프다느니, 묏자리가 응달이라 춥다느니, 이런 말 저런 말을 하신다고 말했어요. 나는 오래 전에 사망하여 천국에 계실 시어머니가 나타날 리가 만무하며 그건 분명 마귀의 장난이 분명하니 나타나는 즉시 대적 기도로 물리치라고 얘기를 하였는데 이번에는 이 마귀가 나는 얼굴도 모르는 시어머니의 모습으로 나에게도 나타나더라고요."

권사님은 그 당시를 생각하며 흉악한 마귀의 간계가 너무나 어처구니가 없었다는 듯 고개를 절레절레 흔들다가 다시 말을 이었다.

"마귀는 마치 젊어서 돌아가신 시어머니가 늙은 것처럼 내가 사진으로 본 어머님의 그 얼굴에 쭈글쭈글한 노인의 모습을 하고 나타났는데, 어떤 때는 불쌍한 거지의 모습이다가 어떤 때는 깊은 병이 든 환자의 모습 등으로 자주 그 모습이 변해서 나타나 배가 너무 고프니 풍성한 제사를 지내달라는 등 믿음이 약한 남편을 자꾸 괴롭혔어요.

그러다가 내가 대적 기도로 큰소리를 지르면 바람처럼 곧 도망을 가곤 했는데, 나중에는 예수란 말만 나와도 놀라서 늙은 몸뚱이를 질질 끌며 재빨리 도망을 치더라고요.

그런데 하루는 거미줄 같은 실타래를 가지고 나타나 나와 남편을 말을 못하게 입부터 틀어막더니 온몸을 옴짝달싹도 못하게 꽁꽁 묶어버렸어요. 입을 막고 있으니 기도도 못하고 놈에게 당하다가 내가 마음속으로 기도를 하며 억지로 몸을 비틀어 쓰러지면서 입을 막았던 뭉치가 빠지며 예수님의 이름을 부르니 놈이 깜짝 놀라서 도망을 갔어요.

그 다음부터는 나타나면 내가 예수님의 이름도 들먹일 필요도 없이 꺼지라고 소리치면 재빨리 도망을 치더군요. 마귀는 그 정체를 알고 나니 정말 별 것도, 아무 것도 아닌 하찮은 존재가 되어 버리더군요."

이날 권사님의 간증을 누구보디 귀를 기울여 열심히 듣던 아들은 매우 자신감을 얻은 듯 그 후부터는 공황장애가 일어나 마귀들이 나타나도 크게 당황하지 않고 퍽 유연하게 대처를 하던 것이었다. 마귀에 대한 두려움이 많이 가신 것 같았다. 나는 함께 신앙을 하는 믿음의 사람들이 이래서 매우 필요하며, 서로 협력하여 선을 이루고, 서로 간에 큰 도움이 된다는 것을 다시 한 번 깊이 느낄 수가 있었다.

변화는 끊임이 없었다.

마음과 정성을 다하여 기도하는 자에게 놀라운 은혜는 계속하여 일어나고 있었다.

하루는 아들의 남다른 열성적인 기도를 곁눈질로 말없이 지켜보던 목사님이 넌지시 한 가지 조언을 했다.

"정빈이 형제의 기도소리가 매우 간절하게 들려요. 아주 훌륭한 기도 꾼이에요. 주님께서도 귀담아 들으시겠어요. 앞으로는 자신만을 위한 기도뿐만 아니라 남들을 위한 기도도 함께 곁들여 해보세요."

"아니? 목사님, 무슨 말씀이신가요? 아직 저의 정신과 몸의 병도 다 낫지를 못했는데요?"

아들은 너무나 놀라서 반발을 하듯이 항의조로 큰소리로 말했다. 목사님은 아들의 불만과 항의가 충분히 이해가 된다는 듯 빙긋이 웃으며 더욱 조용하게 말했다.

"많은 다른 사람들도 정빈이 형제를 위해서 중보기도를 해주고 있잖아요? 기도도 따지고 보면 일종의 품앗이에요. 자기보다 더 어려운 사람들을 위한……. 허허허……"

역시 목사님의 말은 힘이 있었다. 그의 말에는 남달리 강한 권세가 넘쳐나고 있었다.

"남을 위한 기도가 더 힘이 있어요. 하나님은 더 어려운 이웃을 사랑하기 때문이죠. 하지만 중보기도를 할 때는 내 기도처럼 간절히 해야 해요. 흔히 남의 기도를 할 때는 반쯤은 나의 기도를 마음속에 깊이 넣어두고 남의 기도를 하기 때문에 반쯤만 하나님께 상달되는 경우가 많아요. 남의 기도를 마치 나의 기도처럼 전적으로 몰입하다보면 나의 기도는 이미 이루어져 있어요."

이때부터 아들은 그가 아는 환우들을 위해 기도하기 시작했다. 우리와 함께 기도할 때 가끔 새로운 환우들의 이름이 추가되어 불리고 있었다. 목사님의 말대로 남을 위해 기도하는 아들의 목소리가 더욱 커지고 간절해지는 것 같았다.

그러더니 하루는 위하여 기도하던 한 친구가 마음속 깊이 걸리는 것이 있기라도 하듯 그 친구를 만나야겠다면서 전화를 걸었다.

"성우는 고등학교 때 축구선수를 했어요. 한동안 연락이 없다가 몇 년 전 병원에서 서로 환자로서 우연히 만났어요."

성우란 친구를 만나러 나간 아들은 밤늦게까지 돌아오지 않았다. 이제 우리 부부는 아무런 걱정도 하지 않고 기도하며 그를 기다리다가 너무 늦는 바람에 둘이서 가정예배를 드렸다. 그러면서 우리 부부는 몇 개월 전 아들의 불안했던 상태를 돌아보며 그 사이에 아들에게 참으로 놀랄 만큼 많은 변화가 있었다고 서로가 겪은 사례를 들어 말하며 하나님께 감사를 드렸다.

자정이 조금 넘어서 아들이 늘 저녁이면 파김치가 된 듯 느끼던 진한 피로도 잊은 채 기분이 매우 좋아서 돌아왔다. 아마도 만남의 결과가 만족스러웠던 것이 그의 밝은 표정에 선명하게 그려지고 있었다.

"성우가 살이 쪄서 몸무게가 110킬로를 넘는데요. 조현병 치료는 잘 받고 있었는데, 공황장애가 일어나서 마귀들이 괴롭혀도 그 존재를 알지도 못하고 그냥 답답하여 숨이 막힌다며 머리와 가슴을 마구 두드려 대서 너무 안타까웠어요.

삼겹살을 시켰는데 혼자서 거의 10인분 이상을 먹더군요. 정말 대단한 먹성이던데 그러고도 온종일 누워서 지낸다니 살이 찔 수밖에요. 병의 고통을 이기기 위해서는 우리가 함께 기도를 해야 한다고 했더니 마냥 망설이며 좀처럼 대답을 않더라고요. 저는 몸

이 바싹 달아서,

'주의 말씀을 열면 빛이 비치어 우둔한 사람을 깨닫게 하나이다'라는 말씀을 마음속으로 계속 되뇌며 설득을 했더니, 결국 다른 친구인 기수가 같이 오면 자기도 함께 하겠다고 겨우 반승낙을 하더군요. 곧 기수에게도 가봐야겠어요."

아들은 오늘 마치 질이 잘난 전도하는 사람처럼 앞으로의 계획을 주섬주섬 늘어놓기 시작했다. 아들은 마치 오랫동안 꿈을 그리는 사람은 마침내 그 꿈을 닮아간다는 말처럼 오늘 친구를 위해 오랜 기간 기도하던 꿈이 조금은 이루어진 듯 매우 만족해했다.

기적은 분명히 일어나고 있었다.

다만 더디고 당장 눈에 보이지 않으니 느끼지 못할 뿐이었다.

그러더니 아들은 그 이튿날 기수라는 친구를 만나서 전도를 하고 다른 몇몇 친구들에게도 부지런히 전화를 걸어댔다.

이들은 모두 복합적이고 깊은 정신질환을 앓으며 하나같이 삶의 의욕을 잃고 오로지 진한 고통 속에서 무한정 괴로움을 겪으며 힘든 나날을 살아가고 있던 친구들이었다.

이런 친구들이 느리고 불규칙하지만 차츰 하나 둘씩 아들과 약속한 정해진 장소로 모여들고 있었다.

하지만 이들도 기본적으로는 생명에 대한 애착이 강하고 병을 낫고자하는 의욕은 남달리 간절하여 남들이 겉으로 보기에는 이들의 어둔한 말과 느린 행동과 멍청한 표정과 어설픈 행위가 매우 시시껄렁한 장난 같아 보여도 이들 나름대로는 최선의 성의를 다하고 있는 셈이었다.

이들이 약에 취한 잠을 억지로 겨우 깨우고 지끈거리는 무거운 머리와 아픈 몸을 이끌어 일주일에 한 번씩 그들만의 기도회에 시간에 맞춰서 참석을 한다는 자체가 매우 어렵고 놀라운 일이었고, 그것은 그들의 인간승리가 분명했다. 이건 하나님이 보호하는 신앙을 통해서가 아니면 거의 불가능한 일이 분명했다.

아들은 그들과 함께 그들을 위한 기도를 하며 자주 짙은 장애가 발작하는 친구를 위하여 안수기도를 해주고 대적기도를 해주어 안심시키며 최선을 다하고 있었다. 그들도 약간씩 신앙에 눈을 뜨며 자신들에게 임하는 교묘한 마귀의 존재를 알아갔다. 아들 역시 그러면서 동시에 긍지와 보람을 느끼는 것 같았다. 친구들이 많이 참석하고 그들을 위한 활약이 컸던 날은 집으로 돌아오는 아들의 발걸음이 가볍고 태도가 많이 달랐다.

이를 지켜보던 주위 사람들의 눈총이 따갑고 비판이 너무 매몰찼지만 아들은 모르는 체, 듣지 못한 체, 결코 크게 흔들리지 않았다. 이거야말로 남의 평판에 심하게 연연하던 소심한 아들의 크게 변화된 모습이었다. 아들은 사람들의 행위가 죄가 많으므로 빛을 싫어하고 어둠을 좋아하듯 힘든 중에도 모진 병을 이겨내고 어찌하던지 살려고 안간힘을 쓰는 환자들을 도무지 사랑하지 않는 처사라고 생각했다.

"미친놈들이 모여서 별 희한한 짓거리들을 해대는군. 시끄럽고 무서워. 저들이 갑자기 돌변하여 무슨 일을 저지를지 걱정인데 하필이면 우리 이웃에서……"

"요즘 세상이 온통 미쳐서 돌아가니 정신병자도 많고 저들이 저지르는 우발적인 사고도 너무 잔혹하고 또 너무 잦아. 조심 또 조심해야해……"

이런 말들이 아들의 귀에까지 들렸으나 아들은 거의 크게 개의치 않았고 오히려 더욱 사명감을 느끼는 모양이었다. 두세 달 후 그가 드디어 가정예배가 끝난 뒤 이렇게 말하던 것으로 그랬다.

"어머니, 아버지, 제가 요즘 어려운 결정을 한 가지 했어요. 제가 신학대학원을 가서 좀 더 배우고 그래서 나와 같은 정신병을 앓는 환우들을 위한 전도 활동을 하고 싶어요. 그들에게 믿음을 주어 고통을 덜어주고 싶어요."

우리 부부는 아들의 진지한 말에 마음은 뛸 듯이 기뻤으나 즉답은 하지 않았다.

"우리는 너의 앞길을 위해서 간절히 주님께 다만 기도할 뿐이란다."

이렇듯 아들이 자신의 건강회복을 위해 밤낮으로 간절히 기도하고 활발하게 활동하는 것을 보고 주변 사람들은 이미 그 낯기 어려운 불치의 고질병이 많이 나아가고 있다고 입을 모아 말들을 하고 있었다.

게다가 요즘 또 같은 병을 앓고 있던 환우를 만나서 매주 한두 번씩 기도회를 가진다는 그 발 없는 소문이 급하게 퍼졌고 또다시 교인들이 추천한 몇몇 환우들이 더 동참을 하여 이런저런 적잖은 갈등을 겪으면서도 함께 뜨거운 기도를 올린다는 얘기를 들은 사람들이 나의 사랑하는 아들 정빈이는 이미 그 영혼이 성령의 단비에 촉촉이 젖었다고 말들을 했다.

기적, 기적이란 과연 이런 것일까?

정말 아들은 최근 들어 보통사람들이 말하는 기적처럼 변화하고 있었다.

아직 사람의 힘으로는 도저히 어쩔 수 없다던 소원이 마침내 이루어질 때 우리는 그것을 기적이라고 말할 수밖에 없는 것이다.

아들의 생각과 생활과 신앙은 빠르게 호전되고 있는 것이 분명했다.

먼저 수시로 일어나는 공황장애 시 아들은 이제까지의 머릿속이 엉망이 된 상태가 왜 이러는지도 모르고 오로지 괴로움과 두려움에 떨던 나머지 이건 살아가는 것보다 차라리 죽는 것이 낫다며 자살을 시도하다가,

이제는 짙은 혼란을 일으키는 사탄과 마귀의 존재를 알게 되었고 그 추악한 괴물들의 들어오고 나감과 그들이 함부로 마구 지껄

여대고, 때로는 달콤한 말로 꾀고, 어떤 때는 천사의 모습으로 위로를 하고, 또 교훈적인 훈계를 하는 체하며 온갖 달콤한 감언이설을 늘어놓는 말들이 모두 자신을 고통과 불행의 구렁텅이로 몰아넣어 결국 그들의 최종 목적인 죽음에 이르게 하는 마귀들의 술책임을 간파하게 되었다.

그래서 '나사렛 예수의 이름으로 명하노니 마귀는 썩 물러갈지어다'라며 예수님의 이름을 힘입은 대적 기도를 통하여 그 귀물들을 물리치고 있었는데, 이런 마귀의 나타나고 물리침의 잦은 되풀이 중에 갈수록 아들의 믿음에 확신이 더해지며 공황장애를 많이 개선시키고 있었다.

또 아들은 최근 들어 기도에 더욱 열을 올리고 있었다. 그것은 바로 돌파 기도에의 잦은 도전이었다. 아들이 드리는 돌파 기도는 하루에 무려 7시간 이상의 매우 힘든 과정이었다. 비교적 믿음이 강하다는 보통사람들도 너무나 힘이 든다고 웬만한 큰일이나 긴박한 일이 아니면 도전을 꺼리는 매우 어려운 기도였다.

그러나 지금 아들은 정신이 혼미하고 육신은 만신창이가 된 상태였다. 오직 믿음에는 능치 못할 일이 없다는 말씀만 굳게 붙잡고 정신력 하나로 그 긴긴 시간을 버텨내고 있는 것이었다. 아들은 요즘 들어 그 힘든 돌파 기도를 수시로 도전하여 금방이라도 쓰러질 듯 거의 녹초가 되어 성공시키고 있어 우리들을 크게 감동시키고 있었다.

여기다가 아들은 자기와 같은 정신병을 앓는 것이 이 세상에서 가장 어렵고 힘든 고통이라고 생각하며 병원에서 만난 환자들을 위해서 기도를 시작하더니 결국 그들이 직접 스스로 간절한 기도를 드려야 그 고통이 가장 빠르게 호전될 수 있다고 자신의 경험에 비추어 확신하고, 요즘은 그들을 한사람씩 개별적으로 만나서 하나님의 말씀을 전하고 있었다.

그러면서 조금씩 호응을 하는 두세 사람이 모여서 먼저 기도회를 시작했고, 어려운 친구들을 만나서 밥을 사고 때로는 용돈을 주며 격려하여, 그들을 함께 기도회로 이끌어내기 위해서 애쓰며 베풀기 시작했다.

요즘 아들의 기도 중에는 하나님 아버지를 간절히 불러대며 성령이 하루빨리 자기에게 임하기를 너무나 애절하게 간구했다.

"아버지, 아버지, 우리 아버지, 아버지, 거룩하신 하나님 아버지……"

나는 함께 기도하며 아들이 애타게 부르짖는 간절한 기도소리를 들을 때마다 육신의 아버지인 내 자신도 저토록 애원하는 아들을 도와주고 싶은 생각이 절로 드는데 자비로우시고 사랑이 풍성하신 하나님 아버지는 오죽 도와주고 싶은 생각이 크실까? 라고 생각되며, 아들의 영육을 곧 은혜로운 성령의 임재가 단비처럼 촉촉이 적실 것이라는 확신이 굳어지게 되었다.

아들 역시 최근 들어 하나님의 큰 은혜가 자기의 기도 중에 곧 자신에게 임할 것 같다는 예감이 든다고 자주 말하여 은혜에 한 발짝 더 가까이 다가 선 듯 큰 기대와 함께 행복에 젖어들곤 했다.

또 어느 날부터인가 혼자서 찬송가를 부르는 소리가 무척 힘이 있고 우렁차며 과거보다 훨씬 더 자주 들린다고 생각했는데 때를 같이하여 가정예배 때에 기도를 통하여 자신의 생각을 많이 쏟아놓고, 예배가 끝나면 이제까지 꽁꽁 가슴 속 깊숙이 숨겨놓았던 많은 애로사항을 맘껏 술술 털어놓았다. 그 중 어떤 말들은 오해와 착각으로 인한 것도 있었으나 우리 부부는 그 진위에 상관없이 일일이 자세한 해명을 해주며 설득을 하여 아들의 소외되었던 마음을 평안하게 가라앉혀주기 위해 최선을 다했다.

그러자 어느덧 아들의 마음속에 잠재하던 쓴 뿌리가 어느 정도 녹았는지 굳게 다물었던 입에서 고마워요, 감사해요, 사랑해요……, 라는 감사의 말이 자주 수시로 튀어나와 우리의 가슴을 뭉클하게 만들었다.

이런 중에 더욱 감사할 일은 아들이 매월 들리는 병원 정신과에서 의사가 평소보다 더 오랜 상담을 하더니 복용하는 약의 양을 점점 줄여주고 있었다. 우리는 처음에는 약을 먹지 않아 병이 재발하여 가출을 일삼던 과거가 생각나서 매우 걱정을 했으나 줄인 약에도 불구하고 아들의 상태가 여전히 빠르게 호전되고 있어 한시름을 놓으며 마음속 깊이 감사가 일었다.

바로 이때, 또 놀라운 일이 일어나 우리를 안심시키며 아들의 병의 호전을 더욱 확신하게 만들고 있었다. 아들은 근 십 년 동안 당뇨병으로 하루도 빠짐없이 인슐린 주사를 맞고 있었다. 바로 아버지인 내가 대학 입학과 동시에 발병하여 지금까지 앓아오던 제 1형 당뇨병이 아들에게 유전이 된 때문이었다. 어려서 혹은 젊어서 걸리는 당뇨병은 대부분 그 부모로부터 물려받은 유전적인 병이었다. 이건 인슐린 주사에 의존해야하며 성인의 당뇨병에 비해 관리가 어려웠고 그런 만큼 합병증의 발병도 더 잦아 골치가 아픈 병이었다.

　　그런 지긋지긋한 아들의 당뇨병이 우리가 가정예배를 드리고 아들의 신앙이 차츰 깊어지던 어느 날부터인가 병이 호전되며 그 결과 자꾸 저혈당 증세가 일어나더니 결국 내분비내과의 담당 의사는 이제부터 인슐린 주사를 끊고 약으로 대체하라는 처방을 내리던 것이었다. 이는 물론 3개월간의 혈당 수치를 한꺼번에 알아보는 당화혈색소 검사의 결과에 의거한 조치였다. 당뇨병 환자의 주사로부터의 탈출은 매우 드물게 일어나는 현상이었고 아들은 물론 식구들은 그런 결과를 매우 고무적으로 생각하며 하나님께 감사가 절로 나오지 않을 수 없었다.

　　그런데 기적 같은 일은 또 연이어 일어나고 있었다. 아들이 인슐린 주사를 끊을 때쯤 나에게도 그 질기고 힘든 당뇨병 개선의 징후가 보이고 있었다. 나는 40여 년 전부터 매일 아침과 저녁으로 혈당수치에 따라 2번 이상의 주사를 맞아왔는데 최근 들어 저녁에 혈당을 재면 주사를 맞을 필요가 없도록 낮게 나와서 그냥 잠을 자고 아침에 재어보니 역시 정상혈당이 유지되던 것이었다.

이를 보고 당사자인 나보다 기뻐한 사람은 바로 아들이었다.

"하나님의 은혜로 아마도 당뇨병의 유전인자가 이제 우리 집에서 완전히 사라지려나 봐요."

그러더니 우리 부부가 꿈에도 그리지 못하던 깜짝 놀랄 말을 마치 엄숙한 선서를 하듯이 쏟아놓던 것이었다.

"엄마, 아빠, 저도 이제는 장가를 가야겠어요. 부모님이 고대하시는 손자손녀를 낳아서 어머니 품에 안겨드리고 싶어요. 하나님께서 훌륭한 믿음의 배우자를 보내주시리라 믿어요……"

아들은 이렇게 불쑥 말하고는 쑥스러운 듯 서둘러 밖으로 나갔다. 하지만 그의 짧은 한마디는 우리의 가슴을 저미며 지금까지 오래도록 결코 경험하지 못했던 큰 기쁨과 큰 희망으로 마음을 들뜨게 만들며 감사와 찬송을 하지 않고는 도저히 배겨내지를 못하게 만들었다.

빚진 자

나는 믿네

나는 태양이 비치지 않을 때에도 하늘에 태양이 있는 것을
믿는다.
나는 사랑을 느낄 수 없을 때에도 사랑이 우리들 사이에
있는 것을 믿는다.
나는 하나님께서 침묵하실 때에도 하나님께서 살아계심을
믿는다.

가끔 일요일 오전에 교회 예배에 마지못해 그것도 시간이 날 때
마다 드문드문 겨우 참석하는 정도의 실낱같이 가냘프고 희미한
나의 믿음까지도 크게 사랑하사 주님께서는 나를 이제까지 줄곧
살뜰하게 보살피고 깊이 사랑하셨던 것이 분명했다. 이에 나는 오
직 세상으로 향했던 그간의 내 마음의 교만함과 내 눈의 오만함을
깊이 반성하지 않을 수 없었다. 믿음이 일천한 나야말로 초가지붕
에 난 풀과 같이 아무 쓸모도 없어서 자라기도 전에 바싹 말라버
릴 죄 많은 존재에 불과하다는 생각이었다.

그토록 바람에 이리저리 날려 다니는 검불처럼 흐지부지 아무
렇게나 어정쩡하게 살던 내가 이렇게 늦게야 한갓 연인의 이해 못
할 배반으로 인해 난생 처음으로 점점 더욱 저급한 감정의 소용돌

이에 휘말리며 살인과 자살까지 불사하던 모진 고통을 겪으며,

　그것이 결코 우연한 보통 있는 세상일이 아니었으며, 결국 나의 쉼 없이 오래 계속된 음란과 정욕과 술 취함과 옆길을 기웃거리는 방탕과 향락의 달음박질로 인한 저주였음을 깨닫고, 그 가증스런 저주를 말끔하게 물리치기 위해 반성과 회개의 기도로서 하루하루를 보내고 있는 것이다.

　이렇게 바깥세상의 방황에서 돌아와 나의 가족과 오순도순 함께하는 따뜻하고 안정된 기도를 중심으로 한 생활이 길어질수록 졸지에 나를 버리고 떠나버린 연인에 대한 그토록 도저히 지워지지 않을 것 같았던 오랜 아쉬움과 분노가 급하게 사그라지면서,

　이건 필시 나에게 진한 고통을 안겨준 것은 나의 오랫동안 저지른 음란의 저주에 따른 오로지 사람의 행복을 방해하는 마귀의 작용이라는 확신이 쥐구멍에도 햇볕이 들 듯 나의 혼란한 뇌리를 밝게 비추고 있었다.

　그것은 나를 너무도 갑작스럽고 무참하게 고통의 구렁텅이에 빠뜨리고 떠난 야멸찬 악녀라고 생각했던 그녀가 저지른 걸로 드러난 단순한 문제가 아니라 마치 젊음의 특권인양 너무나 문란했던 바로 내 자신의 음란의 죗값이라는 생각이 흐르는 시간과 함께 단비처럼 새록새록 나를 적시고 있었다.

　나의 잘못 때문이란 생각이 짙어질수록, 나를 죄와 고통에서 구

원하려는 은혜라는 감사가 우러날수록 나는 그녀를 이해하게 되었고, 제법 오랜 세월이 흐른 이제는 그녀에 대한 원망은 그녀에 대한 측은한 마음으로 바뀌었고 그녀의 진정한 행복을 위해 기도하며 하나님이 그녀에게 복 위에 복을 더하여 주시길 축복하고 있는 것이다.

이건 참으로 전화위복이랄까?

너무나 다행스럽게도 그런 마귀들이 들이붓는 끈질기고 지루하고 지독한 음란의 저주를 통하여 나는 가문의 저주를 알게 되었고, 그 연장선상에 이제까지 우왕좌왕 현대의학으로 치료가 불가능하다고 걱정만 하며 될 대로 되라고 포기하고 있었던 아들의 오랜 정신병으로 인한 그 지독한 고통이 바로 단순한 아들만의 문제가 아닌 바로 나에게서 촉발된 가계의 저주로 인한 것이었음을 여러 가지 상황으로 미루어 스스로 느끼고 확신하며 이제는 그 치유를 위하여 참회와 회개의 기도를 드리고 있는 것이었다.

이건 참으로 귀한 은혜이고 축복이었다.

만약에 하나님의 나와 가족을 위한 크신 은혜가 아니었으면, 이건 주홍빛으로 짙게 죄악에 물든 보통 인간인 나의 머리로는 도저히 깨닫기는커녕 미처 상상도 할 수 없던 그야말로 해결의 실마리라고는 그 끄트머리조차도 잡을 수 없는 너무나 난해한 문제가 아닐 수 없었다.

그래서 나는 나보다 많이 배운 많은 전문가들과 학식이 깊은 사람들이 결코 불가능하다고 입을 모아 단정하는 아들의 오래된 깊은 정신병을 오로지 끈질기고 간절한 기도를 통해서 해결하고자 무모한 확신으로 기적 같은 하나님의 은혜를 구하고 있는 것이다.

'너희에게 인내가 필요함은 너희가 하나님의 뜻을 행한 후에 약속하신 것을 받기 위함이라.'

나는 지금 이 순간, 오로지 이 말씀만 굳게 의지하고 있을 뿐이었다.

어제도 늘 자주 가는 소공원으로 운동을 하러 나갔다가 여전히 야쿠르트를 한봉지 가득 사서 담고 다니며 치매 노인을 돌보는 권사와 함께 그것을 나누어 주며 거리에 널브러진 여러 사람들에게 말씀을 전하며 기쁘게 전도를 하고 계신 성령을 받은 그 할머니를 만났다.

"내가 선생의 아들 정빈이를 위해서 늘 간절히 기도를 하고 있어요. 그러다 문득 깨달음이 왔는데 하나님이 아들을 더욱 큰일에 쓰시려고 준비 중이시니 그렇게 믿고 아무런 걱정 말고 열심히 기도하며 부지런히 말씀을 읽으세요……"

기도를 하면서도 마음이 더 없이 약해질 때면 한구석으로는 의심하며 초조했던 나는 그 말에 천군만마를 얻은 듯 기쁨과 힘이 용솟음치며 요즘 들어 부쩍 더 오랜 시간 간절히 기도에 힘쓰며 빠르게 호전되던 아들의 병 상태가 나의 자신감 위에 겹쳐지며 침묵하시지만 우리들의 속마음까지 살피시는 하나님의 가히 없이 깊고 크신 은혜가 보이지 않고 만져지지도 않는 사랑과 바람처럼 따스하게 가슴을 적시며 더욱 포근하게 느껴졌다.

하나님의 은혜,

고통 중에 부르짖는 욥의 기도도 침묵하시는 하나님을 향해 부르짖는 간절한 기도였다. 하나님은 기대 이상의 큰 선물을 주실 때마다 시련이라는 보자기에 꼭 싸서 주신다고 한다. 그만큼 귀하게 여기며 받으라는 뜻임이 분명했다.

하나님은 늘 침묵 속에 계시지만 우리의 역사는 언제나 강물이 흐르듯, 쉼 없이 파도가 치듯 도도하게 흘러왔고, 하나님이 돌리시는 역사의 수레바퀴는 비록 천천히 돌아가는 듯 느껴졌지만 너무나 정확하게 돌아가서 하나님이 하시는 일이 지금 당장은 눈을 크게 떠도 보이지 않고, 귀를 잔뜩 기울여도 들을 수는 없지만, 어느 정도 세월이 지나고 뒤돌아보면 단 한 치의 오차도 없이 세심하게 하나하나 그 행위대로 이루어주신 것을 볼 수가 있다. 선을 행한 의인은 의인대로 악을 행한 악인은 악인대로……

만약 하나님이 하시는 크고 위대한 일들이 그때그때 즉시즉시 우리의 눈에 드러난다면 아무도 두려움에 떨며 마음 편히 살 수 없을 것이란 것이 나의 생각이다.

나는 요즘 믿음이 남다른 친구 목사가 나의 신앙생활의 진전을 큰 관심을 가지고 지켜보며 자주 만나지는 못하지만 전화로 알려주는 충고 비슷한 격려가 매우 큰 힘이 되고 있었다.

"자네가 신 포도라고 할 수 있는 즉 세상살이의 악독과 노함과 분 냄과 쓴 뿌리를 먹고 그것을 다시 토해낼 때 자네 자녀들의 멀쩡한 이까지 시리게 되고, 그것이 바로 가문의 저주의 시작이라는 걸 결코 잊지 말게.

그러니 자네가 겪은 상처와 아픔들을 이제는 절대로 자녀들에게 액면 그대로 쏟아놓지 말고 곧바로 주님께 가지고 나아가서 그분께 후련히 쏟아 놓게, 그리고 주님께서 당신을 치유하실 수 있도록 자신의 짐을 그분 앞에 몽땅 내려놓도록 하게.

자네의 자녀에게는 깊이 생각하고 또 생각하여 오직 사랑과 지혜가 담긴 말만 쏟아 놓도록 하게, 왜냐하면 참다운 가정은 오로지 지혜로만 건축되어지기 때문이야.

또 명심할 것은 하나님은 자네의 입으로 직접 큰소리로 불러야 응답하시니, 일단 기도한 것은 너무 조급해 하지 말고 전심으로 길게 머무르며 응답을 기다려야 하는 거야. 이때 전심이란 마치 가족의 목숨을 위협하는 날카롭고 시퍼렇게 날이 선 칼을 든 강도와 싸움 때와 같이 필사적이 되어야 한다는 것일세…….

또 사탄과 마귀가 자네를 괴롭힌다는 생각이 들 때는 무조건 감사하도록 하게. 궂은일이나 좋은 일이나 세상의 모든 일에 감사하면 사탄이 한 길로 왔다가 일곱 길로 도망하는 법이야……. 성삼

위일체인 하나님과 예수님과 성령님은 누구라도 전심으로 앙모하며 크게 부르짖으면 만날 수가 있다는 것을 절대로 잊지 말게."

그래서 나는 친구 목사의 가르침대로 기도를 할 때는 깊은 물에 빠져서 지푸라기라도 잡는 심정으로 더욱 간절하게 부르짖었다. 그럴 때마다 마치 누군가 나에게 구원의 손길을 내미는 것 같았다. 자연적으로 기도소리가 점점 더 커졌다.

"전능하시고 사랑이 많으신 주님, 제가 음란한 행위를 완전히 끊고 더욱 멀리할 수 있도록 저에게 하나님의 큰 사랑을 느끼도록 믿음을 더욱 강하게 주시옵소서. 저에게 가까이 여자가 없는 인생은 너무나 쓸쓸하고 외롭습니다. 마치 삶의 메마른 사막이요 인생의 지독한 고해와 같습니다.

하지만 저로 하여금 그 여인들을 가까이하되 믿음으로 사귀며 음란한 일에서는 점점 멀어지도록 지켜주시옵소서.

그리고 저의 죄로 인해 아들에게 미친 마귀의 저주를 말끔히 치유해 주시길 간구합니다. 이건 전능하신 주님만이 하실 수 있는 일이고 거룩하시고 자비가 풍성하신 주님은 저와 저의 가족을 위해 충분히 그렇게 해 주실 분이라는 것을 믿기 때문입니다.

그리고 저희 온가족이 늘 기도드리는 정신병으로 고생하는 정빈이의 여러 친구들도 다 함께 병의 올무에서 놓임을 받을 수 있도록 크신 은혜를 베풀어 주시길 기도합니다."

이렇게 나는 나의 기도와 함께 주위의 여러 사람에 대한 중보기도를 하고 있었다. 그들은 대부분 중풍이나 정신병을 심하게 앓고 있는 사람들이었다. 물론 그들은 내가 자기를 위해 기도를 하는 것을 알지 못했다. 그 중 일부에게는 성경말씀을 메시지로 전하며 기도를 하고 있으니 더욱 힘을 내라고 넌지시 알리기도 했다.

중보기도,

내가 사랑하고 염려하는 사람에게 하나님의 나라가 임하여 행복해지기를 간구하는 기도를 하면서 나는 요즘 새로운 사실을 또 하나 느끼게 되었다. 중보기도라는 것은 대개 어떤 특수한 경우에 처한 사람을 위해 많은 사람들이 합심하여 기도를 해주는 것인데. 이때 그 사람을 잘 아는 경우도 있고 전혀 모르는 경우도 있기 마련이었다. 내가 아는 사람일 때, 그 사람의 평소 사람 됨됨이를 생각하며 기도를 올리게 되던 것이었다.

그가 착하고 배려심이 많은 사람일수록 더 정성스런 기도가 잘 올라가지만 그가 너무 야멸치고 이기적인 경우는 정성을 다하여 열심히 드리려 해도 기도가 잘 먹혀들지 않고 지루하기만 할 때가 많았다. 이때 기도를 받으시는 하나님도 그에 대한 그런 기도를 잘 받아들이시고 기도에 응답을 하실는지 의문이 들었던 것이다. 사랑의 결정체인 하나님이 결코 그럴 리는 없겠지만, 사람은 평소의 생활이 위기에 처하면 그에 대한 기도까지 좌우한다는 이런 생각은 믿음이 약한 어설픈 나의 기도 때마다 느끼는 아이러니가 아닐 수 없었다.

이제 나는 조상의 저주와 내 스스로 지은 죄의 저주에서 탈피하여 자유롭게 되기를 간절히 기도하며 지금 당장 잘못된 나의 습관적 행위들을 바로잡기를 더욱 절실하게 원하며 굳게 결심하고 있었다. 그러자 너무나 신기하게도 나에게 악한 짓을 행하고 나에게 저주를 가져다주었던 사람들을 용서하고 싶어졌고 그런 마음은 날이 갈수록 더욱 간절하여졌다.

이건 과연 측은지심이랄까?

인생은 마치 메아리와 같다는 생각이 들었다. 내가 남에게 사랑을 줄 때 사랑이 돌아오고 미움을 줄 때 나에게 미움이 돌아오며 긍정적인 시각으로 보면 긍정적인 삶이 되고 부정적인 시각으로 보면 내 인생이 부정적이 된다는 생각이었다.

그래서 나에게 적잖은 아픔과 가슴 깊이 상처를 주었던 사람들을 용서하고 그들을 원망과 분노의 쓴 뿌리를 가지고 대하기보다 그들을 용서하고 그들을 위해 진정으로 정성을 다해 축복하며 기도하고 싶어졌다. 그렇게 함으로서 나는 나의 자녀들과 자손들이 나로 인하여 축복만을 물려받기를 간절히 원하고 있었다.

나는 나의 상대를 배려하고 용서하는 이런 생각이 메아리처럼 남들에게로 자꾸자꾸 많이 퍼져나가기를 기대하고 있었다. 마치 나비의 작은 날갯짓이 차츰 커다란 폭풍우처럼 거대한 변화를 몰고 오는 나비효과가 되어 내 주위를 촉촉이 적시며 많은 사람들이 동참하기를 기도했다.

"사랑하는 하나님 아버지, 저는 예수님의 이름으로 당신께 나아갑니다. 예수님께서 그 모든 죄의 대가를 지불하시고 죄를 짊어지심으로 제가 죗값으로 고통당하지 않게 해주셨으니 오직 감사할 따름입니다. 저는 이제 예수님의 이름으로 그 저주를 되돌려놓습니다. 저의 자녀들은 결코 이제 다시 큰 병에 걸리지 않을 것이며 저의 손자들도 결코 큰 병에 걸리지 않을 것입니다. 그 저주는 끊어졌고 파쇄되었습니다.

저로 하여금 아버지의 뜻을 따라 예수님처럼 고난을 자처하는 믿음과 사명을 갖게 하옵소서. 그로 인하여 내게 신변의 위험이 온다고 해도 담대하게 신앙을 고백하고 전할 수 있게 하소서. 사명을 받을 때는 능력도 임하니 게으르지 않고 잘 감당하게 하소서. 나를 통해 하나님이 보시기에 좋았더라고 하시는 작품이 완성되게 하소서."

이렇게 요즘 나는 내 딴에는 가족과 함께 열심히 기도하며 전보다는 많이 절제된 생활을 즐겁게 이어가고 있었다. 이제 아들은 때로 공황장애가 일어나 사탄과 마귀가 마구 범접을 하여 그를 들쑤시고 괴롭혀도 그는 사탄이 그에게 마치 하나님처럼 속삭이는 감언이설을 구분하여 담대하게 대적기도를 통해 물리칠 수 있었고, 이제는 그를 지배하던 사탄과 마귀가 오히려 그에게 다가와 제발 친구가 되어달라고 애원하며 사정을 하기까지에 이르렀다.

아들의 병 호전과 함께 나에게도 많은 변화가 일어나고 있었다.

먼저 나는 언제부터인가 크게 빚진 자라는 생각이 나의 마음을 크게 지배하고 있었다.

하나님은 나에게 많은 은혜를 베풀고 끊임없이 지혜와 명철을 주었으나 크게 우둔하고 우매한 나는 그 큰 뜻을 깨닫지 못하고 좁은 내 소견에 갇혀 감사하지 못해서 빚을 졌고, 이제까지 수많은 방탕과 음란한 행위를 일삼아 가족들에게 큰 죄를 지어 가정을 불행의 구렁텅이로 몰아넣는 빚을 졌으며,

특히 아내에게는 결코 말끔하게 씻어내지 못할 육신과 양심의 빚을 너무나 많이 졌다는 생각이 들어서 나는 그 큰 빚을 평생 동안 도저히 다 갚지 못한다는 탄식이 절로 나왔다.

'오호라, 나는 빚쟁이로다. 아내에게 진 빚덩이는 너무 커서 도저히 탕감을 받을 수도 없구나.'

그런 의식은 친구들이라고 해서 결코 예외는 아니었다. 이제까지 사귄 친한 친구들에게 하나님의 말씀을 진심으로 전하지 못하고 교회로 인도하지 못해 빚을 졌으며, 그래서 내가 요즘 술을 마시지 않으니 덩달아서 술을 마시지 않게 된 친구들이 차츰 내 주위에 늘어나고 있는 것이 너무나 고마웠다.

전에는 나의 전도의 말에 턱도 없는 소리라며 고개를 절레절레 흔들어대던 그들이 갈수록 나의 말을 경청하는 것도 너무나 고마

위 큰 빚을 지는 것 같았다. 그래서 나는 그들과 술이 없는 건조한 식사를 하며 그들에게 말씀을 전하고 먼저 재빨리 밥값을 지불했다. 조금이라도 빚을 덜 지기 위해서였다.

나는 믿음이 일천하여 많은 믿는 사람들이 경험하여 병을 고치고 삶을 바꾼 성령의 임재나 하나님의 말씀을 직접 듣지는 못한 것 같다.

하지만 나는 절대로 조급해하지 않고 느긋한 마음을 가질 생각이다. 예전 시골에 살면서 겨울이면 개구리를 많이 잡아서 삶을 때 갑자기 뜨거운 물에 넣으면 개구리가 놀라서 모두 뛰쳐나와 버렸다. 그러나 찬물에 넣고 서서히 열을 가하면 개구리는 편안하게 헤엄치며 놀다가 결국 푹 익고 말았다. 신앙도 이와 같이 서서히 점차적으로 여물어 가야하는 것이라고 생각하기 때문이다.

하나님으로부터 성령을 받고 은혜를 받은 사람은 기도를 해도, 성경을 읽어도, 어려운 사람을 도와도, 많은 사람들을 위해 봉사를 해도, 전도를 해도 끝없이 부족함을 느낀다고 한다. 나도 그런 갈구하는 마음으로 행동할 것을 다짐한다.

그래서 나도 새로운 믿음의 사람으로 거듭나고 싶다. 거듭남 (중생)은 옛것이 사라지고 새사람이 되어 마치 옛 선지자나 제사장처럼 인생을 새롭게 시작하는 사람. 말씀에 순종하여 의를 행하고 죄를 버리고 주님께 돌아오는 거룩한 생활을 하는 사람이라고 한다.

결코 똑똑한 사람이 이 세상을 움직이는 것이 아니라 끝까지 간절하게 기도하며 기다리는 사람이 세상을 움직이고 바꿀 수 있다고 믿으며, 나도 마치 절인 배추처럼 하나님의 말씀에 절여져서 하나님이 거룩한 뜻대로 쉽게 나를 움직일 수 있는 순종하는 사람이 되어 더욱 많은 복을 누리며 행복하게 살고 싶다.